真田信繁

人物文庫

学陽書房

目次

真田信繁

天正壬午《じんご》の乱

岩櫃《いわびつ》城に武田勝頼《かつより》を迎えるために、真田昌幸《まさゆき》は一足先に岩櫃へ向かっていた。

勝頼の住む屋形を作るためだ。

勝頼の父親である武田信玄が、天下を狙い上洛しようとした武田家は、思わぬ信玄の死を境に、その勢力を弱めた。

信玄の衣鉢を継ぎ、織田・徳川連合軍と設楽原で決戦に及んだ勝頼は、信長有する三千挺の鉄砲の前に、信玄が残してくれた優れた重臣を失ってしまった。

その後、徐々に織田・徳川軍に領土を蚕食《さんしょく》されてくると、彼は甲府の躑躅ケ崎《つつじがさき》館《やかた》を棄てた。

韮崎に新府城を築きそこに移ったが、木曽から織田軍が侵入してくると、勝頼はそこも棄てて、配下の真田昌幸の岩櫃城へくることになっていた。

岩櫃城の中心部である本丸、二ノ丸、中城は岩櫃山の中腹の東面に築かれている。

城内は広範囲に広がっており、岩櫃山の北東に柳沢城、南西に郷原《ごうばら》城の二つの支城が本城を守り、東端は番匠坂で、西端は本丸から四百メートルほど西になる。

この北東に伸びる尾根が城の背骨で、南は切沢の谷で守られ、また岩櫃山の南壁は鎧を身につけたような崖でよじ登ることは不可能であり、その南を流れる吾妻川が天然の堀の役目を果たす。

北は不動沢で守られ、まさに岩櫃城は要害の地だ。

勝頼の屋形は守りが一番堅い岩櫃山の南山麓に、三日間で完成した。

勝頼の軍は諏訪の上原城を出た時、一万近くいた兵たちは、新府城に着くと二千人を切っていた。

昌幸は軍議のために、新府城の大広間に集まってきた重臣たちの気落ちした表情を思い出す。

駿河を守る穴山信君《あなやまのぶただ》はその場におらず、昌幸を含め、一門衆の小山田信茂《おやまだのぶしげ》と側近の長坂長閑斎《ちょうかんさい》と跡部勝資《あとべかつすけ》ら数名だけであった。

新府城は数万もの武田軍が籠城することを想定し、昌幸が縄張りしたものであったが、規模が大き過ぎて二千人ではとても防ぎきれない。

それに一応完成はしていたが、まだ櫓は築かれておらず、堀や土塁も十分ではなく、実戦に耐えるにはもう一、二年を要した。

「上野《こうずけ》吾妻郡のわが岩櫃城は五千人が五年籠もっても十分なだけの兵糧を貯えております。地の利も堅固で、上野箕輪城には内藤昌月《まさあき》殿が、小諸には武田信豊様が、それに上杉領にも近いので、どこからでも援軍が出せます。ぜひ岩櫃城へお越し下され」

勝頼は随分と気落ちしているように映った。

「お主が言うことは尤《もっと》もである。先に上野に戻り、われらを迎える用意をしておいてくれ」

昌幸にはこの勝頼の言葉が何か投げやりなように思われた。

昌幸は新府城を出ると、岩櫃に向かったが、城に残った小山田と側近たちの昌幸を見る冷たい目付きが気になった。

長坂と跡部は勝頼がいた高遠城以来の側近で、小山田は北条氏と領土を境している都留《つる》郡の領主だ。

信玄の父・信虎の娘を祖母に持ち、信玄の生きている頃は勇猛果敢な戦さぶりで武田家を支えてきたが、勝頼が長篠の戦いで敗れてより、その態度がおかしい。

（勝頼様は彼らの口車に乗せられて、信長に降伏したり、自害したりしないだろうか）

昌幸が気を揉みながら勝頼の訪れを待っていると、「勝頼様は小山田の岩殿城へ行かれる様子です」と新府城から思わぬ知らせがきた。

「何と、勝頼様は小山田の意見で気が変わられたのか。岩殿城は北条から近い。北条が敵方に回った今となっては危うい。何としてもこちらへきてもらわねば…」

昌幸は二千五百の兵を集めると、その日の内に岩櫃を発って上田へ向かう。

上田に着くと小県《ちいさがた》郡の領主・祢津《ねづ》宮内昌綱と室賀《むろが》兵部経秀とに出会った。

「高遠城が落ちた。仁科様と小山田昌成や渡辺金太夫も討死した。われらは高遠から逃げてきたのだ。織田は数万もの大軍ですぐにもここへやってくるぞ」

「勝頼様はどうされたか知らんか」

「われらもここまで逃げてくるのが精一杯だった」と、祢津も室賀も首を横に振る。

「勝頼様のことも大事だが、今となっては新府城にいるわれらの人質のことが心配だ。お主これから行ってくれぬか」

二人の必死の形相を見て、昌幸は頷いた。

彼らに言われると、新府城に残してきた妻や子供の顔が昌幸の脳裏に浮かぶ。

一方新府城では昌幸の長男真田信幸が勝頼に呼び出されていた。

城内には雪が積もり、吐く息が白い。

「お主の父はわしによく尽くしてくれた。礼を言う。お主の父が岩櫃へいくことを勧めてくれたが、重臣たちの願いもあり、わしは岩殿へゆくことにした。昌幸はさぞわしが甲斐なき者だと思うだろう。お主は母と弟たちを連れて父の待つ岩櫃へ帰れ。お主の父には『もしわしが討たれることがあれば、武田の旧臣たちを頼む』と伝えてくれ。織田軍がこちらへ向かっておる。気をつけて岩櫃へ戻れ」

勝頼は金作りの太刀を信幸に渡し、さらに「これはわしの秘蔵の馬じゃ。これを見てわしを思い出してくれ」と「甲州黒」という立派な馬を信幸に与えた。

「さらばじゃ、堅固で」

廊下まで出て信幸を見送る勝頼の目は潤んでいた。

母親と姉、それに弟信繁とその弟源五郎。それに矢沢の娘、祢津、室賀らの娘たち総勢二百人余りを、信幸が岩櫃まで連れて帰ることになった。

信幸も弟の信繁もこの大役に緊張したが、父である昌幸が岩櫃城へ戻る時、彼ら二人が力を合わせればきっと無事に岩櫃城へ帰ってこれると励ましてくれたことを思い出した。

「わしが岩櫃城へ向かうと、勝頼様の側近たちが、岩櫃城行きの方針を変えるやも知れぬ。その時は彼らに従わず岩櫃城へ走れ」

昌幸は勝頼の決心が揺らぐことを危惧したのだった。

信幸たちが見納めに新府城を見上げると、城全体がすっぽりと雪で包まれており、武家屋敷の板葺きの屋根も白一色である。

彼らは女や子供にいたるまで、槍や長刀を手にして、薄暗い新府城下を発った。籠に乗る母親を別にして、他の女たちは男のような身形《みなり》をしている。勝頼は八ヶ岳を越えるまで数十人の屈強な男たちをつけてくれた。

八ヶ岳の西山麓を抜けて佐久に向かい、佐久から小県を経由して岩櫃城を目指す。日頃の武田の圧政のため、百姓たちは武田家を憎んでいた。

そのため落人狩りとなった彼らは、武田の残党と見れば女や子供でも容赦しない。信幸らは敵地を通過するように、絶えず斥候《せっこう》を放ち、警戒を怠らず北上した。平地は見透しが効き奇襲されにくいのでまだ安心だが、峠道や山中では細心の注意を要した。

注意を怠ると死が待っていた。

見慣れぬ峠を登ろうとすると、峠の山腹に莚旗《むしろばた》をなびかせた落人狩りと思われる一団が彼らを待ちうけていた。

数百人もの百姓が、落人から奪った槍や刀を手にして、信幸ら一行の行く手を遮った。

「よし、女と子供たちは籠の周りに集まれ。その他の者はこれまでの稽古通りに弓矢を構えよ。矢を放ったら槍で突っこむ。槍を持ってわしと信繁に続け」

　信幸は責任と緊張のためか声が上ずる。

　一歳年下の信繁を見ると、彼は表情も平素と変わらず、微笑しながら恐怖に震えている女や子供たちを励ましている。

「よし、矢を放て」

　信幸の命令で峠に集まっている落人狩りになった百姓めがけて彼らの頭上から矢の雨が降り注ぐ。

　ひと塊であった敵の集団がばらけたのを見ると、信幸、信繁を先頭に兵たちが槍を手にして彼らに駆け寄った。

　落人狩りの中にもれっきとした侍はいるが、勝頼が付けてくれた猛者《もさ》の前には彼らは歯が立たない。

　数十人が倒されると、敵は悲鳴をあげて峠を反対側へ逃げる。

　信幸は勝頼から下賜された「甲州黒」で、信繁は日頃乗り慣れている馬で彼らを追う。

引き返して立ち向かう敵を信幸は槍で、信繁は得意の刀で斬り伏せた。

「なかなかやるな。お前の刀の腕前は随分と上達したのう。見上げたものだ」

返り血を浴びた信幸が感心していると、敵の大将らしい男が信幸目がけて槍を突いてきた。

信幸が敵の槍先を体を捻ってかわすと、信幸は敵の喉元を槍で深々と突いた。

彼らの活躍で落人狩りも四散した。

浅間山の北麓から鳥居峠に向かうと、見慣れた風景が広がり、人心地つけたが、まだ油断はできない。

織田軍が甲斐入りしたことをこの地の百姓たちは耳にして、武田の落人を狙っているからだ。

目を凝らすと、鳥居峠の山麓には千人余りの野武士らしい群れがいた。信幸たちを待ち受けているらしく、女連れの一行と見ると悔って、鯨波《げいは》をあげて威嚇する。

信幸の家臣たちは刀や槍を構えた。

「敵は多勢です。三日間の道中で昼夜にわたり落人狩りと戦い、手負いの者も多く皆疲れております。雑兵の手にかかるよりも、この場で自害します。そなたもここで腹を切りなされ」と、母親は気弱になっていた。

「たかが野武士が一千人いようと、物の数ではありませぬ。これより彼らを追っ払ってくれましょう。わたしの戦さぶりをとくとご覧下され」

信幸は鎧を締め直し十文字槍を手に取ると、勝頼から拝領した「甲州黒」に跨《また》がった。

弱気になっていた母親は息子の心意気に気をとり直し、鉢巻をすると長刀を片手に床几に腰を降ろす。

信幸は母の籠の周りに百人ほどを配置すると、戦闘態勢に入った。

「いつもの通りでやるぞ。信繁もわしに続け」

信幸たちは数度にわたる落人狩りとの戦さで場慣れしてきていた。

女、子供たちは籠の周りに集まり、その周囲を少年兵たちが守る。

馬上の信幸と信繁は総大将と副将だ。

「弓隊、前へ」

五十人ほどの弓隊が、籠の前で横一列に並び、弦を力一杯引く。

「矢を放て」

矢は山なりの弧を描いて野武士たちの頭上へ落下した。

たかが女、子供だと舐めていた野武士たちは、数十人ほどが矢傷で動けなくなると浮き足立った。

「よし今だ。信繁行くぞ！」

馬上の信繁は兄のかけ声に微笑で応じた。

二人を先頭に槍を手にした五十人ほどの兵たちの後に、弓隊が続く。

「甲州黒」は速い。信幸はたちまち野武士の先頭を切っている男たち二、三人を槍で倒すと、味方の兵たちから喚声があがった。

兄に負けじと信繁は刀を振り回し、野武士の棟梁らしい男と一騎打ちとなる。

大柄な相手は、敵が十五歳の少年だと知ると、馬鹿にした目付きで、「命が惜しかったらさっさとここから去れ。去らねば殺すぞ」と殺気立つ。

長年戦さ働きをしていた男特有の凄みと血の臭いがする。

信繁は幼少の頃からどこか飄々としており、闘争心を剥き出して戦う男たちとどこか異なる雰囲気が漂う。

それを見た相手は若造に舐められたように思い、よけいに闘争心を燃やした。

信繁はあくまで冷静に相手の動きを観察している。

相手は槍を片手に馬を駆ると信繁に迫ってきた。戦いながら横目で信繁の危機を感じた信幸は助勢に行こうとするが、彼の周りの敵がそれを遮る。

信繁は相手が近づいてくるのをじっと待ち、手早く背にした槍を摑むと、相手の首を目がけて力一杯投げつけた。

槍は一直線に向かってくる相手の一番防備の弱い首に刺さり、大きな悲鳴をあげるとその男は落馬し、信繁の郎党たちが彼に馬乗りになって首を掻き落とした。

「信繁様が敵の大将を討ち取ったぞ」

信幸は味方の喚声を耳にすると、ほっと安堵のため息を吐き、群がる雑兵たちを次々と槍で倒す。

大将が討ち取られると、野武士たちは急に戦意を失って、算を乱して逃げ去った。

一息ついていると峠の向こう側から軍勢が近づいてくる。

今度の敵は先ほどの野武士の群れのようではなく、軍装しており、整然とこちらへ近づいてくる。これは手強そうだ。

全員に緊張が走るが、しばらくすると物見が戻ってきた。

「六文銭の旗だ。味方がきたのだ」

物見の大声で信幸らは安堵のため息をついた。

峠の山頂に登ってきたのは懐かしい真田家臣の顔触れだった。

海野や鎌原や湯本、池田らの日に焼けた顔に歯だけが異様に白く光っていた。

「よくぞご無事で。昌幸殿が皆様の安否を気づかわれてわれらを先発させられましたのじゃ。間に合ってよかった」

彼らは昌幸の妻である山手殿や信幸や信繁たちの無事な姿を見ると、相好を崩して喜んだ。

勝頼の安否を気づかう昌幸の元に、「勝頼様が小山田に離反されて天目山付近でご自害された」という知らせがきた。

これを耳にした昌幸は、しばらく口を利くことができなかった。

(わしが勝頼様の傍らにさえおれば、小山田の離反を見抜けたものを。勝頼様の悔しさが伝わってきそうだ。御最期の時は何を思われたのだろうか)

勝頼の面影が昌幸の脳裏に浮かぶ。

父の代から仕えてきた武田家が、織田からの外力によって内部から脆《もろ》くも崩れ去る現実を目にして、昌幸は茫然自失となった。

昌幸の傍らで勝頼の最期を聞いた信繁は、父の頭の中に過《よ》ぎる様々な思いを考えると、涙が湧いてきた。

父が勝頼のために縄張りし、それを完成させた昌幸の苦労の結晶であった新府城も、武田の者によって火をつけられたという。

新府城完成まで一緒に過ごした父との思い出が、信繁に蘇ってきた。

新府城築城が軍議で決まったのは、天正八年も暮れようとした頃であった。

普請奉行となった昌幸は翌年の正月も返上して、築城に適した地の地質を調べるために同僚の原胤貞《たねさだ》を伴って韮崎片山七里岩へ出向いた。

信繁も同行した。

築城予定地である七里岩と呼ばれる台地は不思議な地形をしていた。

信繁は今までこんな珍しい台地は目にしたことはない。

高さ百メートルを越える舌状に伸びる台地が遥か北の八ヶ岳から南に続いており、西は釜無川、東は塩川の急流がその裾を洗っており、南も崖で守られている。

「昔、八ヶ岳が火山噴火した際、溶岩が流れ出し、それが人間の舌のように伸びて、釜無川と塩川まで流れこんだので、このような高い崖ができたのだ」

昌幸はこの複雑な台地ができた訳を説明した。

「東西は崖が切り立っており、登ることは無理だ。南も崖だ。唯一崖のない北は堀切りを深くすれば、たとえ数万人の敵が攻め寄せてこようと、決して落ちない要害の地だ」

信繁にはこの台地が、父の言うように難攻不落の地と思われた。

「人夫はどうする。年内には新城に入れるようにしなければなるまい」

昌幸の心配に、技術者である原は前もって試算をしていた。

「領内の家十軒につき、各々一人ずつ集め、昼夜交替で突貫工事をやれば、遅くとも年内には完成するはずです」

信繁は二人の会話に耳を傾けながら、周囲の風景に見入っていた。

七里岩から西を眺めると、水嵩を増した激流が釜無川の崖を削るような響きが伝わってくる。

北には雪を被った八ヶ岳、南には澄んだ青空を背景に富士の雄姿がくっきりと浮かび上がる。

西には鳳凰三山の白い山肌が眺められる。

「あの先が尖っているのが地蔵岳で、一番高い峰を持つのが観音岳だ。その隣りが薬師岳で、その西はもう信濃の国だ。そして東には茅ヶ岳が見え、その東は武蔵の国になる」

気がつくと傍らに昌幸が立っていた。

昌幸は西に間近く見える山を指差し、大切なことを信繁に教えようとした。

「あれが韮崎の武田八幡宮で、武田家発祥の地である。甲斐源氏四代当主で武田氏の初代の信義様がこの地でお生まれになったことから、この地が甲斐武田の氏神となったのだ。ここに新城を築くことになったのは、何かの縁であろう」

昌幸が精根を傾けた新府城も焼けてしまい、祖父幸隆から仕えてきた武田家が滅んでしまった。

父の悲しみと落胆は信繁にも十分に伝わってくる。

しかし感傷に浸っている隙《ひま》はない。

甲斐と信濃を手にした信長は上野に手を伸ばそうとするだろうし、北条もそれを黙って見てはいないだろう。

昌幸の本拠地の小県郡にある砥石城にも、まもなく織田軍がくるだろう。

（どんなことがあっても父以来の小県の地と吾妻郡と沼田は守らねばならぬ）

昌幸は八崎《はっさき》城の長尾憲景《のりかげ》を通じて鉢形《はちがた》城の北条氏邦《うじくに》に北条への帰順を申し出るとともに、信長へ臣従の使者を送ることを忘れなかった。

信長の動きは昌幸が思った以上に早く、三月上旬には織田軍が上野にやってくると、国峯《くにみね》城の小幡信貞《おばたのぶさだ》をはじめ、内藤昌月、由良国繁《ゆらくにしげ》、安中久繁《あんなかひさしげ》ら上野の国人たちは風になびく草のように織田軍に降伏した。

この様子を見た昌幸は北条との折衝を止めて織田に帰順しようとする。

信長は滝川一益《かずます》に、「逆らう者は一人も許すな」と命じ、一益に上野一国と信濃小県郡を与えた。

一益は厩橋《まやばし》城で織田に臣従しようとする昌幸と対面した。

昌幸が下座で控えていると、廊下を踏み鳴らしながら一益が部屋へ入ってきた。昌幸の前に腰を降ろすと、彼を品定めするように昌幸を睨め回した。

一益は六十に手が届くぐらいの年配者で、髪には白いものが混じり、見るからに不敵な面構えをしている。

一益は元は近江甲賀の出身の地侍であったが、若い頃より鉄砲の名手として有名となった。

その噂を聞きつけた信長が彼を家臣として取り立ててみると、思った以上に役に立つので大身《たいしん》となった男だ。

「お主は以前武藤喜兵衛と言っておった者だな。『信玄の目』と評されたと聞く。信玄が目をかけたとあって若いがなかなかしっかりとしておるわ。武田が滅亡したというのに、お主はさっと織田につこうとする。まことに世渡り上手だ。お主は『鉄兵殿』よ」

鉄のように強靭な神経を持っている男と、昌幸を褒めたのだ。

行動は慎重なくせに、歯に衣を着せず、ずけずけと思ったことを口に出す。昌幸は厚顔無恥のように映るが、笑うと愛嬌がある滝川という男に興味を覚えた。

沼田城を明け渡すと、城には一益の甥の滝川儀太夫が入ることになる。

しかし順風に進み始めた一益の関東経営に、思わぬことが起こった。

二ヶ月ほど前に武田の領土の仕置を行った信長が、六月二日に家臣の明智光秀に討たれたというのである。

驚愕した一益とその家臣たちはこれからどうするかについての相談のために、厩橋城に集まった。

「われらは上野にきて三ヶ月も経っていないよそ者だ。このことを秘密にしておき、わが領地伊勢へ帰るべきだ」

篠岡平右衛門と津田治右衛門が信長の死を秘すことを一益に勧めると、儀太夫も彼らに同意する。

一益は目を閉じて彼らの意見を聞いていたが、「どれほど隠しても上様の死の噂はやがて上野の国人たちが知ることになろう。人の口から漏れたなら、上野の国人たちの心もわれらから去るであろう。ここはわしが直々に国人たちに上様の死を言い聞かそう。そして預っている人質も返そう」

らきかぬ男だ。彼らは折れざるを得ない。

儀太夫たちは上野の国人たちが織田を見限ることを危惧したが、一益は言い出したら呼びつけられた国人たちは厩橋城に集まるが、信長の死を知らされると儀太夫らの予想に反した反応を示し、

「われらは今まで通り一益殿に従うつもりだ。人質はそのまま預って欲しい。もし一益殿がここにおられるなら、われらはいつまでもおもてなしするし、上洛されるならお供しよう」と、申し出る。

これを聞くと、思わず厚顔な一益の表情が歪むと両眼から涙が湧いてきた。

（あの一益が泣いておるわ）

昌幸は厚顔そうに見える顔の面《つら》の内側にある一益の人間性を垣間見た気がした。

「各々方の気持ちを聴かせてもらい、わしは嬉しい。今すぐでも逆臣明智を討ちたいが、上様の死を知れば北条がこの時とばかり上野へ攻めてこよう。その前にこちらから一戦しかけよう。各々方の協力をお願いしたい」と、皆の前で頭を下げると、昌幸の方に視線を向け、「ああそうそう、真田殿からお預りした沼田城もお返ししよう」と申し出た。

一益の爽やかな心意気に、上野の国人たちの胸の内にも熱いものが溢れてきた。

一益方に一万八千騎が集まると、鉢形城の北条氏邦も彼の挑戦を受けて立つ。氏邦は血気盛んな男で、彼は小田原へ助勢を頼むと小田原からの後詰も待たず、二千余の兵を集めると箕輪城を目指す。

（小田原からの援軍にどう挑むか）

昌幸は一益の戦さぶりに興味がある。

一益隊と上野衆は武蔵と上野、下野との国境である神流川《かんな》を渡る。関東平野は山国の甲斐や信濃と異なり、広々とした平野がどこまでも続いており、敵の動きも手に取るようにわかる。

一益隊の後方には赤城・榛名の名山を背負っており、西は武甲《ぶこう》・両神山《りようかみ》らの秩父の山塊が連なる。

日は容赦なく関東平野に降り注ぎ、兵たちの顔面から吹き出した汗が目に入る。

氏邦の鉢形勢から一人の男が「友野大膳」と名乗りをあげると、一騎駆けに一益隊と上野衆の中へ飛びこんできた。

彼は槍を振り回すと瞬く間に数人の首をあげ、もう一人の男がそれに続く。

男は敵の侍大将首を掻き取ると、取った首を槍先に刺して「武藤修理だ」と、大声で叫んだ。

この神業のような戦いぶりに、上野衆からは思わず感嘆の声が漏れる。

「さすがは信玄公が褒めただけのことはあるわ」

二人とも元武田家臣であり、信玄・勝頼から何度も感状を貰っていた勇士だったが、武田家滅亡後、北条氏邦の誘いに応じた者だ。

一益と上野衆は数に勝るし、士気も高い。一刻もしない内に、四、五里も神流川の後方へ氏邦勢を押し下げる。

上野衆は信玄時代からの猛者が多い。

(まるで信玄公の戦さぶりを見るようだ)

昌幸は久しぶりに信玄の往時を思い出した。

炎暑の中の戦闘で敵味方とも神流川を挟んでひと息つく。

上野衆も馬から降り、這いつくばって川の水を飲むと、馬に水を飲ませ、背中に水をかけてやる。

ひと時戦場に静寂が蘇った。

しばらくすると、前方の軍馬の響きが大きくなり、深谷の方から「三つ鱗《うろこ》」の旌旗《せいき》が近づき、人馬はまるで蟻の大軍のように尽きることなく続く。

(数万もの大軍だ)

一益は先の戦闘で疲労困憊の上野衆に代わり、自軍三千を新しく出現した三万もの北条氏直軍に向けた。

一益隊が錐《きり》のように氏直軍に突っこんでゆくと、東西に細長い氏直軍は真ん中が凹んだような形になって後退する。

一益隊は息も継がず、逃げる敵を斬り伏せ、敵の本陣に迫る。

（これはいかん。罠だ）

昌幸は本能的に危ういと思った。

この時、東西に潜んでいた氏規《うじのり》・氏政《うじまさ》の一万の兵が一益隊の左右から現れ、一益隊を包囲した。

儀太夫らが必死で包囲網を破ろうとする。

「坂東武者に遅れをとるな。織田の名を汚すな。ここで討死せよ」

一益の大声が戦場に響く。

斬っても斬っても湧くように敵は現れると、津田治右衛門、篠岡平右衛門らの重臣をはじめ、さすがの猛者ぞろいの一益隊も五百人ほどが討たれ、手負いでない者はいない。

「合力して欲しい」と、一益は戦況を見守っている上野衆に懇願するが、負けが明らかな戦さを目の前にして、誰一人として合力しようとする者はいない。

しかたがなく一益は采配を振り、撤退を命じた。

一益隊は千人以上の戦死者を残して厩橋城へ引き揚げると、今日討死した者の姓名を書き、金銀を添えて城下の寺院へ送り、追善供養を頼んだ。

「いやぁ、今日は完敗じゃ。これまでのわしの戦さで一番酷い負け方をしてしもうたわ。わしのために身を粉にして戦ってくれた各々方の奮戦に応えることができず申し訳ない」

普段ふてぶてしい男が神妙に頭を下げる姿は、どことなく滑稽だ。

「何を水臭いことを。戦さは時の運。今日は勝負の神様の機嫌が悪かっただけのことだ。お気に召されるな」

上野衆が一益を慰めると、「それでは今日は無礼講と参ろう」と一益はいつもの厚顔な顔付きに戻り、太刀や長刀、秘蔵の懸け物を上野衆に配ると、家臣に命じて鼓を持ってこさせ、顔に似ない抑揚のある声で謡い始めた。

そんな淡々とした一益の姿に昌幸は心打たれた。

夜になると暑気は幾分凌《しの》ぎやすくなり、青褪めた月光が本丸の板の間を照らす。

昼間の地獄のような暑さの中の戦いが嘘のようだ。

酒盛りは夜更けまで続き、上野の国人たちは一益との名残を惜しんだ。

翌朝、一益一行が厩橋城を発とうとすると、大手門には鎧に身を包んだ三百人の兵が一益が現れるのを待っていた。

「これは真田殿、いかがされた」

不審がる一益に昌幸が、「木曽路まで道案内致しましょう。見知らぬ道は心配なもの」と同行を申し出ると、厚顔な一益にしては珍しく昌幸に深々と頭を下げた。

「堅苦しいまねは止めて下され。困った時はお互い様でござるわ。そろそろ参りましょうか」

昌幸を先頭に一益や儀太夫ら重臣たちが続く。

青い空に榛名山の勇姿がくっきりと浮かんでいる。

昌幸の後ろに信繁がいる。

「ところで、わしはお主の倅殿にひと言礼を言いたいのだが…」

隣りに並んでいる一益の言葉に、昌幸は怪訝な顔をした。

「実はこの戦さでわしは不味い過ちを犯した。北条の誘いとも知らず、逃げる相手を深追いして、伏兵にしてやられた」

「……」

「わしが深追いしている時、わしの戦さぶりを見ていたお主の倅がわしに伝令を走らしてくれてのう。その時わしは慢心しており、信繁殿の忠告を聞く余裕がなかったのじゃ。いやはや恥じ入るばかりじゃ」

昌幸には初めて耳にすることで、最初何のことかわからなかったが、織田家の重臣である一益が自分の息子を褒めてくれるのを気恥ずかしい思いで聞いた。

「いえ、たまたま思いついたことを言ったまでのこと。戦さの展開を深く洞察して意見した訳ではありませぬ。何せまだ野武士相手の初陣《ういじん》を済ませたばかりの未熟者です」

信繁は謙遜するが、一益に褒められて悪い気がしない。

「いやいや、良将というものは戦さの数だけで決まるものではない。持って生まれた才能と、自らがそれを磨く努力を怠らぬかどうかで決まるものだ。信繁殿は稀なる才能を持たれており、父の姿を学ぼうとされておる。これからが楽しみな若者だ。将来必ず後世に名を残す人となろう。それはわしが保証しよう」

「これは有難いお言葉だ。過分のお褒めに預り、父親からも礼を申し上げます」

昌幸は頭を下げた。

信繁は人を人とも思わぬように振る舞う一益の思わぬ一面を見た思いがし、そんな彼に好意を覚えた。

　昌幸はいつまでも頰を緩めている信繁を睨みつけると、話題を変えた。

「天下はこれからどうなりましょうや」

　信長の後釜が誰になるのか、昌幸には気にかかる。

「多分明智を討った者が織田家を纏《まと》め、上様の夢を叶えようとするだろう。わしは越前にいる柴田殿がそれをやってくれるだろうと思っておる」

　一益は性格があっさりしているのか、口が軽いのか、織田家の中身を腹蔵《ふくぞう》なく喋る。

「柴田殿の他にも織田家は人材が豊富で多士済々だ。上様は家柄ではなくその男の能力で取り立てられ、能力に応じて領土を与えられた。織田家はこんな家風なので異色な者が多い。たとえば羽柴などという男は以前は尾張の百姓であったが、今では毛利攻めの総大将として大国毛利と戦っておるわ」

「羽柴様は百姓上がりで…」

　これを聞くと昌幸は勝頼のことを思う。

　長篠の合戦で多くの有能な家臣を失った時、高坂弾正が「戦死した侍大将の息子をそのままの地位に引き上げずに、家柄にかかわらず能力のある者を侍大将にせよ」と訴えたことが思い出された。

（その時、勝頼様は一門衆への遠慮もあり、高坂殿の献策を実現することがおできにならなかったが、信長はそれをやり遂げた。この辺りに武田家が滅亡した原因があるのかも知れぬ）

「どうかされたか」

長く沈黙を守っている昌幸に、一益が声をかける。

「いえ。織田家の家風のことや信長様のことを考えておりました」

「信長」と聞くと一益は急に哀し気な表情になり、「上様にはもっと長生きして欲しかった。仕事に対しては恐しいお方ではあったが、人間としては優しいお方であった」とため息混じりに呟く。

信長の知られざる一面に驚いた昌幸は、誰が織田家を相続するのか、ますます興味が湧いた。

松井田を過ぎると碓氷《うすい》峠が近い。白煙を噴き上げる浅間山が前方に見える。

碓氷峠を越えると平地が広けてきた。

前方に鎧姿の兵たちが蝟集《いしゅう》しており、六文銭の旗が林立している。

「やあ、ここでも真田隊のお出迎えだ」

滝川勢から喚声があがる。

「ここから木曽路までは息子と叔父に送らせます。滝川殿は見事明智を討ち果して下され」

一益は昌幸の励ましに頰を緩めた。

昌幸に替わって信幸、信繁、矢沢頼綱《よりつな》それに祢津昌綱ら一千騎が滝川勢を先導する。

一益は大柄な身体を窮屈そうに、何度も振り向けながら昌幸に手を振った。

一益は矢沢頼綱に挨拶をすると、信幸・信繁兄弟に声をかけた。

「お前たち兄弟は恵まれておるのう。父上も知恵者だし、この叔父上も立派な人だ。父や叔父を見習って生きてゆけるということは羨ましいことだ。そして兄弟の仲がよいことは大切なことだぞ。わしなどは頼りない父親を持ったばかりに苦労したわ。兄弟もいたが、腹違いでもあり話も合わなかった」

一益は昔を思い出したのか、懐しそうな顔をした。

「父親のように世間に埋もれまいと、必死で鉄砲を見よう見真似で習ったものだ。そのお陰で信長様に拾われたような訳だ」

親身になって語る一益の目には、いつもの厚顔さが消え、道を極めようとする修行僧のような謙遜さが垣間見られた。

「一人で世間の荒波に耐え、織田家中で出世するためには、人を人とも思わぬ厚顔さと、非情さが必要だ。人が良いだけでは生きてはいけぬ。人を陥れたり、騙したりしなければ出世や、強い相手との戦さには勝てぬ。わしはそれを世間から学んだ。織田家中での地位が上がれば上がるほど、わしは世間から見れば悪人になっていったという訳よ」

一益は道すがら自分の身の上話を若い二人にする。

二人は一益の外見からは窺い知れぬ心の内面を知り、天下統一しようとする織田家中で生き残ることは非情な困難を伴うということをしみじみと知らされた。

「滝川様はこれからどうなさるおつもりで」

信幸が一益の今後について尋ねると、彼は、「一旦伊勢に戻り、兵を募って、信長様の弔い合戦をするつもりだ」と鋭い目差しで、その決意を示した。

「多分弔い合戦で光秀を討った者が、織田家の筆頭となり、信長様の生き残った子供らを支えて天下を統べるだろう」

「その折にはわれらにもお手伝いをさせて下され」

信繁が一益に声をかけると、「戦いには若くて生きのよい軍師殿が必要であろうからのう。その折にはよろしく頼もう」と答えた。

「ご好意に甘えついでに、もう一つお願いしたき儀がござります」

　信繁がこう切り出すと一益は頷いた。

「実はわれらには姉がおりまして、信長様への人質として安土におります。この度の光秀の謀反のため『安土城は焼けた』と聞いております。母親は娘のことが心配で、食事が喉を通らぬほどでございます。母を見かねて兄とも相談したのですが、滝川様が上洛され、もしできるようでしたら姉の安否を知らせて欲しいのです。われらには滝川殿以外に織田家に知り合いがございませぬので…」

　傍らの信幸も頭を下げる。

「安土は今光秀の勢力下ではあるが、伊勢に戻る途中に寄れるようなら、そなたらの姉の安否を探ってみよう。光秀の軍が安土城下にやってくる前に、誰か信長様の家臣たちが安全なところへ移しているやも知れぬ」

「滝川殿、話は尽きませぬが、いよいよ前方に御嶽山が見えてきました。もうすぐ木曽路に入ります。われらはここでお見送りします。首尾よく明智を討ち果して下され」

　矢沢が一益に声をかけると、一益は、「真田から受けた恩は一生忘れぬ。本当に世話になった」と頼綱に深々と頭を下げた。

「若い二人とも仲良く、父上を助け真田家のために尽されよ。いつの日にかまた会おう。それまでに戦さに精通しておられる父上から、軍略をよく学んでおかれよ」

信幸ら一行は、一益らの後ろ姿が見えなくなるまで、峠の山頂から彼らを見送った。

甲斐・信濃を任されていた織田の武将は命からがら自領へと逃げ、中には逃げ遅れて殺された河尻秀隆のような者もいた。

甲斐・信濃・上野が大国不在の真空地帯となると、一番喜んだのは北条と徳川と上杉である。

家康は上洛した時に信長が明智に討たれ、一時は腹を切ることも覚悟したが、家臣に諌められて警戒網を潜《くぐ》って伊賀越えをし、三河へ逃げ戻った。

昌幸は一益の上洛を助けながら、抜かりなく周囲に目を光らせて自領の勢力拡大を目指し、羽尾領にある鎌原宮内を味方につけると、草津の湯本三郎を誘い岩櫃城を取り戻し、羽尾・吾妻領を押さえた。

今度は沼田衆に働きかけ沼田城を狙う北条を牽制する。

一方、一益が去ると上杉が川中島の制圧に乗り出してきた。

真空地帯である信濃にはまだ北条の手が伸びていないので、上杉は北信濃四郡と東信濃二郡の国人を味方につけると、安曇《あづみ》・筑摩《つかま》郡に侵攻して、木曽義昌の深志《ふかし》城を攻め落とし、その領土は信濃の半分を占める。

この形勢を見て昌幸は上杉方につくが、四万もの北条軍が八幡原に布陣すると、昌幸ら東信濃衆は北条に鞍替えし、北条の先手として海津城の上杉軍と対峙した。

上杉景勝も八千騎を率いて川中島に陣を張る。

昌幸と小幡信貞は、外様の国人に犠牲を強いようとする北条氏直に意見する。

「この辺りは景勝にとって謙信公以来見知った土地ですが、われらには不慣れなところです。兵糧や兵の苦労を考えても、これは益のない戦さです」

信貞は元々上野の国人で信玄に信頼された男だ。どうせ先陣を務めさせられ北信濃を北条が押さえても、自分たちは多くの犠牲を払って見返りは少ない。こんな戦さに精力をかけることは無駄だという思いが強い。

「景勝など謙信の余光で生きているような男だ。踏み潰すのにそう暇はかからんわ」

若くて戦さ経験の乏しい氏直は、上野の国人が自分に意見することに腹が立つ。

「それではお主らはここを放っておいて、甲斐・駿河を切り取れと勧めるのか」

「すでに家康は曽祢内匠や岡部政綱らに命じて地下に潜んでいる元武田の家臣らに領土安堵の墨付を与え、様々な手を尽くして懐柔しているようです」

「そうか。ではもう遅いか」

「もし甲斐を手に入れたいのなら、去年上野を攻められた時、そのまま甲府へ押し入られるべきでした。今からでは遅過ぎましょう」

彼ら二人の意見を脇で聞いていた氏照は、「家康など何ほどの者であろう。北条が本気になって攻めれば、甲斐・信濃から締め出してやるわ」と若い甥の肩を持ち、好戦的な彼は、「まだ十分に間に合いましょう」と氏直を励ます。

結局北条方は筑摩・更級《さらしな》・高井・埴科《はにしな》四郡と隣接する川中島は上杉の領土として認め、氏直は兵を引く。

昌幸はこの煮えきらぬ北条の態度に、北条方に与したことを後悔し、今度は家康の動きを探る。

家康は空き屋となった甲斐と信濃に働きかけたので、甲斐と信濃は北条と徳川との草刈り場となる。

家康は武田の遺臣を最大限に利用するため、領国に匿《かくま》っていた武田遺臣たちを本領に帰し、味方を募らせることを命じた。

佐久郡の春日城を自領とする依田信蕃《よだのぶしげ》には、国人たちの気心が知れている小県・佐久郡の切り崩しを任せた。佐久郡は元より、小県でも真田の庄に近い、室賀や祢津といった国人までも北条から徳川方へ走る。

小県・佐久郡以外でもこの動きは広がり、依田は小笠原貞慶《さだよし》、下條頼安らの旧領回復を支援し、伊那・筑摩・安曇郡が徳川方になる。

家康は諏訪頼忠を味方につけるため、酒井忠次《ただつぐ》、大久保忠世《ただよ》らを甲府から高島城へ遣わす。

この動きに、徳川に甲斐を取られることを危惧した北条氏直は四万もの大軍を率いて碓氷峠を越え、北国街道を抜けると小諸を通り、大門街道に兵を進める。

北条氏忠・氏勝ら一万が御坂峠《みさか》から、また北条氏邦は秩父の雁坂峠《かりさか》から甲斐に向かう。

一度は徳川方につく決意をした高島城の諏訪頼忠は、酒井忠次の横柄な態度に、「わしは家康殿の家臣となることは承知したが、酒井の指揮は受けぬ」と腹を立て、高島城に籠もり、徳川隊と対峙した。

「わしがせっかく頼忠を説得したのに、忠次がいらぬ無礼をして頼忠を北条へ走らせた」と、大久保が酒井を非難すると、酒井は大久保に摑みかかったので、重臣たちが慌てて止めに入るひと幕もあり、諏訪から撤退してきた酒井隊と、家康本隊八千は、七里岩上の勝頼が築いた新府城で合流した。

北条氏直四万は大門街道を南下し、若神子《わかみこ》城に布陣する。

上伊那の藤沢頼親が北条方に寝返り、保科正直が高遠城を奪った。

さらに松本深志城を手に入れた小笠原貞慶も北条方につき、筑摩・安曇郡を味方につけようと動く。

伊那街道は藤沢と保科に遮断され、碓氷峠と甲府から東の都留郡は北条に押さえられ、御坂峠には北条氏忠・氏勝らが、そして勝沼から雁坂峠を越えて武蔵へ出る街道は北条氏邦が制圧している。

新府城の家康軍八千は八方塞《ふさが》りで孤立した。

「このままでは自滅を待つばかりだ。北条に与している有力な国人をこちらへ寝返らすしか手はないか」

苛立つ家康は爪を嚙む。これは困った時の彼の癖だ。

「依田に働きかけさせ、小県の真田をこちらの陣営に誘われたらいかがかと思いますが…」

大久保忠世は二俣城と田中城攻めで依田とは親しい。

上野の吾妻や小県郡で一番大きな勢力を持っているのは真田だ。その真田は情勢を読むことに長けており、上杉についたり、北条についたりと猫の目のようにころころと主人を変えている。

「どうも真田は信用できぬ」と言う家康を、

「しかしそんなことは言ってはおられませぬ。どうしても彼をこちらの陣営に引きずりこまねば北条に敗れざるを得ませぬ」と大久保が説く。

「それではお主が依田に真田を口説かせるよう働きかけよ」と家康は大久保にその役目を命じた。

大久保はその日の内に依田が籠城する三沢小屋に向かう。

北条が甲斐・信濃に侵攻してくると、依田が手なずけた国人たちは次々と北条方に靡き、彼は三沢小屋で孤軍奮戦していた。

三沢小屋は蓼科山麓にあり、岩が垂直に切り立った上に築かれた山城だ。彼の居城・春日城から細小路川を南に遡ったところにある。

彼は碓氷峠を通過する北条軍の伸びきった兵站を遮る役目と、新府城への徳川の兵糧運搬とを引き受けていたが、なにしろ兵が少ない上に牛や馬を殺して食べねばならぬほど、食糧にも不足していた。

大久保が汗だくだくになり、息を切らせて三沢小屋に着くと、依田は二俣城の籠城の時に見せたような闘志溢れる顔で出迎えたが、頬はげっそりと凹み、両眼だけが異様に光っていた。

大久保が家康の命令を伝えると、依田は真田の力量を知っているだけに、「真田が徳川方に味方すれば大いに戦局は徳川方に優位になるだろう」と武田時代の昌幸の活躍ぶりを語る。

「『もしそなたが昌幸を説き伏せ、佐久・小県郡の国人を徳川の陣営に引き入れたなら、佐久・諏訪の二郡を与える』とのわが殿のお墨付きを頂いておる」

大久保は持参してきた家康の宛行状《あてがいじょう》を見せた。

「わしと大須賀が『お主を助けるよう』言いつかっておる」

家康にこうまで期待されると依田は断れない。

大久保が去ると、依田はどうやって昌幸を口説こうかと彼の攻略法を考える。

昌幸とは武田陣営で同じ釜の飯を一緒に食った仲だ。

彼の勇敢な戦いぶりや、知謀が湧き出る頭脳や海野一族の出身であるという矜持の高さも知悉《ちしつ》している。

（下手に利で誘ったりすると強い拒絶にあうことは目に見えている。ここは正攻法で

攻めるしかない）

依田信蕃は誰を昌幸の元へ遣るかで迷い、弟たち善九郎と源八郎を呼んで相談した。

「真田は元々海野氏の一族で、彼らはそれを誇りとしておる。城下にある津金《つがね》寺は、海野氏の庇護によって栄えた寺院で、境内には海野一族の供養塔があり、幸いあの寺の住職はわしもよく知っておるが人格者で通っておる。使者としてはうってつけの人物だと思う」

善九郎の提案で、信蕃はいつも微笑を絶やさず、穏やかに話をする住職がいたことを思い出した。

「よし。あの住職なら昌幸も嫌とは言うまい。最適の人選だ」

そこで津金寺の住職を遣ることにした。この寺は春日城の城下にある天台宗の寺で、創建が一千年以上の古いもので、真田家所縁の海野家の供養塔が祠ってある。

住職は砥石城へゆくと昌幸に面会した。

温厚な住職は笑みを絶やさず家康の人物を褒め、「信長に代わり天下を取るのは徳川殿でしょう」と説き、「海野家の流れを汲む真田家の飛躍のため、徳川に与すべきである」とつけ加えた。

昌幸が終始住職の説得に頷く姿は、いかにも住職の話に納得したように見えた。

(これは脈がありそうだ）と判断した依田は、今度は一族の依田十郎左衛門を砥石城へ送る。

「真田殿はわが主君依田信蕃と信玄・勝頼様の下で一緒に戦った仲間であり、その元武田家臣が敵味方に分かれて戦うことは哀しいことでござる」と、情に絡めて攻めた。

最後に、「徳川殿は東国では指折りの器量人で信長公のように残忍なところはなく、温厚な人柄で、わが主人も『仕え甲斐がある』と褒めております。わが主人と戦さ巧者である真田殿が共に徳川傘下で働けば、甲斐・信濃から北条を追い出すこともできましょう」と昌幸を持ち上げた。

(依田ほどの男が惚れこんでおるとは。家康という男、わしが思っている以上の人物かも知れぬ。北条も頼りないし、上杉には天下を狙うほどの覇気もない。よし、ここは一度家康に与するのも悪くないかも知れぬわ)

数日後、今度は曽祢内匠がきた。

彼と昌幸は二人とも信玄の奥小姓として仕え、信玄から特に目をかけられた者で、鋭い観察力と深い洞察力とを兼ね備えている男だ。

信玄の息子義信が父に叛逆を企てて成敗された時、曽祢は義信派としてしばらく陽の目を見なかった。

彼はそんな不遇時に何かと面倒を見てくれた昌幸に恩義を感じていた。

「久しぶりだな。お主がくるとはな」

曽祢は昔と変わらぬ人懐っこい表情で昌幸を見る。

「お主の活躍を羨ましく眺めていた。お主は上杉や北条の傘下となりながらも父親から引き継いだ砥石城と、吾妻郡と沼田城を手放そうとしない。立派だ」

「お主こそ早くから徳川に仕えて出世しておるらしいではないか」

「いや、お主のように自力で大国を相手に戦う胆力がないだけのことよ」

曽祢は語気を弱めた。

「ところで徳川殿は戦さ巧者で律儀な人柄らしいが家臣の評価はどうだ」

「家康殿は信玄公の戦さぶりや人柄を武田家臣から聞き、自分の戦いに取り入れられておる。信玄公を尊敬されているお人だ。わしはゆくゆくは天下を取る人だと睨んでおる。仕え甲斐がある人だ。それに陣営の人材も豊富だ。お主も舟に乗り遅れぬよう熟考することだ」

曽祢は徳川に仕えたことに満足している話ぶりだ。彼の話は昌幸の気持ちを揺さぶった。

（依田に会おう）

昌幸は家康に与することを決意し、数人の供を連れて三沢小屋を目指す。

蓼科山は紅葉真っ盛りで、山全体が燃えるように紅い。山頂には蓼科神宮奥宮があり、山自体が霊峰で御神体である。

山麓には里宮があり、ここから三沢小屋へは険しい岩の道の急登が続く。

小屋に近づくと警戒が厳重で、「真田だ。依田殿に会いにきたのだ」と昌幸が叫ぶと、依田の家臣が木の陰から顔を出して昌幸一行を眺めていたが、しばらくすると依田十郎左衛門が現れ案内に立った。

「わざわざの御越し痛み入ります」

「なかなか堅固な構えだ。これなら北条もやすやすとは攻めてこれまい」

細い尾根に縦や横堀が多数切ってあり、千メートルもの高さに築かれた本丸は狭い。

ここからはるか南に蓼科山の山頂が望める。

「これは良い眺めだ」

思わず昌幸が呟くと、落葉を踏む足音がして振り返ると依田が立っていた。

「遠路はるばるむさいところへ足を運ばせて済まぬ」

依田は昌幸と同じぐらいの年齢だ。

昌幸は小県、依田は佐久郡。何度も顔を合わせているので多くの言葉は不要である。

「何にもないが、冷たい水ぐらいはご馳走しよう」

依田は竹筒に入れた冷えた水を家臣に持ってこさせた。

「山登りの後の冷えた水は甘露だ。腹《はらわた》に染みるわ」

昌幸は旨そうに飲み干すと、「徳川殿に臣従する決心を伝えにきた。お主からも取り次いで欲しい」と、ここへやってきた理由を告げる。

「おお、それは徳川殿も喜ばれるであろう。わしもお主と一緒に北条に当たれるとなれば、これほど心強いことはない。それにお主が徳川殿に合力する見返りに『現在の自領に加えて、諏訪と甲斐の二千貫文の地を与える』との仰せだ」

「これはまた大判振る舞いだな。まだ他の国人の領地では何とでも言えよう。われらも早くそんな身分になりたいものよ」

二人は腹を揺すって哄笑した。

「ところで、諏訪郡はお主が受け取る約束ではないのか」

「いや、お主が味方してくれるなら、諏訪はわしがお主に譲ろう。わしは東上野を自力で切り取るつもりよ」

「どれほど徳川殿がわれらに下されるかわからんが、一応家康殿直々の証文を取って置きたい。依田殿には悪いが、家康殿の元へ行ってくれぬか」

「わかった。そうしよう」

一応の話が片づくと、昌幸は懐中から折り畳んだ紙を取り出し、依田の前へ広げた。

信濃への入口である松井田城から碓氷峠を通り、佐久から佐久甲州街道を経て若神子に通ずる街道と、その付近に点在する城が黒く描かれている。

「まずここを押さえることが肝要だ」

昌幸が指で示したのは大井城である。

同じ考えだとわかると、二人は顔を見合わせて笑った。

大井城は佐久岩村田の東北部の湯川の断崖にある城で大井氏が守っている。

昌幸から兵糧を得ることができるようになると依田隊は活力を取り戻し、激戦の末大井城を落とした。

北条方は佐久郡内の北条支援の城を次々と攻め取られると、碓氷峠から若神子に布陣する北条軍へ送られる兵糧が不足するようになってきた。

小諸城は甲斐・信濃侵攻の重要な中継点で、松井田城の城主である北条の重臣大道寺政繁が詰めている。

彼は厩橋城にいる北条氏政と相談し、形勢を有利にするため小県郡の祢津昌綱を恩賞で釣ろうと交渉すると、祢津は北条の威圧に屈して北条方についた。

祢津氏は真田氏と先祖を同じくする同族であるが、昌幸は説得に応じなかった祢津城を攻める。

祢津は北条の手前上、必死に抵抗したので、昌幸は兵を失うことを危惧して兵を引いた。

若神子での対陣は三ヶ月に渡った。

信濃は冬の訪れが早い。雪には早いものの夜の底冷えも厳しくなると、兵たちに厭戦気分が漂う。

兵糧の調達も苦しくなり、北条氏政は氏直、氏邦を厩橋城へ呼び寄せ、軍議を開いた。

「対陣して百余日、戦局は動かず、わが方は大軍ゆえに兵糧不足が問題です。これから厳寒となるとますます兵糧が滞るでしょう。徳川とは和議を結ぶ時期です。甲斐と信濃は徳川にくれてやっても良いが、吾妻郡と沼田はどうしても欲しい。徳川と和して真田を攻めましょう」

講和を望む氏規に対して、鉢形城主氏邦は以前より目障りの真田を攻略しようと兄の氏政に勧める。

「まだ戦さはこれからだ。五万ものわが兵をもって八千余りの徳川軍など一気に崩してやりましょう」

若い氏直も氏邦に同調して戦さを続けようと息巻くが、御坂峠から甲斐入りした北条軍は黒駒で徳川軍に敗れ、碓氷峠は依田によって遮断されると、若神子の北条軍は逆に寡兵の徳川軍に包囲され始めた。

「和議には良い時期です。今を逸するとわれらが動けなくなりましょう」

徳川方との外交の窓口を担っている韮山城主の氏規は、駿河の人質時代に住居が家康と隣り同士で家康とは顔馴染みだ。

北条の重臣たちはそろそろ和議の内容を検討し始めた。

鉢形城の氏邦は一万の兵を二つに分けると、沼田と岩櫃城に向かう。

岩櫃城へ向かう五千の兵は和田城から榛名山の西麓を烏川沿いに進む。信濃や草津へ抜ける道だ。岩櫃城の南の大戸村に手子丸城があり、大戸真楽斎《しんらくさい》が守っていた。北条軍の猛攻に手子丸城は落ち、大戸真楽斎は討死する。大戸からの悲報が届くと、岩櫃城を守る真田信幸は重臣、鎌原、湯本、富沢、池田らを本丸に集めた。

「どうする、籠城せず、こちらから一気に討ち出すか」

「若殿、敵はまだ手子丸城を落とした余韻に浸っておるようです。この隙に出陣しましょう」

重臣たちは先制攻撃を促す。

岩櫃隊はその日の内に温川沿いに南下すると、手子丸城の正面にある浄土寺に布陣した。これを見ると北条軍は正面から突っこんできた。

信幸は昌幸の戦さぶりを学んでいる。適当に退きながら伏兵を置き、伏兵が側面から攻撃を始めると、本隊が引き返して北条軍を討つ。昌幸の得意の手だ。

北条軍は城を棄てて榛名山へ逃げこんだ。

一方沼田城は氏邦自らが五千の兵を指揮し、厩橋から利根川沿いに進む。沼田城は薄根川と利根川との合流部の河岸段丘にある堅固な城だ。

北条軍はまず支城の恩田越前の長井坂城、金子美濃守の阿曽の要害、加藤丹波の鎌田の要害を猛攻し、三城とも落とすと、恩田は落ち延び、加藤は討死し、金子は城から逃亡した。

沼田に籠城する矢沢頼綱は昌幸の叔父だ。勝ちに勢いづく氏邦は沼田城を攻めるが、頼綱は地の理を生かしてよく守り、敵は攻めきれず阿曽の要害に引き返す。

「よし、今夜夜討ちする」

七百人が合い言葉を「天と気」と決めて子《ね》の刻に城を出た。

昼間の戦いで疲れて眠りこんでいる敵兵に、頼綱は太鼓の音と共に一斉に鯨波をあげさせる。

城中の敵兵は驚いて城外へ出てきた。

頼綱は足軽五十人ほどに松明を持たせ、沼須村近くの川原の方へ移動させると、松明の灯りは矢沢隊が逃げているように映る。

「よし、敵は引き揚げるぞ。追いかけて討ち取れ」

敵が慌てて川原へ駆けてくるところを、川原付近で待ち伏せしていた頼綱率いる五百の兵が横から突っこんだ。

頼綱の槍先が松明の灯りを反射して光る。

北条軍は川原に多くの討死兵を残して鉢形城へ逃げ帰った。

真田の沼田、岩櫃での活躍を聞くと、家康の心中は複雑な思いに揺れた。

依田が褒めるように真田は味方にすれば心強いが、敵に回せば厄介な男だ。

徐々に数では劣る徳川軍が北条軍を圧倒してくると、家康は新府城から甲府に移る。

「冬までには暖かい浜松に帰りたいものよ」

そう言いながら家康が重臣たちに戦局の指示をしていると、北条からの使者として北条氏規が甲府へやってきた。

（これは本当に年内には浜松へ戻れそうだ）

家康はさっそく重臣たちを集めると氏規に会った。

「久しぶりでござるな、竹千代殿。いや家康殿でしたな。この戦さはこの辺で鉾を収めようではござらんか」

「鉾を収めるのにも条件によるわ」

そっけなく吐き棄てるように家康は言うと、幼馴染みの氏規をぎょろりと睨む。

北条氏規は氏康の五男で、伊豆の韮山城の城代をしていた。幼名は助五郎といい、今川義元の人質として駿府で過ごしていたことがあり、同じく人質生活を駿府で送っていた家康と屋敷が隣り合っていた。

この頃から人質という同じ境遇からくる親しみで、「助五郎」、「竹千代」と呼び合う仲となっていたのだ。

そんな環境が氏規の外交感覚を鋭くしたのか、彼は越後の上杉謙信や、甲斐の武田勝頼、それに徳川家康との外交の取次ぎを務め、北条家の窓口役となっていた。

しかし外交は幼馴染みといった甘い関係だけでは許されないことはお互いに十分承知している。

「こんなところで収めてもらいたい」

氏規は懐中から折り畳んだ紙を出すと、家康に手渡す。

「これでは話にならんわ」

書状に目を通した家康は首を横に振った。

条件には、
一、信濃の小県・佐久は北条領とする。
一、上野の沼田は北条領とする。
一、甲斐は徳川領とする。
と書かれている。

「これでは飲めぬと申されるか」

「さよう。甲斐・信濃は当然徳川のもの。その代り沼田を含め上野は北条に譲ろう。これ以上では和議に応じぬわ」

戦局が優利に進んでいる家康は高飛車に出た。

（これでも多分北条は応じるだろう）

顔は憤怒の表情だが、頭の中は冷静に氏規の反応ぶりを窺う。

「まあ、氏政殿らと今一度だけ相談する。多分難しいとは思うが……」

氏規も苦しい足元を見透されぬよう渋面を作った。

結局家康の読み通り、北条が折れて家康の主張が通る。

徳川・北条が天正十年十月に和睦し、天正壬午《じんご》の乱が終息した後もなお、昌幸と依田は忙しいままであった。

昌幸は小県を、依田は佐久郡内に散在する反徳川派の国人たちを鎮めなければならないし、昌幸はまた川中島四郡を支配している上杉に備える必要がある。

上杉は虚空蔵《こくぞう》山に城を築いて真田を警戒し始めたからだ。

昌幸は虚空蔵山の城に対抗する城作りを考えていた。

昌幸は、上杉との小競り合いで砥石城の西方の北国街道沿いに城が欲しいと周辺を歩き回った。

「砥石城では虚空蔵山城から上杉が攻めてくれば後手に回ります。『小泉曲輪《くるわ》』はどうでしょう。あそこなら虚空蔵山城にも近く、南に千曲川が流れており、周囲にある沼を利用すれば堀代わりになり、守りやすく攻めにくい城ができそうです」

折を見て岩櫃城から砥石城にくると、「小泉曲輪」に足頻《し》く運んでいた信幸が父の考えを代弁した。

「小泉曲輪」は坂城《さかき》の村上氏の家臣であった小泉氏が築いた出城で、武田傘下に入った昌幸の父幸隆によって壊された経緯を持つ。

改めて息子から指摘されると、「小泉曲輪」の地形がまた変わったものに映る。

北と西とは矢出沢川と蛭沢川が、東は神川が外堀の役目を果たす。周辺の沼は堀を作る折に出る土砂で埋めれば侍屋敷として使える。

浜松城や小田原城のような平城の姿が昌幸の頭の中に浮かんできた。

「よし、『小泉曲輪』を拡大して、いずれ上杉や徳川とも戦える大規模な城を作ろう。しかし金策が問題だな」

二人の話を黙って聞いていた信繁が、助け舟を出した。

「家康は上杉が上田を領土とし、われらを傘下に入れようとすることを恐れていましょう。この際、上杉の脅威を過大に家康に吹きこんでやれば、彼も金を出すことを嫌とは言いますまい。ゆくゆくわれらのものとなる城を、徳川の金で築く。これほどおもしろいことはないでしょう」

「お前は一益殿がいつぞや言っておったように、若いが唐《から》の国の三国時代の名軍師であった諸葛孔明のような男だわい」

昌幸がどこで聞き知ったか知らぬ人の名を持ちだすと、信幸と信繁は頬を緩めた。

家康には、「上杉の上田盆地への侵攻を防ぐため、『小泉曲輪』を広げて、上杉に備えたい」と懇願すると、家康は昌幸の申し出をすんなりと受け入れ、援助を惜しまなかった。

家康は、川中島四郡に飽き足らず小県、佐久郡へも手を伸ばしてくる上杉を危惧していたのだ。

天正十一年四月頃より矢出沢川と蛭沢川の水路を変える工事が始まった。

周辺から駆り出された人夫が鋤《すき》と鍬《くわ》で地面を掘ると、女、子供がその土や石を畚《もつこ》で運び沼へ棄てる。

まず北を流れる矢出沢川を城の西へ流し替え、城の南を流れる千曲川に合流させる。

大量の土砂で葦が鬱蒼《うつそう》としていた沼や湿地が平地に変わっていく。

そして城の東を流れる蛭沢川を北へ流し、矢出沢川と結ぶことで三ノ丸の外堀ができる。

北に残った大きな沼はそのまま矢出沢川と蛭沢川に繋ぎ巨大な二ノ丸の外堀とした。

南は「尼ヶ淵」と呼ばれる崖を形成しており、千曲川が天然の堀の役目を果たす。

城の規模は壮大なもので「小泉曲輪」の改築どころでなく、「小泉曲輪」は三ノ丸の一部になった。

一年も経つと各曲輪の外堀ができ、曲輪内の土地が均され、本丸、二ノ丸、三ノ丸に建物の基礎石が置かれると、城内へ木材を運びこみ、大工たちが適当な長さに切り、かんなで木を削る。

木材が寸法通りでき上がると棟上げ式を行う。

城の北と東には商人や職人の町屋が建ち、町屋の外側にはそれらを守るために多くの寺院が移ってきた。

三ノ丸の北には北国街道が走り、この街道は善光寺を経て越後へと繋がる道だ。

城が普請していることを聞きつけた周辺からはぞくぞくと人が集まり、城下へ住みついた。

城下には真田の庄からの原村や海野村から、そして上野の鎌原村から出てきた人が集まって、原町、海野町や鎌原町という町屋ができた。昌幸の膝元である原町と、真田氏発祥の地である海野町は、三ノ丸の大手門に近い特別に良い地を与えられた。

徳川と北条の和睦後に始められた築城は約二年かかって完成するが、この間世の中は秀吉を中心に大きく動いていた。

信長の弔い合戦で明智光秀を討った秀吉は、天正十年六月の清洲会議で主導権を握ると、これに反対する柴田勝家を天正十一年四月に賤ケ岳で討つ。

天正十二年になると、秀吉に不満を持つ信長の次男信雄《のぶかつ》が家康と同盟を結び、三月には小牧山城の徳川軍と、楽田《がくでん》に布陣した秀吉との間で小競り合いを始めた。岡崎城への侵攻を目論む秀吉軍の池田恒興《つねおき》と森長可《ながよし》は長久手で徳川軍に討たれ、その後戦線は膠着するが、半年後、信雄が秀吉に講和を申し入れたことにより、長びいた戦さは終結した。

局地戦で敗れた秀吉は、政治的に小牧長久手の戦いを勝利した形となる。

この間、昌幸は家康の眼を盗んで城の構築と、小県郡との統一に精を出す。

室賀暗殺

「徳川は信用ならんわ。精一杯われらを働かせておきながら、室賀・小泉・浦野・祢津などに旧領を安堵する宛行状《あてがいじょう》を出しており、小県《ちいさがた》一円をわしにくれるという約束を反古《ほご》にしようとしておる。依田殿には佐久郡一円を与えたというのに。何故わしには小県一円をくれぬのか。それにわれらが自力で奪い取った『沼田を北条に差し出せ』と申してきておる。まったく家康という男は口とやることが全く違う食えぬやつだ」

昌幸は徳川の傘下に入ったことを後悔したが、北条は頼りにならない。

小県では海野氏の流れを汲む真田が一番の勢力を持っていたが、祢津、室賀氏も侮りがたい力を持っている。

武田家の隆盛の時は三家の統制はとれていたが、武田家が滅ぶとそれぞれ独自の道を歩み始める。

室賀兵部経秀は昌幸と肩を並べるほどの猛将で、彼は昌幸と同様に次々と主家を変えたが、結局徳川に帰属する。

小県一円をおのれのものとしたい経秀は、家康に昌幸の讒言《ざんげん》を吹きこむ。

昌幸に心を寄せる小県の国人たちは経秀の行状を伝えてくれる。

(これは室賀を殺《や》らねばこちらが殺られる。室賀城を攻め取る良い機会だ)

昌幸は沼田城代の矢沢頼綱らを率いて室賀城を攻めるが、経秀も豪の者で、籠城せずに出撃してきたので、お互いに多くの討死者を出して引き分ける。

譲らぬ二人に、経秀の叔父室賀孫右衛門が二人の和睦の仲介を買ってでた。

昌幸にしても父幸隆《ゆきたか》と仲の良かった孫右衛門の顔を潰す訳にはゆかず、その場は収まった。

腹が収まらぬ経秀は遠州へ出かけ、家康の重臣の鳥居彦右衛門(元忠《もとただ》)の元を訪れる。

「真田の所業は目に余るものがあります。家康殿より安堵されたわれらの領土にまで手を伸ばし、わが城に攻め寄せること頻《しき》りで困っております。お知恵を貸して下され」と、経秀に泣きつかれると、鳥居は放ってもおけず、浜松城へゆき、家康に会ってこれを伝えた。

「また真田が暴れておるのか。真田めがどうしても沼田城を北条へ譲ろうとしないので、北条は約束を実行しないわしに不信感を抱いておる。これを機に室賀に真田の始末をさせよう」

「どのように殺りますか」

鳥居が念を押すと、「わしの名が表に出なければ騙し討ちでも良いわ」と家康は吐き棄てるように言った。

経秀は昌幸を討つ許可を貰うと喜んで遠州を後にした。

天正十二年の六月になると、昌幸暗殺の絶好の機会がやってきた。

「都から上田の城に囲碁の名人がきているらしいと、真田から知らせがきた。叔父上、わしは上田城を訪れ、昌幸が油断しているところを斬り捨ててやろうと思う。まさか平装で城へ乗りこんだ者には昌幸も気を許すだろうて」

経秀は叔父の孫右衛門にそう言うと、慎重な叔父にしては珍しく、「今を逸せばこんな機会はめったにないだろう」と上田城ゆきを勧めた。

昌幸は経秀の囲碁好きを知っている。

（自分の力量を過信している経秀はまずこの誘いに乗ってくるだろう）

昌幸は孫右衛門から経秀が腕自慢の家臣を引きつれてくるとの報告を得ていたの

で、家臣たちに秘策を命じる。

この前の和睦の際、昌幸は「室賀城を与える」という餌で孫右衛門を釣っていたのだ。

「お主たちは経秀の家臣たちを一人ずつ自分たちの家でもてなし、存分に酒を飲ませろ。経秀を本丸の書院に入らせ、そこで経秀を殺れ。まず玄関は矢沢の叔父上に任す。城外は大熊五郎左衛門が指揮して誰一人として逃さぬようにせよ。長野舎人と木村土佐が書院で経秀を殺れ」

彼らが持ち場につくと、堂々とした体躯の経秀が供もつれずに書院へ入ってきた。

彼は部屋に入るなり小男の昌幸を睥睨《へいげい》するように、「これは真田殿、お招きにあずかり光栄だ」と挨拶した。

碁盤が数個並べられており、小県郡の国人、祢津宮内昌綱や鞠子藤八郎らの顔も見える。

同じ国人らがいることで経秀は一瞬気を許した。

「これはこれは経秀殿、よく参られた。さあ名人がお待ちかねだ。へぼ碁打ちが雁首をそろえても名人には太刀打ちできんで困っていたところだ。ここは小県きっての囲碁上手の経秀殿がこられるのを待っていたところだ」

経秀が板の間に腰を降ろすと、お膳には川魚と信濃名物のお焼きが置かれている。昌幸が「まず一献」と言って酒を盃に注ぐ。

経秀も室賀城から駆けてきたので、喉が乾いていた。

盃を口に運ぼうとした時、隣り部屋の襖が放たれると、長野が飛びこんできた。

初太刀をかわした経秀は手にしていた太刀を抜き放つと、「騙したな昌幸め」と怒鳴りながら昌幸を斬ろうとするが、木村土佐が経秀の背中にひと太刀浴びせた。

恐ろしい形相で土佐を睨むと、経秀はさらに昌幸に迫ろうとする。すると玄関から駆けてきた矢沢頼綱が昌幸の前に立ち、槍を構えた。

「頼綱か。年寄りがしゃしゃり出るな。どけ、昌幸と勝負だ」

憎悪に燃える目を頼綱に向けると、経秀は太刀で頼綱の突き出した槍を払った。

その拍子に経秀はよろけ、その瞬間を逃さず土佐が経秀の股を斬りつけた。

思わず片膝立ちになった経秀に、今度は長野が正面から斬りつけると、避ける隙がなかった経秀の額は石榴《ざくろ》のように割れ、顔面に血が滴る。

「止《とど》めを刺せ」と、昌幸が叫ぶと、立とうとする経秀の胸を土佐の太刀が貫いた。

「卑怯者めが……」

絶叫を残して経秀は板の間に倒れた。

土佐がすかさず経秀に馬乗りになり、彼の首を掻き取った。

これを契機に小県の国人たちはぞくぞくと昌幸に帰属し、ここに小県は真田によって統一された。

第一次上田合戦

天正十三年になると家康は秀吉の勢力が東に伸びてくることを恐れ、今まで敵対していた北条を重視し始め、北条との同盟を探るようになる。

「沼田を早く北条へ割譲せよ」という家康の命令が浜松から頻繁に昌幸の元にくるようになり、「その気がなければ大軍で上田を攻める」という脅しまで混じるようになった。

「沼田の領地はわしが一身の才覚、武勇で手に入れた地だ。徳川や北条から貰ったものではない。わしは徳川の傘下に入って北条と戦い、度々の軍功を立てた。それを何だ。人が自力で手に入れた領地を差し出せだと。家康は火事場泥棒だ。まったく話にならんわい」

徳川と北条とは和睦した。その条件というのが、「北条方は甲斐の郡内と佐久、諏訪郡を渡す替わりに、徳川方は沼田を放棄する」という内容だ。

強者の論理で領地が取引され、そこには真田のような小勢力の思惑など入る余地はない。

昌幸がこの命令に反発するのは当然だ。

重臣たちは今後の対応を巡って木の香が漂う上田城本丸の板敷きの間に顔を並べている。

彼らは怒髪天を衝く主君の怒りの前に口を噤《つぐ》んだままである。

近くの木々からは蝉の声がかしがましい。

「ここは冷静にならねばならぬ。真田の命運がかかっている時ぞ。今や徳川は日の出の勢いだ。家康は三河・遠江・駿河それに甲斐・信濃の大半を手に入れ、去年は小牧長久手で天下を狙う羽柴秀吉を破った。その徳川とまともに戦っては勝負にならぬ」

沼田城を預かる矢沢頼綱は怒り狂う昌幸を宥める。

頼綱はもう七十近いが、若者のように筋骨隆々としており、沼田城代になってから一層精悍さが増したように見える。

「それは十分承知しておりますが、ここで真田の意地を示さねば天下の笑い者になるでしょう。北条とも手切れになっており、残るとすれば上杉しかござらぬ。ここは一番上杉に頼ってみようと思う。徳川との戦さはあくまでわれらがやるが、後ろに上杉が控えていると徳川が知ればわれらに有利となりましょう」

昌幸は目の前に座っている信繁を見て、

「源次郎には悪いが、上杉へ行ってくれ」

と次男の信繁を幼名で呼んだ。

顔立ちは父親譲りで、真面目な兄信幸に比べ、信繁は陽気で活発だが、一歳年上の兄を立て幼い頃から兄弟喧嘩もしない温厚な性格だ。

「わたしも本当はこの地に残って徳川軍と戦ってみたいが、父上のたっての頼みとあれば、致し方がござりませぬ。わたしが上杉家へゆき、徳川がこちらへ攻めてくれば上杉より援軍を乞うてわたしも出陣しましょう」

「済まぬな源次郎」

「いえ、父上も幼少の頃から親元を離れて、信玄公の元で過ごされたとのことを聞き及んでおります。わたしで真田家の役に立つなら上杉へでもどこへでも参りましょう」

「人質というのは嫌な役目だろうが、真田家のためだと思って耐えて欲しい。徳川との一戦になればすぐに使いを走らそう。上杉の許しを得て援軍に駆けつけてくれ。その時は兄弟一緒に戦おう」

傍らにいる兄信幸も越後へいく信繁を励ます。

「叔父御、源次郎の伴に三十郎をつけてやってはくれぬか。あやつが源次郎の側にお
れば、わしも何かと心強い」

「よかろう。『越後へ行け』と申せば、三十郎も喜んで承知するだろう。よし、三十郎をつけてやろう」

「有難い。これでわしも心置きなく徳川と戦えるわ」

三十歳代半ばの三十郎は頼綱の長男で、今は頼康と厳《いか》めしい名前を名乗っているが、昌幸はいつまでも彼の幼名で呼ぶ。

三十郎とは真田の庄で一緒に育った仲なので、従兄弟であるが、六歳離れの弟のようなものだ。

頼康も承知して信繁一行は北国街道を通り、上杉景勝の住む越後の春日山城に向かうことになった。

昌幸の嫁である山手殿はあれやこれやと荷造りに口を出す。

「生水に気をつけるのですよ。越後は寒いところと聞きます。くれぐれも風邪に気をつけ、手紙はまめに出しなされ。それ、ぼやぼやせずに、その薬はそこに置いてある薬箱に詰めて」

侍女たちの先頭に立ってあれこれと指図する。

「母上、そう気をお使い下されるな。源次郎とてもう十七歳ですぞ。自分の身の回りのことぐらい自分でやります」

「そなたが、いつもきっちりやっておれば母は何も心配など致しませぬ。お前は不精者ですから、母は遠い越後で病いで臥せったりせぬかと気になりまする」

傍らで頼康がにやにやしながら母と子の会話を聞いている。

「三十郎、源次郎を頼みますよ。この子が酒を飲み過ぎないよう気をつけてやって下さいな」

「はいはい、源次郎の御母上様、何といっても源次郎はわしから見ればまだまだ子供ですわ。まだ母親のお乳が恋しい年頃です。越後で一人前の男として昌幸様を手伝えるよう厳しく鍛えてやりましょうに」

「よろしく頼むぞぇ、三十郎」

徳川の言い分に昌幸が折れなかったことから、徳川とは手切れとなった。「徳川軍七千が上田に向かっている」という情報が伝えられると、家臣たちに緊張が走る。

「まず南は千曲川が流れており、切り立った崖だ」

昌幸は本丸に集まってきた重臣たちの前に城の見取図を広げた。

「西と北は矢出沢川を北へ流し、二ノ丸の北西で南へ蛇行させて、再び千曲川と結んでいる。この濠を渡ることはできまい。問題は東だ」

昌幸は扇手で三ノ丸を指す。

「敵は東から攻め寄せてこよう。三ノ丸から東に町屋が並んでおるが、敵がくればこれらを焼く。われらは煙に紛れて大手門から出撃する。お前は砥石城から出て敵の側面を突くのだ。そして敵を染屋台から神川へ追い詰めよ」と、昌幸は信幸に命ずる。

染屋台は上田城東に広がる台地で、その東端に神川の段丘崖《だんきゆうがい》がある。この台地が、西から攻め寄せてくる敵が神川を越えるのを防いでいるし、逆に敵が逃げる際には、この崖から神川に飛びこまなければならないようにしている。

神川は上田城の北方に聳《そび》える四阿山《あずまやさん》に源を発する川で、その上流に砥石城がある。北から千曲川に合流する神川と、南の八ヶ岳から千曲川に流れこむ依田川が上田城の東の防衛線だ。

神川の東を流れる依田川の西岸側には尾野山城と丸子城があり、これらの支城が上田城を守っていた。

徳川軍は八ヶ岳を大門峠越えでやってくると、八月二日には依田川の東岸の八重原に布陣した。

徳川軍の中には元武田武士が多い。彼らが信濃の道案内をし、千曲川と依田川との合流地点より上流にある「猫の瀬」と呼ばれる千曲川の浅瀬を渡ると、そのまま北国街道を進んできた。

七千人からの大軍が馬一匹が通るのがやっとの狭い道をゆく。

蟻の行列のような軍勢を前に、砥石城に詰めている信幸は、今すぐ駆け出したくてうずうずする。

「敵が神川を渡り切った頃に、敵の側面から突け。それから敵をゆるゆると大手門まで誘いこめ」

昌幸は信幸に作戦を授けていた。

敵が神川を渡り切ると同時に、砥石城から兵三百を率いて信幸が出撃した。

敵は先頭が黒坪《くろつぼ》に着いたところを北の染屋台地から突っこんできた信幸隊の攻撃に

よって混乱し、敵を蹂躙した信幸は勝ちに乗じて進もうとする。

家臣の板垣修理と来福寺左京は身体を張って信幸の馬の前に立ち塞がり馬の轡《くつわ》を取ると、前へ駆けようとする信幸を押し止めた。

「大殿の命令をお忘れか。『ゆるゆると』敵を城へ誘うことこそわれらが務め」

彼らが戦場で鍛えた胴間声《どうまごえ》で叫ぶと、「そうであったわ。血が騒いで父の言い付けを忘れるところだった」と信幸は馬を止めた。

信幸は敵を適当にあしらいながら町屋を抜ける。

町屋の道にはよしずを千鳥掛けで張っていた。

町屋の目立つところに美しい小袖や着物帯や金銀蒔絵の器物が散らかっているのを見ると、敵の足軽たちは弓、鉄砲を棄ててそれらを奪いあう。その時、よしずの陰から鉄砲が続けざまに放たれ、足軽たちはばたばたと倒れた。

敵は信幸らが少勢だとわかると追いつこうとするが、信幸隊は横曲輪に入ると木橋を上げてしまった。

敵は大手門に通ずる道を二ノ丸から大手門にかかるが、昌幸は櫓に上がって甲冑もつけずに、祢津昌綱相手に囲碁を打っている。

城内には兵二千人の他に、近隣の百姓などが三千人も籠もっていた。

これも昌幸の計らいだ。

矢沢頼康も上田城西の虚空蔵山まで上杉の援軍を伴ってきている。

徳川軍が鉄砲を撃ちかけると、城兵は鉄砲で応酬し、「早く浜松へ戻れ。さもなくば石をお見舞いするぞ」と、百姓の女や子供は石礫《つぶて》を投げ罵声を吐く。

法螺貝の音が響くと、敵が大手門を打ち破ろうと槍の柄で叩き始めた。

昌幸はまだ囲碁を打っている。

「敵は二ノ丸を破って本丸の大手門を打ち破ろうとしております」と、木村土佐が告げると、「よし、出撃する。皆に伝えろ。敵の首は取るな、斬り棄てにせよ」と叫び、昌幸は立ち上がると一つ大きな伸びをした。

昌幸が大手門へ駆け出し、馬持ちが「望月黒」の背中に朱色の鞍を置くと、信幸も「葦毛」の馬に十文字槍を持って傍らに並び、昌幸の弟信尹《のぶただ》がその後に続く。

吊り上げた大木を大手門の櫓の上から落とすと、大手門を破ろうとしていた敵兵は木の下敷きになり、また避けようとした者は内堀にはまる。

この時、一斉に弓、鉄砲が放たれると、敵は大混乱に陥った。そこへ六百余りの真田隊が大手門から討って出た。

徳川軍は驚愕し、大手門から逃げようとするが、それを追う信幸隊が町屋に火を放つ。

風が激しいので火は瞬く間に燃え広がり、町屋全体に煙が地上を這う。

この時、前もって林の中に伏せていた百姓たちが紙の旗を翳《かざ》して、徳川軍の後ろから鉄砲を撃ちかけると、東の伊勢崎城まで移動していた矢沢頼康が五百人の兵を率いて敵の側面を突く。

煙が通路を隠している上に、町中に巡らされたよしずで作った千鳥掛けが邪魔になり、敵兵は進退極まり、討たれる者が続出した。

生き残った者は神川を目指す。

信濃国分寺を過ぎるとすぐ前方に神川が流れているが、川岸の崖が目の前に聳え、川も増水していた。飛び降りかねて立往生していると真田隊が迫ってきた。

それを見ると、敵兵は崖を這うようにして必死に降り、川を渡ろうとするが、川幅も広く川も深いので、鎧の重さで身体が沈み、その上、流れが早いので次々と溺れる。

大久保忠世は神川を渡り切り対岸に立ち、仲間を集めてもう一度引き返そうと仲間に呼びかける。

「川を越えよう。敵が集まらない内にもう一度敵陣に攻めこもう」

仲間の平岩親吉《ひらいわちかよし》は返事もしない。

「川を越すことが無理なら河原までできて布陣してくれ」

平岩は相変わらず返事をしない。

河原に鳥居元忠を見つけたので呼びかけるが、彼も返事をしない。

近くに保科正直がいたので頼むが、彼は恐怖で顔が引き攣《つ》っており、手足が震えている。

「どいつもこいつも下戸に酒を飲ましたようだ。こんなやつに知行をやるのは馬鹿らしいわ」と、吐き棄てるように言うと、前方から見慣れた顔がこちらへ泳いでくる。

弟の平助（大久保彦左衛門）だ。

「兄上早く鉄砲隊を前方へ出して下され」

「馬鹿め、玉薬がないわ」

「そんな馬鹿な」

「わしもここから引き揚げるぞ。味方は腰が抜けてしまって誰も敵前へ進もうとせんわ。これでは戦さにならぬ。お前も早く逃げろ」

徳川軍は信濃国分寺から神川までの間で討たれた千人余りの兵を見殺しにして神川を渡った。

「このまま攻めて、徳川軍を討ち取りましょうぞ」と、勝った勢いで調子づく家老たちを昌幸は窘《たしな》めた。

八重原に引いた徳川軍は腹いせに依田川の対岸にある丸子城を攻め落とそうとするが、昌幸にいいようにあしらわれて丸子一城すら落とすことができない。

九月になると井伊直政・松平康重が五千の兵を連れて上田へやってきたが、小競り合いをしただけで、十一月になると陣払いして引き始めた。

家臣の祢津と海野が、「今、四、五百騎で討ってかかれば彼らを討ち取れましょう。われらに先陣させて欲しい」と功を急ぐ。

昌幸は、「あの陣立を見よ。いつ後ろから攻められても応戦できる構えだ。多分元の武田武士が多くいるのだろう。井伊家には近藤石見、それに松平には岡田竹右衛門という戦さ巧者がおる。井伊直政も松平康重も剛の者だ。あれは相手を誘い出そうとしておる陣立だ。手を出すな。追ってはこちらが痛い目をみるだけだ」と、家臣を戒める。

徳川の大軍は陣型を崩すことなく小諸の方へ去ってゆく。

やがて彼らの姿が見えなくなると、城内からは喚声があがった。

名胡桃《なぐるみ》城

徳川の上田城攻めが失敗に終わり、九月に入ると、今度は北条が沼田城に攻め寄せてきた。

北条氏照率いる二万が中山（群馬県高山村）に布陣すると、氏直、氏邦の三万八千の兵が赤城山の鈴ヶ岳の山麓に陣を布《し》いた。

沼田城には矢沢頼綱が二千の兵で守っている。

「上田は徳川と戦っておるので、援軍は望めんぞ。しかしわれらは果報者よ。関八州の大軍をわが城に一手に集めて戦えるとは、武士の冥利に尽きるわ」

頼綱は赤城山の山麓に翻る色とりどりの旌旗を見て、年甲斐もなく興奮した。

北条軍は一気に沼田城に攻めてはこずに、城を遠巻きに包囲するだけだった。

これを見た頼綱は、「敵兵が稲田を刈る前に兵糧を城内へ運べ」と、沼田城周辺の百姓たち五千人に命じて稲を刈り取らせると、兵糧と一緒に彼らを沼田城へ収容した。

北条軍は近郷の百姓家に火を放つと、城に近寄り攻撃を始めるが、沼田城は利根川と薄根《うすね》川の河岸段丘の上にあるのでそう簡単には攻め落とせない。

攻めあぐねる北条軍を眺めていた頼綱は、重臣金子美濃守に策を授けた。

翌日、真田家の紋「州浜《すはま》」の旗が沼田城から薄根川を渡り名胡桃城の方へ向かう。

「おい、矢沢が沼田城を棄てて、名胡桃城へ逃げるぞ。奴を逃すな。討ち取れ」

北条方の重臣、猪俣《いのまた》能登守邦憲《くにのり》は、「好機が到来した」と大声で叫び、薄根川の川原へ駆ける。

猪俣隊が動くのを見ると、榛名の森に潜んでいた渡辺左近率いる五百の兵は薄根川の川原へ押し寄せた猪俣隊に横槍を入れた。

「それ、大将は猪俣だ。猪俣の首を取れ」

猪俣は思わぬ伏兵に驚き、薄根川を再び渡り、赤城山山麓へ戻ろうとすると、今度は名胡桃城へ向かっていた金子隊が方向を転じて敗走する猪俣隊を追いかける。

猪俣隊は数百人の戦死者を川原に置き去りにして鎌田の城へ引き返した。

猪俣の敗戦に憤る氏邦は、中山に布陣する氏照に総攻撃することを伝えた。

一万五千の北条軍が蟻一匹逃がすまいと沼田城を包囲するが、沼田城は不気味に静まり返っている。

北条軍は今度は鯨波をあげて城兵を威嚇すると、一万五千人の雄叫びは雷のように空気を震わし、城内の女や子供たちは狂わんばかりに両手を耳に当てて身悶えした。

「まだ出撃するな。もっと敵を近づけてからだ。憎き北条め、今に目に物みせてやるぞ」

頼綱は敵が堀に近づくまで待つ。

沼田城内では百姓の男たちは山から集めてきた樹木の枝を焼いて、盛んに炭火をおこしている。

女たちは矢竹で弓矢を作り、子供たちがそれを束ね、兵たちは槍を片手に今にも飛び出そうと身構えた。

敵は数に物をいわせて木戸際まで迫ると、大胆にも堀の中へ降り、城内から応戦する様子がないと知ると一気に土塀に手をかけ乗り越えようとした。

その時、土塀や木戸口から真っ赤に燃えた炭火が頭の上に降ってきた。

炭火は土塀へ押し寄せた馬や敵兵の鎧や冑や着物の中や顔に落ちてくる。

「熱い。これは堪らぬ。空から火の粉が舞ってきたぞ」

敵兵は一斉に後方へ逃げると、木戸口が開き、沼田城に籠もる一千の城兵が出撃した。

氏邦は必死で逃げる兵を押し止めようとするが、兵たちは誰も大将の下知《げじ》に従わない。

北条軍は赤城山麓まで逃げ去り、氏邦は沼田城攻めを諦めて鉢形城へ戻った。

「小諸城の大久保忠世の兵が城から消えただと。そんな馬鹿なことがあるか」

意外な噂が上田城にもたらされ、昌幸は思わず大声を出した。

徳川は上田城攻めが失敗すると浜松へ引き揚げたが、その折、信濃の反徳川の国人に備えるために家康は佐久や諏訪に兵を残した。

それらを統括するのが小諸城であり、その城代が大久保忠世である。

「何故だ」

草の者に調べさせたところ、家康の右腕というべき石川数正が豊臣の陣営に奔ったことがわかった。

「あの石川が秀吉に釣られるとは。石川は家康の人質時代から苦楽を伴にした仲であったと耳にしたが、余程の好条件を出して石川を誘ったのか」

上田城内はその噂でもちきりだ。

「これでは家康も秀吉に手がでるまい。今に滅ぼされるぞ。これからは豊臣につくべきだ」

家臣たちは豊臣が俄然有利に立つと判断し、真田家が生き残るためには豊臣の傘下に入ることを切望した。

真田は信濃の小県郡を統一したとはいえ、天下の豊臣から見れば虫けらに過ぎない。

（どのように豊臣と連絡を取るか）

昌幸は様々な手蔓を探るが豊臣方に知人はいない。唯一関東へやってきた滝川一益ぐらいだ。

一益へ繋ぎをつけようとしたが、一益はすでに豊臣家を去っていたことがわかった。

彼は小牧長久手では秀吉側についたが、蟹江城で信雄・家康らの攻撃を支えることができずに降伏し、それ以後彼は京都の妙心寺で出家していたのだ。

そのことで頭を痛めていた昌幸の元に信幸が上田へやってきた。

「毎年上田へきている舞太夫の春松太夫を秀吉公がお見知りであるらしいのです。秀吉公の家臣の富田左近将監とも親しいと耳にしました」

「それはわれらに好都合だ。書状を差し出してわれらの帰属の願いを訴えよう」

昌幸は秀吉傘下に入ることで、「沼田城を北条に渡せ」と、うるさく言ってくる家康を牽制したい。

一ヶ月もすると待ちに待った秀吉からの書状が届いた。

「今後真田の面倒はわしが見てやろう。一度そなたの顔を見たいので大坂へ出てこい」と、好意的な内容だ。

昌幸は頬を緩めた。

(秀吉の傘下に入った証として人質を差し上げねばならぬ。信幸は長男で真田家の後継ぎだ。まだ豊臣もどう転ぶかわからぬ。上杉にいる信繁を秀吉の元にやろう)

信繁の越後での人質生活は思っていたより、優遇されたものだった。

一つには上杉景勝の元に、武田勝頼の妹が嫁いでいたことも関係していた。

春日山城下に到着した信繁ら一行は、本丸に通され、景勝と対面することを許された。

「上杉景勝はわれらのような小領主にも会ってくれるのか。有難いことよ」と信繁が呟くと、傍らにいる三十郎は、「上杉も上田を北条と徳川とに取られまいと必死なのでござろう。われらとて小県はおろか吾妻郡と沼田の大領主とまではいかないものの、れっきとした領主の一族でござるわ。そう卑下なされるな。景勝がどのような男か、堂々と対面して観察なされよ」

三十郎は信繁の肩を叩いた。

さすがに春日山は謙信が住んでいただけあって、予想を越えた規模の山城だった。

山麓の黒鉄門を潜ると、右手には領主が政務を行う屋敷が建ち並んでおり、警備している兵たちが、信繁ら一行を珍しそうに眺める。

そこから山腹に沿って左へ進むと、正養寺砦と呼ばれる広い曲輪があり、多数の兵たちが鉄砲の訓練を行っている。

その曲輪の上には重臣たちの屋敷が建っていた。どの屋敷も敷地は広々しているが、上杉の家風なのか建物は地味だ。

その傍らの坂を登ると、広い曲輪に出た。そこから急な坂が続き、喘ぎながら前方を見ると、黒門と周囲に白い土塀を巡らせた立派な屋敷が目に入る。

「ここは家老の直江様の屋敷だ」

案内の者が信繁らに告げた。

（これがかの有名な直江兼続が住んでいる館か）

信繁は上田を出発する時、昌幸が言ったことを思い出した。

「謙信の衣鉢を継ぐ者は、直江兼続という男じゃ。景勝は飾り物で、景勝は戦さも政治もすべて彼に任せきっているほどの者らしい。この機会にぜひ彼と会ってその人物をよく観察し、生きた学問をしてこい」

敷地は広いが、上杉家の筆頭家老としてはむしろ建物は質素にさえ見える。

「あれが謙信公が戦さの前に籠もられた毘沙門堂だ」

案内人が削平された山頂の端を指差した。

こんもりとした丘の上に、小さな御堂が建っている。

「その横が蔵王堂と諏訪社だ。蔵王権現様と建御名方神《たけみなかたのかみ》と八坂刀売神《やさかとめのかみ》とを祀っておる」

案内人は謙信がいかに信心深かったかを説明すると、「その横が本丸屋敷だ」とその傍らにあるこじんまりとした建物を指差す。

「殿はあそこでお前たちと対面される。今日は直江様もご一緒される」

直江の名を耳にすると、信繁の心は躍った。

長々と続く廊下を通り、本丸御殿に導かれると、上段の間には口髭を蓄えた景勝らしい人物と、その隣りには上品そうな奥方が座っていた。

一段下がったところに長身の男が座っている。

（あれが直江殿か。わしより十歳ぐらい年上か。それにしてもあの若さで上杉家を切り盛りしているとは大したものだ）

　もっと年寄った男を想像していた信繁は、直江を見て驚いた。

「この度は遠路はるばると、越後まできて頂き申し訳ない。『徳川が上田へ攻め寄せてくるなら、上杉家は徳川軍を撃退するのに手を貸そう』と殿が申されておる。上杉家は謙信公以来、わが家を頼ってきた者には力を貸すという家風がござってな。真田殿も安心して頂きたい」

　重々しく響く兼続の言葉を聞くと、信繁も三十郎も思わず頭を下げた。

「ところで、奥方様が『ぜひ真田殿と会ってお礼を述べたい』とおっしゃってな」

　目の前にいる景勝夫人菊姫が武田家から嫁入りしたことは知っていたが、信繁は何のことかと惑った。

「わが兄である勝頼殿がその方の父、昌幸に随分と世話になったと耳にしておる。その礼を一度言いたくてのう。勝頼殿は真田殿の岩櫃城へ行こうとしたが、小山田信茂めに勧められて、彼の居城の岩殿へ向かい、彼に裏切られて天目山で自害したと聞いた。昌幸殿の元に身を寄せていたら、無事であったかも知れぬと思うと、今だに兄の無念を思い出すのじゃ」

そう言うと菊姫は涙を拭った。

「そうおっしゃって下さると、父も喜びましょう。父にそれほどの力がありましたかどうかわかりませぬが、『お館様をお迎えするのじゃ』と申して先に岩櫃城へ戻り、お館様に住んでいただく屋敷を作って待っておりましたが…」

信繁は父が勝頼にこめた思いを語った。

菊姫はそれを聞くと、再び目に涙をためた。

よく見れば、菊姫は亡くなった勝頼にどことなく似ている。

「よろしゅうございましたなあ、奥方様。武田家所縁の者にも出会え、われらも真田を助けてやりましょう。それに御館《おだて》の乱の時の借りもござれば」

兼続は景勝が上杉家の当主でいられるのは、勝頼のお陰だと思っている。

謙信が亡くなると、謙信の姉の子である景勝と、北条氏康の息子で上杉の養子である景虎とはお互いに上杉家の家督を巡《めぐ》って争った。

勝頼を味方につけた結果、景勝方が勝利した。

兼続はそのことを言っているのだ。

人質となる信繁はもっと冷たい仕打ちを覚悟していたが、勝頼と父に感謝した。

「不自由なことがあれば、ここにいる兼続に何でも相談せい」

口の重い景勝の一言で対面は無事終わった。

さっき登ってきた黒鉄門を下ったところに蓮池堀があり、信繁らの屋敷は蓮池堀より城下に出て、林泉寺と春日神社との間に設けられていた。

忙しい兼続と再び出会えたのは、越後国内の戦さに信繁らが参陣することを許された時だった。

御館の乱から七年も経っていたが、御館の乱での恩賞に不満の国人の反乱の鎮圧を兼続が任されていたのだ。

最後まで景勝に抵抗したのは揚北《あがきた》の新発田重家で、彼の支城への攻撃が続いていた。

戦さがひと段落つくと、兼続は信繁を自分の屋敷へ招いてくれた。

「これはまあ真田様、よくお越し下さりました」

玄関まで兼続の奥方が出迎えてくれた。

(色白の顔に淡い白の着物がよく似合う、すらりとした目の澄んだ奥方だ)

意外に地味な柄の着物だが、よく見ると越後上布だ。

(米や酒や着物といい、越後は本当に豊かな国だ)

信繁は佐渡の金山だけでない越後の経済力を思った。

「越後へこられて酒の方は腕が上がりましたか」

お膳には新鮮な刺身と酒とが用意されている。

奥方が酒を注いでくれていると、兼続が奥の部屋から顔を見せた。

「どうだ。越後に慣れてこられたかな。ここは夏は涼しいが、冬になると人の背丈を越す雪が城下を埋めてしまう。雪掻きが朝の日課となる」

ふと傍らを見ると、書物がうず高く積まれている。

信繁の視線に気付いた奥方は、「ああ、この人は書物の虫です。戦さが終わると、古い寺院に埋もれている唐《から》からの書物を書き写したり、家臣にそれを命じたりして、それを家に運んでこさせるので、部屋中書物だらけです。足元が悪くて困っております」と愚痴をこぼす。

「どのような書物なのですか」

信繁は本の中身に興味を持った。

「孔子とか孟子、それに司馬遷という人をご存じか。唐では有名な人だ」

兼続が口にする人物のほとんどを信繁は知らない。

「父が信玄公から勧められて孫子を読んでいたので、それぐらいしか唐の書物は知りませぬ」と信繁が正直に言うと、「孫子は戦さという視点から人間の本質を描いた書物だ。司馬遷の書いた『史記』は古の唐の歴史上の人物を描いており、そこには英雄から悪人に到るまでいろいろな種類の人間が生き生きと描かれている」

「この人は唐の書物以外にも農作のことに詳しく、侍にもかかわらず百姓のことをよく知っております。実家の樋口家は昔、百姓をしていたのかと疑うほどです」

奥方は微笑しながら兼続を見た。

「わしは幼少の頃から直江家に仕えており、当主の直江信綱様が亡くなった後、景勝様からの命令で、主人の妻であったこのお船と一緒になったのだ。百姓たちが侍を支えてくれておることは、下働きをしていた頃からいつも目にしていたので、百姓たちの生活を守ってやることがわれら侍の務めだと思っている」

（それにしても仲の良い夫婦だ）

奥方も主人に遠慮なく自分の考えていることを言うし、兼続も微笑を浮かべてそれを聞いている。

兼続という男は、信繁がこれまで目にしたことのない人物で、戦国の世に珍しく書物の香りのする文化人の側面を持っていた。

信繁は暇があればいつも、兼続の屋敷へ伺っては、彼と語り合うのを楽しみにしていた。

会う度に彼の物事に対する造詣の深さに驚いた。

信繁が越後にやってきた年の八月に、徳川軍が上田へ攻めてきた。景勝は約束通り北信濃の兵を上田城近くまで出兵させてくれ、三十郎も彼らと一緒に援軍として戦った。

首尾よく徳川軍を上田から撤退することができ、越後の山々が紅や黄色の錦繍に包まれる頃、越後に戻っていた三十郎のところへ昌幸からの手紙が届いた。

「若殿、大殿から『秘かに上田へ戻れ』との命令だ。大殿は秀吉を頼るお考えらしい。小牧・長久手の戦いでは家康が秀吉軍を破ったが、秀吉は家康の右腕である石川数正を自陣に取り込み、家康も秀吉に押され気味らしい。家康を負かすのは秀吉だろうと大殿は予想され、すぐにも大坂城へ目通りに行くつもりらしい」

信繁は三十郎から手紙を受け取るとため息を吐く。

「困ったことになったわ。父は上杉から豊臣に鞍替えするつもりだ。直江殿や景勝殿には大いに世話になっているので、今更わが家の事情を打ち明ける訳にもいかぬ。こうなれば黙って去るしかないわ。直江殿だけには後からでも手紙を出そう」

三十郎もこれまでの上杉家の恩情を思うと、不義理することに胸が痛くなる。

「しかたがござらぬ。わしは脱出の準備と、その時期を調べよう」

「いつも父がそなたにまで迷惑をかけて、済まなく思う」

信繁が頭を下げると、「水臭いことをするな。お前は無事に上田へ帰ることだけを考えておけ」と三十郎は力強く励ます。

脱出の機会がきた。

景勝は兼続とともに新発田城攻めに出陣し、参陣を誘われた信繁は仮病を使った。彼らが揚北《あがきた》に出かけると、深夜に屋敷を抜け出た信繁主従は百姓家に隠していた馬に飛び乗り、真っ暗な北国街道を上田目指して一目散に駆けた。

翌朝、彼らの脱出に気付いた城方が追いかけてきたが、信繁たちは明け方には妙高を越え野尻まで駆け抜けた。

ここまでくればもう信濃の国だ。上田からの援軍が野尻まで出張っており、上杉方の海津城を横目に見ながら懐かしい上田城へ戻った。

(上杉が立腹しようと、秀吉には歯が立つまい。上杉には泣き寝入りをさせてやろう)

昌幸は信幸、信繁を伴い大坂へ向かう。

上田から松本を抜けて塩尻を通り、ここから鳥居峠に出ると昌幸ら一行は木曽路を歩く。

信濃は徳川一色で染まっているが、一歩足を美濃に踏み入れると、ここは秀吉の勢力下で治安は安定しており、彼らは気を許して木曽川を舟で渡り岐阜の町に入る。

岐阜の町は信長が縄張りしただけに、城を中心に城下町が整然と広がり町全体に活気がある。

険阻な岩盤から成る金華山の山頂に聳える岐阜城が霧に霞んでいる。

中国の水墨画に出てきそうな幽玄な風景に出会い、彼らは思わずため息を吐く。

「さすがは信長だ。ここから天下を狙ったのか。これは難攻不落の城だ。さぞ天守からの眺めもすばらしいことだろう」

築城に明るい昌幸は長良川の川原に立ち、山頂から周囲を睥睨する城を飽かずに眺めていたが、急に信繁の方に振り向くと彼に声をかけた。

「お前がいた上杉の春日山城と比べるとどちらが立派か」

「信長の岐阜城もすばらしいですが、城の規模といい、風格といい、春日山城も引けを取りませぬ。春日山には多数の曲輪があり、それらが山頂の実城と呼ばれる本丸を守っております。山腹には堂々とした謙信公の屋敷が残っておりました。山麓には謙信公が政務を行う屋敷が整然と建ち並んでおり、謙信公亡き後、当主の景勝殿がそこを使われております」

昌幸は信繁の話を聞きながら、金華山に聳える岐阜城を睨んだままだ。

「春日山の山頂からは北に港町である直江津をはじめ、荒ぶる日本海が眺められます。北東には米山と青々とした稲田が続く頸城《くびき》平野が広がり、東の山麓には春日山城下が見渡すことができ、南方には妙高の秀峰を仰ぐことができます。さすがに謙信公の故郷は豊かな国だと実感しました」

信繁は半年足らず越後にいただけで、すっかり彼《か》の地が気に入ったのだ。

「随分と上杉贔屓になったものよ。越後で何ぞいい目をしたと見えるわ」

昌幸がいたずらっぽく目を向けた。

「いえ、別に」

信繁は首を振る。

「三十郎はお前が『上田へ戻るのを渋った』と言っておったぞ。どこぞの女と別れるのが辛いと…」

「三十郎め、嘘ばかり吐きおって」

信繁は兼続のことを話そうとしたが、

「越後で好いた女が一人や二人おろうがよいではないか。お前が一人前の男として、越後で人質生活を送ったということが大切なのだ。わしもまだ親元で親に甘えたい頃に、真田家の人質として信玄公の元で仕え、あれこれと気を使いながら暮らしたものよ。信玄公は元より重臣たちにも気を配り、同僚ともいさかいが絶えず、幼いなりに苦労したが、人としての生き方を学んだのもこの時だ。それが今役に立っておる」

信繁が黙っていると昌幸は話を続ける。

「三十郎に聞いたが、お前が直江と出会えたのも人質として越後へ行ったからだ。いろいろな人と出会い、彼らの考え方を知ることによっておのれの視野が広がり、物の見方が変わってくる。本当に若い時の苦労は良いものよ」

父の口から兼続の名前が出ると、急に彼が懐かしく思い出される。

昌幸は信繁に注いでいた目を、再び長良川河畔に聳える岐阜城に向けた。

「わしもこのような立派な城に住んでみたいものよ」

昌幸は大きなため息をついた。

長良川は城が聳える金華山の麓で大きく蛇行し、下流には広々とした濃尾平野が広がる。

西に目を転ずると、普段は優美な姿を誇る伊吹山には雲がかかっている。

「殿、そろそろ出発しましょう。大坂城で秀吉公がお待ちですぞ」

重臣たちが昌幸を促す。

川幅の広い長良川を渡るとそこは大垣の町だ。ここから京都は近い。

伊吹山が右手に見えてくると前方に琵琶湖の湖面が太陽に反射して眩しい。

「これは湖というより海のようだ。初めて見た時は諏訪湖でもその大きさにたまげたが、これはその比ではないわ」

重臣たちは驚きの連続だ。

京都に入るとその驚愕ぶりがさらに増した。

京都の中央を流れる鴨川沿いに今まで目にしたこともない数万もの人足の群れが集まっている。

彼らは一心不乱に働いており、女や子供たちも混じっていた。

「これは戦さでも始まるのか」

昌幸の指示を受けた信繁が人夫を捕まえて尋ねると、「いえ。秀吉公の命令で京都の町に聚楽第という城を築くので。これはその外堀と土居を作っておるのどす」と返事する。

よく見ると鴨川の西側にある堀と土居はずっと南北に続いている。

堀も昌幸らが山城で見慣れたものではなく、今まで目にしたことのない規模で幅はゆうに十五メートルはあり、深さも人の背丈の三倍はありそうだ。

その堀から出た土砂で築かれた土居も巨大な高さで、基底部は二十メートルぐらいで高さも堀の深さほどある。

とうてい堀の下から土居を乗り越えることは不可能だ。

「この堀と土居はどこまで続いておるのだ」

信繁が人夫に再び聞くと、京見物の田舎者がこの忙しい時にわれわれの仕事の邪魔をするのかと、非難するような目付きで邪険に答えた。

「北は鷹ヶ峯で南は九条まで。東はこの鴨川に沿ってで、西は紙屋川どすわ。つまりこの堀と土居が京都の町をすっぽりと包んでおるのどすわ」

地名で言ってもわからない田舎者に大雑把に教えた。

「ほおう。京都の町全体をか。これ一つを見ても豊臣が天下を手中にしていることがわかる。われらが秀吉公に帰順することは時宜にかなったものよ」

昌幸が納得すると重臣らは大きく頷いた。

「これは父上が言われたように、畿内はおろか、徳川の領土もやがて豊臣家が切り取る日も近いような気がしますな」

信繁が昌幸の考えに納得していると、「そうよ。わしの目が正しかったようだな。これで徳川にも気がねなく大坂城にいる秀吉殿に挨拶に行くことができるというものよ」

自信を持って話す昌幸の顔が輝いている。

秀吉の絶対的権力をまざまざと見せつけられた一行は大坂を目指す。

岩清水八幡宮から生駒《いこま》山沿いに東高野街道を南下し、四天王寺に立ち寄った一行はそこから大坂城を眺めた。

河内平野には城以外に何も遮る建物はなく、城は上町台地の北の端で周囲を睥睨している。

金で装飾した屋根瓦が陽光を浴びて輝いていた。

信濃の山城を見慣れている彼らの目には、この城はとうていこの世のものとは思われない。どこか話で聞いた唐《から》の国の城のようだ。

彼らは秀吉に出会う前から完全に度肝を抜かれてしまった。

「これは城というよりは、巨大な生き物のようだ。われらはこの世ではなくて、極楽浄土に来ているようだ」

信繁が感心していると、家臣たちは目を丸くして黙りこんでしまった。

「父上は信玄公との戦さで、北条の小田原城や家康の浜松城を見られたと聞いておりますが、それらと比べてこの大坂城はどうでしょうか」

信繁は父親が韮崎に新府城を築いて以来、築城に興味を持ち始め、城の持つ表情が城主の人格を反映しているように思えてきた。

特に越後で見た春日山城は信繁に強い印象を与えた。

春日山城は修行僧が籠もる寺院を思わせ、峻険な春日山そのものが、謙信を祀る聖域のように映った。

「小田原城や浜松城はその地方を治めるに足るだけの城だが、天下を見据えるほどのものではない。この五層の天守を持つ大坂城は、その規模と守りの堅さはまさに天下一の城だ。わしは今までこんな巨大な、そして華麗で荘厳な城を目にしたことがない。さぞかし秀吉という男は、胆の太い、豪華好きの豪傑であろう」

昌幸はそう言うと何度も唸った。

「これは秀吉と出会うのが楽しみになってきたな、兄者」

信繁が信幸に話しかけるが、信幸は目を城に向けたまま黙りこんでいる。

城の北と東西は大川に守られているので、空堀は南にのみ作られており、その内側が三ノ丸だ。

「これが外堀か。こんな巨大な堀は今まで目にしたことがないわ」

一行は空堀の幅の広さと深さとに再びため息をつく。

深さはゆうに十メートルはあり、堀の幅は五十メートルを越える。

これでは攻める敵は三ノ丸に近づくことすらできない。

「まさに守るに易く攻めるに難しい城だ。これを攻め落とすことは不可能だわ」

彼らは唸るだけで言葉を発することができない。

生玉口が大手門でここからが三ノ丸で、その周囲には水濠が巡らされている。

これは外堀に比べて広さ、深さとも半分ぐらいの規模だが、普通の城の外堀でもこれぐらいのものはない。

大手門で来訪を告げると取次ぎの家臣が彼らを本丸へ案内する。

桜門を通るともう本丸であり、桜門の正面にある巨岩が彼らの目の前に立ち塞がる。大手門が三つぐらい並びそうだ。

目の前には巨大な天守が聳える。

「お主たちは運が良い。本日は天守で殿下と対面が叶うかも知れぬぞ」

彼らは秀吉を見ることができる喜びに頬を緩めた。

いくつの部屋や廊下を通ったか覚えていない。数えきれぬほどの部屋が並んでいた。

急な階段を滑らぬように注意し、登りで息が切れた頃、ようやく最上層に着いた。

「殿下が『真田父子と対面しよう』と申されております。その他の方々はここでお待ち下され」

昌幸と二人の息子は取次ぎの者に連れられて廊下を進む。

狭間から大坂の町が一望できる。

城の西にはぎっしりと町屋が建てこみ、その向こうに鏡のような海面が光っている。

東には今日通ってきた東高野街道が紅葉で紅く染まる生駒山の山麓を走る。

南は四天王寺が指呼《しこ》の距離にあり、河内平野が見渡すかぎり広がり、遠くに紀州の山並みが望める。

「まことに雄大な眺めだ」

三人は足を止めて風景に見入った。

控えの間でしばらく待たされていると、忙《せわ》し気に廊下を踏み鳴らす足音が響くと、真っ赤な装束の小男が部屋に入ってきた。

「待たせたのう。余が秀吉じゃ」

もっと大柄で武骨者を想像していた三人は意外な気がした。

「お主が幸隆殿の倅か。幸隆殿は信玄公の片腕だったと聴く。信玄・勝頼公時代からそなたの高名はここまで響いておる。まだ年も若いのに立派なものだ」

三人は額を畳に擦りつけながらも、上目使いに秀吉という男を観察しようとした。話では秀吉は十歳ほど昌幸より年上のようだが、皺寄った顔付きはもっと老けて見える。それでも三人に注がれる眼光は鋭い。

「これをとらそう」

秀吉は予め用意していた太刀を昌幸に与えた。

秀吉は領地を守り通そうとする昌幸の抜け目なさそうな面構えに満足すると、今度は昌幸に似た顔付きの二人の若者に声をかけた。

「二人とも賢そうな顔をしておるな。どちらが兄か弟か」

信繁が、「それがしが弟です」と答えると、秀吉は彼に興味を示し、「その方は大坂城に残れ。わしが立派な男に仕込んでやろう。よいな昌幸」と念を押した。

これで真田の豊臣への帰属は成った。

昌幸は豊臣の後盾を得ると、家康に気がねなく佐久郡へと手を広げる。

依田信蕃は昌幸と北条の兵糧を断つため碓氷峠で一緒に戦った仲間であり、彼はその活躍で佐久郡を与えられていた。

依田の領内には反徳川の国人が多く彼に従わなかったため、彼は次々と国人たちの城を攻め落とした。

最後まで従わぬ岩尾城の大井行吉を攻めたが、意外な抵抗にあい、焦った彼は先頭を切って城へ攻め寄せた際、敵の銃弾に倒れ、弟の信幸も討死した。

依田の死は昌幸にとって驚きであったが、友は友、領地とは別だ。戦さ巧者の昌幸にとって信蕃のいない佐久平定は容易である。

天正十四年十月になると、家康はついに大坂城へ出向き、臣下の礼をとった。

「家康めがついに秀吉公に恭順したわ。やはりわしの読みは当たっておったわ」

昌幸はどうも陰気な家康とは肌が合わなかった。陽気な秀吉の方が好きだ。

ところが家康と和解すると、秀吉の昌幸への態度が豹変した。

秀吉は恭順した家康を手懐《てなず》けるために、真田、小笠原、木曽の三人を徳川の寄騎《よりき》にしようとした。

昌幸らが家康傘下に入ることで、信濃は完全に家康の支配下になる訳だ。

秀吉は小国に過ぎぬ真田の意向など一瞥もせずに家康に餡を与えた。

「殿下は、われらを将棋の駒のように思うておるわ」

昌幸は憮然とした。

武田滅亡後、大国に帰属し、彼らの後盾を得ることで生き延びてきた昌幸は、大国の論理は骨身に沁みるほどわかる。

「今さら泣き事を言っても始まらんわ。殿下の命令ともあればしかたがないが、わしはどうしても家康という男が好きになれぬ。家康に出会いに駿河へ行くのが億劫だ」

と昌幸がこぼすと、

「わたしも一緒に参りましょう」

と、信幸が見かねて同道を申し出た。

天正十五年の初め、松本城の小笠原と昌幸ら一行は駿府城へいく。

駿府城は今川家の居城であっただけに立派だったが、大坂城を見た目には田舎臭く映る。

彼らは本丸御殿で家康と対面するが、その場には徳川の重臣たちも顔を揃えていた。

家康は小柄な秀吉と異なり、背丈はないが猪首の精悍な顔付きをした男だった。

小笠原が挨拶し、次に昌幸の番になると、それまで眠そうにしていた大きな目がきっと開き、昌幸と傍らに座る信幸を睨んだ。

「これまでの無礼をお許し頂きたい。徳川殿の傘下に入った以上、これからは徳川家のために十分尽くす所存でござる。皆様方もよろしく御指導下され」

重臣たちも苦い目に遭わされた昌幸を注視したが、対面は穏やかに終わった。

「父上が思われるほど悪い人物でもなさそうでしたな」

終始笑みを絶やさなかった家康に、信幸は好印象を持ったようだったが、昌幸は自分を殺したいのを我慢して微笑を絶やさぬ家康の腹の内を思った。

(殿下の命令で駿府へきたわしに手を出すことは殿下を敵に回すことになる。それで我慢しておるだけよ)

昌幸は一応顔見せが無事済んだことに安堵した。

その後秀吉は、北条に上洛を求め、その際以前より揉めていた沼田領有問題に最終決定を下した。

「真田の上野の所領三分の二と、沼田城を北条にやって代地は家康が昌幸に与え、上野三分の一と名胡桃城は真田の領地とする」

具体的には利根川から東側の沼田は北条に、西側の名胡桃城から赤谷川沿いは真田のもので、代替地として信濃の伊那郡箕輪一万二千石は真田領であるという内容だ。

北条方はこの秀吉の決定に立腹した。

徳川と取り決めた名胡桃城を含めた沼田すべてが自分のものだと思っていたから

だ。

反対に昌幸はこの決定に喜んだ。

ここから北条は失策を重ねる。

「沼田城の引き渡しに北条軍は二万もの大軍を率いて威圧するかのように、引き渡しを強行した」という噂が大坂城に伝わると、秀吉は検視役の富田知信と津田信勝に噛みついた。

「大軍で城の引き渡しを迫るとは、北条はこのわしを信用しておらぬのか。愚か者めが」

顔に泥を塗られた秀吉は北条への怒りを爆発させた。

北条は手に入れた沼田城の城代に猪俣邦憲を命じる。

名胡桃城は沼田城からは利根川を挟んで一里と離れていない。

「真田は名胡桃は真田家祖先の墳墓の地などと言って秀吉に泣きついた。秀吉は真田を使ってわしを背後から操ろうとしておる」

秀吉の決定に不満を持つ北条は、どうしても上野一円の領有を諦め切れない。

そこで一策を講じた。

名胡桃城主は鈴木重則《しげのり》で、その妻は中山城主、中山九兵衛安芸守の姉である。

「中山を味方に引き入れ、名胡桃を奪え」

猪俣の命で中山と親しい竹内孫左衛門が中山に近づき、「お主ほどの者が浪人して何故名胡桃城の食客などやっておる。北条へ味方すれば『中山城は元より名胡桃城、小川の城まで任そう』と猪俣様が申されておる」と誘う。

誘われると中山はあっさりと北条に味方することを決心し、昌幸から鈴木重則宛ての偽手紙を作成し、これを鈴木に差し出す。

「今度伊那郡で箕輪を拝領することになり、城普請のため上田へきてもらいたい」

これを見た鈴木は何の疑いもなく昌幸からのものと信じ、上田へいく途中に岩櫃へ立ち寄り、城代の矢沢頼綱に手紙を見せた。

「はて、奇怪《おか》しいのう。わしのところへはそのような話はきていない。お主を召し出すなら先ずわしに下知される訳だが…」

矢沢は再び手紙を手に取ると、「あっ」と叫んだ。

「これは偽物だ。なるほど殿の筆跡によく似せてはいるが、少し違う。お主は中山に騙されたのだ」

「名胡桃城が危い」と叫ぶと、鈴木は岩櫃からの加勢を得て急いで名胡桃城へ引き返した。

初冬の吾妻郡はどんよりとした鉛色の雲が空一面を覆っていて、いつ雪が降ってもおかしくない。馬の吐く息も白い。

名胡桃城に近づくと、すでに城の櫓の上には巴紋の大旗がはためいており、数千の兵が周辺の山や砦に犇《ひしめ》いていた。

「しまった。遅かったか」と鈴木は叫び、「かくなる上は猪俣殿を主君として家臣として仕えたい」と、偽って、鈴木は沼田城下の正覚寺の住僧を通じて猪俣への面会を頼んだ。

猪俣は鈴木が正覚寺で神妙にしている様子を家臣から聞くと首を傾げる。

（さてはわしを誘《おび》き寄せてひと太刀見舞おうという腹だな）

猪俣に面会を断られた鈴木は名胡桃城を北条の手に騙し取られた責任を感じ、正覚寺の庭前で立腹を掻き切る。四十二歳であった。

「名胡桃城が奪われた」という情報が上田へ伝えられると、昌幸が上京中であったので、信幸はすぐさま岩櫃城へ加勢を送り、同時に北条の名胡桃城奪取の報告が京都の昌幸と大坂の秀吉の元に飛ぶ。

「名胡桃城の周囲は北条軍で固められている。今はとても城を取り戻すことは無理だ」

正覚寺から戻ってきた鈴木の家臣が彼の死と名胡桃城の様子を伝えた。

翌月の十二日になると鉢形城の氏邦が白井城まで進軍してきた。この勢いで岩櫃城まで奪おうという腹だ。

岩櫃城の南にある烏川に沿った手古丸城に五千の北条軍が、そして岩櫃城の大手、搦手口に一万の北条軍が布陣した。

岩櫃城は難攻不落の城だ。頼綱の指揮で夜討ちや小競り合いで時を稼いで、城内へはつけ入る隙を与えない。

十二月も終わり頃になると、岩櫃を包囲していた北条軍は波が引くように姿を消してしまった。

不思議がる岩櫃へ、秀吉から北条討伐の命が出されたことが知らされる。

小田原攻め

秀吉は出陣に際して、宮中に参内して節刀《せっとう》を賜わると、聚楽第に入る。ここで殿上人から首途《しゅと》の祝儀を受け、連歌の会を催した。

「関越えて行末なびく霞かな」と北条討伐の決意を上手くもない歌に詠むと、天正十八年三月一日、秀吉の一行は京都を出発する。

彼は作り髭を顎に当て、鉄漿《かね》を黒々とつけ、唐冠の冑を被り、金札緋縅《ひおどし》の鎧に太刀を差し、金箔を置いた大弩俵の靫《うつぼ》に矢を入れる。朱塗りの重藤《しげとう》の弓を握り、金の瓔《よう》珞《らく》の鎧を纏った馬に乗り、盛んに見送る人たちに手を振る。

馬の背には目にも鮮やかな真紅の厚総《あつぶさ》がかけてある。

近習、伽衆、馬回りまでが華やかな甲冑で身を飾り、茶人の千利休までが金の筌《うえ》をつけた七節の篠竹、申楽《さるがく》の桶の口、石見かざし物の鞁《ひ》の筒を形どった指物で一行に続く。

狂言師も三番叟の装束で行列する姿に見物の人々はやんやの喝采を浴びせた。

この美々しい行列を一目見ようと摂家、清家の殿上人はもとより、洛中・洛外の貴賤を問わず無数の人々が三条河原から粟田口、日の岡峠そして山科・大津・坂本まで桟敷を組み、街道は溢れんばかりの人で埋まる。

家康が北条攻めの先鋒を命じられた。

東海道北上軍は、

蒲生《がもう》氏郷《うじさと》・羽柴秀次・織田信雄《のぶかつ》・細川忠興・筒井定次・浅野長吉・石田三成・宇喜多秀家の部隊で編成された十四万人。

北国勢は、

前田利家・上杉景勝・真田昌幸らから成る三万五千人。

水軍勢は、

九鬼《くき》嘉隆《よしたか》、加藤嘉明《よしあきら》、脇坂安治《やすはる》、長宗我部《ちょうそかべ》元親《もとちか》ら一万四千人。

彼らは集合地の三枚橋（沼津）へ向かう。

東海道北上軍が正面軍で、北国勢は搦手《からめて》軍である。

搦手軍の大将は前田利家で、彼らは一万八千騎で金沢城から越前を経て木曽路から信州余地峠を通り、下仁田を越えて西上野に入る。

上杉景勝軍八千騎は春日山城を出て川中島を経て、碓氷峠で真田、依田、小笠原らの信濃衆と合流し、碓氷峠を越えて松井田城へ入る。

松井田城は北条方の支城で大道寺真宗が二千騎で守っている。

真田、依田が松井田城の正面を、小笠原は山手へ回り東から攻める。

大道寺は彼らへの防戦が忙しいところへ、上杉軍の先鋒藤田能登守信吉《のぶよし》、安田上野介順易《よりかね》が彼らの側面から攻めかけた。

防戦する敵が乱れたところへ今度は真田と依田隊が陣鉦《じんがね》太鼓を盛んに鳴らし、鯨波をあげて攻めこむが、城兵も必死で応戦し、なかなか城を落とせない。

前田利家は大道寺の調略や城の弱点について信濃の武将を集め意見を聞く。

「これから落とすべき城は多く、支城を一つずつ力攻めで落としておれば時間がかかる。それにわが方は大軍なので兵糧の確保も大変となろう。できれば大道寺を降参させ、彼を先鋒として北条方の城へ降服勧告させ、できるだけ味方の被害を少なくすべきである」

依田康国は信蕃の息子で若いが、なかなかしっかりしている。

さてわが息子はどうかと、昌幸は後ろを振り向くと、信繁は真剣な表情で軍議に集まった武将たちの発言に耳を傾けている。

(真田の男らしい面構えになってきたわ)

思わず昌幸は頬を緩めた。

「依田殿の申される通りだ。この際無理な出血は避けねばならぬ」

軍議は大道寺をどのように調略しようかと話し合っている時、この軍議の席へ孫を連れた老婆がやってきた。

「わしは由良成繁《ゆらなりしげ》の妻で妙印尼と申す。大将にお目にかかりたい」

昌幸はこの老婆の女傑ぶりを耳にしていた。

七十歳を越えているにもかかわらず声には張りがあり、目は人を射るように鋭い。

彼女はここへやってきた訳を話し出した。

「わたしは金山城主、由良成繁の妻で、子供たちは小田原に人質としてとられ、城に籠もらされております。北条は主人が亡くなった時親切めかせて息子たちを茶会に招くと息子を二人とも捕えてしまいました。北条氏政父子はわれらが切り取った領土には野心がないと言いながら、われらの領地である桐生、館林、金山、両崖《りようがい》山城へ攻め寄せ、『息子二人の命と引き換えにこの四城を明け渡せ』と迫りました。わたしは息子の命よりも主人が血と汗で手に入れた城を守ろうと女ながらに具足をつけ薙刀を持って城内の兵を励ましました。城を落とせぬ焦りから、北条氏照が『息子二人を磔にして殺すぞ』と脅しましたが、こちらから大筒を見舞ってやりました。長陣に飽んだ北条方に、忍《おし》城の成田氏長殿が仲介して下され、館林、金山城と引き換えに、息子二人は人質から返されました。その後、北条の傘下として佐野氏の領土を攻略しても、北条は約束の土地をくれませぬ。そして今度も息子二人は小田原へ連れてゆかされてしまいました」

老婆の目は北条憎しの一念に燃えていた。

「これは孫の由良新六郎貞繁と申します。ぜひ前田様の部隊で先鋒として働かせてやって欲しいのです」

彼女は孫だけではなく、自分も戦さに加わりそうな調子で懇願した。

「これは妙印尼殿のお申し出、有難く存ず。われらは他国者ゆえ地理に暗い。この地に明るい者が少なくて困っていたところじゃ。息子殿が小田原に籠られているとのこと。われらが北条を征伐した暁には息子殿を無事に金山城へお連れ致そうではないか。のう景勝殿」

年寄りにもかかわらず男顔負けの心意気に感じ入った利家は、この老婆の申し出に景勝の同意を求めると、「よし、わが軍の先陣にきてもらおう」と承知した。

それを聞くと老婆は目に涙を浮かべ、孫に、「父親を救い出してこい」と励ますと、景勝らに一礼した。

松井田城を攻めている際中に昌幸に書状が届いた。秀吉からだ。

「上野国に攻め入り、松井田城の城下を焼き払い、城を包囲して攻めたてていることは大儀だ。小田原城の攻撃には兵力に余裕があるのでその方たちの軍勢は必要としない。それゆえ、ゆっくりと攻め落とすように」

昌幸は松井田城の開城の催促かと危惧したが、そうでないと知ると、安堵と同時に二十万もの大軍を動かす秀吉という男の偉大さと余裕をさえ感じた。

結局大軍に悩まされた大道寺は三日目に降参し、東国攻めの案内役を務める。

上野国の北条方の城は西牧、沼田を始め次々と落城し、西上野の扇の要である箕輪城も城内からの反乱により抗戦派の城代垪和《はが》信濃守は城から追放された。

昌幸が長年悩まされた北条氏邦の鉢形城も落ち、搦手軍は北条氏照の八王子城に向かう。

氏照は小田原城に詰めており、留守部隊が城を守っている。

深沢山の山頂に築かれた本丸には横地監物《けんもつ》長次がおり、本丸脇の中ノ丸の「松木曲輪」には中山勘解由《かげゆ》左衛門《ざえもん》氏範《うじのり》が守備する。本丸東側にある「小宮曲輪」には狩野主膳入道一庵が守り、山の尾根の中腹に「金子曲輪」があり金子家重がいる。山麓の「山中曲輪」には近藤出羽守らが籠もる。

城は四百メートルもある深沢山に築かれ、その南の山裾を城山川が流れ、堀の役目を荷っている。

深沢山は尾根や谷が複雑に入りこんでいて、山麓には氏照の屋敷があり、その周辺にも多くの砦が城を守っている。特に南の「太鼓曲輪」は深い堀切で敵を寄せ付けない。

朝霧に包まれる八王子の町はまだ眠っている。

「本丸は景勝殿が、中ノ丸はわしらが受け持とう。北条の者たちは『山中曲輪』を攻め取れ」

利家は城の見張りの足軽を撫で斬りにすると、三隊に分かれて八王子城を攻めたてた。

八王子城の城兵の奮戦に激戦が続く。北条から降った松山衆は夜討ちをかけ、近藤出羽守が守る「山中曲輪」へ攻め寄せた。

山麓の「山中曲輪」を守る城兵たちは弓矢で防戦し、搦手軍も数多く討たれる。

「武士は名を惜しめ。討死して子孫に名誉を残せ」

出羽守の叱咤激励に彼らは搦手軍と死闘を繰り広げ、味方の死骸を踏み越え、出羽守の手勢の者は一歩も退かない。

しかし近藤出羽守が討死すると、搦手軍は山腹にある「金子曲輪」を落とし、山頂へ迫り、中ノ丸に攻めこんだ。

中山勘解由と狩野一庵は槍を振るい、一歩も中ノ丸へ敵を入れない。

「城兵の中で臆病者がおれば足手まといになるだけだ。今の内に城から落ち延びよ。われらは氏照殿に永く恩顧を受けた者だ。斬り死にも嫌わぬ。生命が惜しい者は今すぐ立ち去れ。恨みには思わぬ」

中山勘解由の叫びに配下の者七百人やその他の三百人も誰もその場から去らず敵と槍を合わせる。

それを見て中山は莞爾《かんじ》として笑う。

「よし、一緒に三途の川を渡ろうぞ」

土塀へ攻め寄せる搦手軍へ矢と鉄砲を放つと、寄せ手は次々と倒れ、三万もの搦手軍も逃げ腰となり、指揮官は刀を振り回し逃げる味方を追う。

それを見た利家は全軍に檄を飛ばした。

「今まで上野の城を落としても太閤殿下に戦功を認められなかったが、今度こそ敵の降伏を許さず、敵を斬り殺さなければ殿下に会わす顔がない。もしこの城を落とすことができなければ、わしはこの場で腹を切る。お主らもその覚悟で臨め」

この利家の一言で兵たちの目の色が変わった。

功名をあげようと城兵が一息つく暇を与えず攻めかかる。味方も敵もここが先途《せんど》と必死に戦う内に白々と夜が明けてきた。

曲輪内は敵味方の死骸で足の踏み場もない。

「勘解由と一庵とを討ち取れ」

北条方から寝返った大道寺はどうしても豊臣方に忠義を見せなければならないので、弓や鉄砲で二人を狙うが二人は素早く動き回り足を止めない。周りを見渡すと配下の者たちは次々と討たれ、二人の鎧には針鼠のように矢が刺さり、無数の傷から血が流れ出ており全身血塗れだ。それでも二人は立ち向かってくる敵を槍で追い散らすので、誰も二人を恐れて近寄れない。

「十分戦い意地は立った。もうこの辺でよかろう」と言うと、二人は中ノ丸の櫓の中に姿を消した。

「あの阿修羅のように暴れ回っていた男は何者だ。希に見る勇士だ。命を助けよ」

利家の大声に、大道寺の手の者が、「一人は中山勘解由と申し戦功の誉れ高い勇士で、もう一人は狩野一庵といい出家の身ですが、勇猛さで有名な男です」と答えた。

櫓に登ると二人はすでに腹を切っており、傍らにかけてある美しい衣装を捲《まく》ると、女が喉から血を流して死んでいた。

顔を見ると勘解由の妻だった。

大道寺の手の者は死骸に深々と一礼すると、利家にこのことを告げる。

搦手軍が本丸に迫り、鯨波をあげると、城内から火の手があがり、黒煙が空に舞い上がり、内からは女や子供の悲鳴が響くが、火勢が強いので近寄れない。

さすがの堅城も六月二十二日にたった一日で落城した。

最後まで開城拒否していた韮山城が二十六日に開城すると、小田原城もいよいよ孤立した。


小田原城は東西五十町（五・五キロメートル）、南北七十町（七・四キロメートル）、周囲五里（二十キロメートル）の広大な城だ。

城の外には巨大な堀をめぐらし、土塀がその内に築かれ、土塁には櫓が並ぶ。

その城内に五万の北条軍が籠城している。

城の周辺は東に酒匂《さかわ》川が、西を流れる早川が外堀の役目を果たし、北と東は蛇行する狩川が周囲に沼を形成する。唯一の弱点は北西の「小峰御鐘の台」と呼ばれる場所で、ここは箱根外輪山へと繋がる台地の一部である。

「小峰御鐘の台」は小田原城内で「山ノ神台」、「八幡山」、「天神山」と三つの尾根筋に分かれる台地の根元に当たるので、ここからの敵の侵入を防ぐため大きな堀切を三重に巡らしていた。

兵糧や弾薬も大量に貯えられており、夜も昼間のように篝火を焚き、昼夜休みなく六百人が城内を巡回する。

長い籠城戦を覚悟し、囲碁や双六、酒宴や茶の湯も用意しており、連歌や謡や乱舞も許されていた。

一方寄せ手は、南の相模湾には秀吉方の水軍の船が所狭しと湾を埋める。

陸上では酒匂川沿いは徳川軍が、北東は織田信雄が布陣する。

北は蒲生氏郷、羽柴秀勝・秀次、山内一豊、宇喜多秀家らが、西の早川沿いには池田輝政、堀秀政、長谷川秀一、丹羽長重、木村重茲《しげこれ》らが陣を張る。

小田原城周辺は二十万を越す大軍で埋まり、蟻一匹這い出る隙間もない。

城周囲十里を二十万人で包囲すると、一メートルにつき五人で城を取り巻く計算となる。

秀吉は箱根山麓の早雲寺から、小田原城の北西にある石垣山に本陣を移すと、城内の士気を喪失させるために、石垣山に築城を命じた。

昌幸も信繁も石垣山の秀吉の本陣にいて、小田原城攻めを目の当たりにしている。

山を削り、本丸を中央にその一段下に西曲輪が、そして大手門のある南曲輪が築かれると、東には二ノ丸、その北端に井戸曲輪が姿を現した。

山腹には石垣を積む予定で、石垣に用いる巨大な石が早川河口に集められる。

この時代珍しい総石垣の城を北条方に見せつけるのが秀吉の狙いだ。

全国から人が集められ、早川河口に集積された大石に縄をつけて石垣山へ石曳道《いしびきみち》を曳いてゆく。

早川河口に設けられた石丁場では、これも全国から蝟集《いしゅう》した数千人もの石工が大声を出し、石を石垣用に割ってゆく。

信繁は石がどのように加工されるのか興味津々で、早川の石丁場に出かける。

石丁場はまるで戦場のように人が群がり、指揮者の命令で一糸乱れることなく分担で作業している。

よく見ると、石丁場に集められた大石に石工は鑿《のみ》を使って割れる筋目に小さな穴を開けている。

「おい、どうして割れる方向がわかるのか」

信繁が忙しそうにしている石工を捕まえて尋ねると、迷惑そうな顔で、愛想がない。

額から汗を滴らしながら、石工は石に開けた穴に樫の木や鉄の楔を差しこむ。それを玄能《げんのう》で叩いて石を割る。

「箱根の山が爆発して流れ出た、焼けた岩なので割れやすいのです」

別の石工が気難しい石工に替わって教えてくれた。

支城が次々と落とされ、後詰がないと知ると籠城兵の士気は落ちた。

昌幸は秀吉の参謀である黒田官兵衛が城内の早川口を守っている松田憲秀と連絡を取っていることを知った。

（松田といえば早雲以来の重臣だ。籠城三ヶ月目にもなると、内部から崩壊してゆくものか）

昌幸は信玄が小田原城を攻め落とすことができず、腹いせに城下を焼き払って甲斐へ戻ったことを思い出した。

（あの頃は北条・武田・上杉が覇を競っており、信長もまだ尾張の一領主に過ぎず、ましてや秀吉などその家臣であったに過ぎぬ）

昌幸は時代の流れを思う。

結局、早川口には「白地に黒筋」の松田の旗も馬印もあがらなかったので、寄せ手は引き揚げた。

（さては松田の陰謀は露見したか）

昌幸が予想した通りで、松田憲秀の裏切りを氏政父子に訴え出たのは二男の左馬助であった。

「武田信玄が小田原に攻め寄せてきた時、わしが信玄に内応しているという噂が立ったが何もなかったわ。今度も敵の浮説よ」と、松田は嘯《うそぶ》いたが、氏政父子は彼を許さない。

「馬鹿め、今度は敵の噂ではなく、お主の肉親からの訴えだ」

松田はその場で取り押さえられ、牢に入れられた。

官兵衛は家臣を遣って秘かに氏直の弟である太田十郎氏房を口説かせる。

落城も近い小田原城を目の前にして、昌幸は信繁に教訓を垂れた。

「秀吉公は城攻めの名人だ。さすがの北条も内部から切り壊されてゆく。上に立つ者が時代の流れを読めないと、滅ぼされるという見本だ。お前も心してよく見ておけ。家が滅亡する時は内から腐ってくるのだ」

「わが武田家も同様でしたな。信長の誘いに穴山や小山田が乗って離反しました」

と、信繁は感慨深げに呟く。

（あれからもう八年も経つか）

目まぐるしい変化のため、あっという間に過ぎ去った気がする。

官兵衛の進める和睦とは別なところから事態が動く。

太田氏房の持ち口である久野口を監視している宇喜多の陣から戦功を賞賛して南部酒を送ったことから、難航していた交渉の糸口が解《ほぐ》れた。

宇喜多の陣へ返礼として江川酒が長陣の労苦にと贈られてきて、双方は矢櫓と土塀近くで言葉を交すようになり、宇喜多から氏房へ和議の話が進む。

「北条は関八州を支配して久しい。今さら猿冠者より伊豆、相模や上野を進上されて猿の風下に立つより、城を枕に討死して、早雲以来の武名を汚したくないわ」

氏政は氏房の勧めを拒絶したが、城内に「和議の話が出た」という波紋が立つと、これまで一致団結していた纏まりに乱れが生じる。

それに兵だけでなく百姓なども籠城しているため、兵糧が乏しくなってきたことが拍車をかけた。

氏房は叔父の氏照を誘って氏政に説くと、氏政自身、城内の士気の低下と兵糧不足に喘ぐ兵たちの姿を目にする機会が多くなったせいか、「お主たちがそのように熱心に勧めてくれるなら、お前たちで和議を進めろ」と氏政は折れた。

七月五日に松田憲秀《のりひで》の首を刎ねると翌日、氏直は家臣二人を連れて渋取口から城を出て義父の家康の本陣に向かった。

「殿下の御仁恩をもって氏政はじめ城内の兵の助命のため軍門に降りに参った」と氏

直が告げると、家康は目を潤ませ、何度も頷いた。

「よう決心なされた氏直殿。これ以上の籠城は家臣にとって益になることはござらぬ。後のことはわしに任せよ。氏直殿はわが娘婿となるゆえ、諸人の嫌疑を考えねばならぬ。滝川雄利《かつとし》殿の元にいかれよ。わしから彼には話してある」と、賢明な家康は責任を回避した。

滝川雄利は滝川一益の娘婿だ。家康は氏直を井伊直政に命じて滝川の陣へ送らせる。

「氏政・氏直父子は籠城に疲れ果て、冑を脱ぎ弦《つる》を外して軍門に降り、城内の兵を助けたく思う。殿下が許されれば明日にも開城し、城内の者たちを退散させるつもりだ。もしこのことが受け入れられなくば、城を枕に討死するしかありませぬ。よろしく殿下にお取り次ぎ下されー」と、氏直は滝川に懇願する。

滝川がさっそくこの由を石垣山の本陣にいる秀吉に告げると、「よし、よくやった。明日さっそく開城させよ。敵方の落人に手荒なことをせぬようお主から守り口の諸将に伝えよ」と、秀吉は破顔して滝川に太刀を取らせた。

一方、小田原城内では愁嘆場が演じられていた。

一族や重臣や主立つ家臣が本丸に集まった。

どの顔にも口惜しさと寂しさと、安堵感とが混じった表情が浮かぶ。

「よく長い籠城に耐えてくれた。礼を申す」

氏政父子は彼らに深く頭を下げると、家臣からすすり泣きが漏れる。

「城を枕に討死の覚悟をしていたが、城内に籠もる多くの兵の生命を失うに忍びず、開城を決意した。北条の武門の名を汚すことになったが、後悔はない。お主らはこれからそれぞれの領地に戻り、生命を全うして欲しい。もし万が一、氏直が生き延びることがあり、北条家が再興することがあれば、昔を忘れず皆を呼び戻すであろう」

氏政の言葉にすすり泣きが号泣に変わった。

七月七日になると小田原城の七つの城門が開かれ、そこから昼夜を問わず兵たちが思い思いの方向に落ちてゆく。

「和平が成った上は氏政父子も一旦城より出てもらおう」

小田原城へやってきた使者が秀吉の上意を告げる。

氏政父子は和睦通り相模・伊豆・上野の三ヶ国を与えられると思い、小田原城に居残っていたのだ。

「それなのに何故、この城から出ねばならぬのか」と使者に詰め寄ると、使者はその返答を待っていたかのように、「それなら籠城するがよい。こちらは戦さの準備を始めよう」と恫喝した。

重臣たちはこのやり取りをしている最中にも城から出てゆく。

氏政父子と一族たちが本丸で相談していると、家康からの使者として榊原康政がやってきて、彼らを説得し、氏政の侍医である田村安栖《あんせい》の屋敷へ案内した。

翌日、家康が小田原城へ入り、七つの城門が閉じられると、豊臣家臣ら千五百名が田村邸を取り囲む。

昌幸も信繁もその中にいる。

「あの時と同じですね」

信繁は昌幸に小声で囁く。

「領土を安堵して、兵の生命を保障し、城主と兵とを切り離してから城主を切腹させる。信長が武田一族に行った手だ」

昌幸はかつて信長によって切腹させられた武田一族の無念さを思った。

(汚い遣り方だが、秀吉はどうしても北条をここで潰しておきたいのだ。北条を残すと将来、北条が家康と手を組んで秀吉に対抗することを恐れているのだ)

昌幸は四国・九州攻めでは寛大であった秀吉が、北条には一転して厳しい処置を取るのを、彼なりにそう解釈した。

北条の一族につき従う九百名の者も、一人去り二人去りして数人を残すだけとなる。

切腹するのは氏照と氏政のみで、氏直は高野山に蟄居することになった。

昌幸・信繁は彼らの切腹に立ちあうことができた。

氏照は立派に腹十文字に掻き切ると、家臣がその首を落とす。氏政の番になり腹を切るが、介錯する家臣がいない。

驚いて弟の氏規が介錯し、自分も腹を切ろうとすると、検視役の者が抱き止めた。

氏規が、「兄だけに腹を切らせてわしだけおめおめとは生きてはおれぬ」と暴れるが、「殿下の命ぜられたるは御両人のみで、あなたまで腹を切るとわれわれの落度となります」と言って、氏規を離さなかった。

昌幸・信繁にとって今まで悩まされてきた北条家であったが、このあまりな哀れさに両人とも目が潤んできた。

犬伏の別れ

天正十八年秋、昌幸と信幸は沼田城本丸で酒を酌み交わしていた。

近くの山は紅く色づいており、遠くに見える上越の山塊は山頂に雪を頂いている。

「信濃の国人で信濃に残れたのは真田だけよ。しかも沼田と吾妻それに小県領はそのままだ。これも殿下のお陰だわ」

昌幸は小県を、信幸には沼田領を任せた。

「諏訪殿は上野の惣社へ、木曽殿と保科殿それに小笠原秀政殿も下総だ。小笠原信嶺《のぶみね》殿は武蔵にいった。それに替わって殿下所縁の者が信濃に領地を貰い、木曽領は殿下の直轄となったわ」

「殿下は父上を家康公を監視する者とお考えでは…」

「いや、わしにそんな力はないわ。それよりお前は本多の娘のことはどうする」

「やはりお受けしようと思いますが…」

「そうか…」

昌幸に家康から「本多の娘を貰って欲しい」という話がきているのだ。

「信繁は大坂城で随分と殿下に可愛がられておるようだ。殿下から声がかかって『豊臣恩顧の武将の娘を貰え』という話がこないでもない。そうなればお前は徳川、信繁は豊臣と別れるやも知れぬ」

「父上はそんな先のことまで考えられておりますのか。殿下の力は強大で、今では家康公とて敵《かな》いますまい」

「それはそうだが…」

昌幸は秀吉と接する度に彼に好感を抱くが、その度に家康が嫌いになる。

「父上の場合、どのようにして母上をお貰いになられたのですか」

ふいに信幸が真剣な目差しで自分の嫁取りのことを聞いてきたので、昌幸はまごついた。

「そうだのう。それは信玄公からの鶴の一声だったからな。否とは言えまい」

「そうでしたか。家ではそんな話を一言もされませんでしたな」

「戦さ続きで、家でゆっくりと腰を落ちつける暇もなかったからな」

昌幸は酒で照れを紛らわせた。

家康は自分の傘下となった信幸を、父の昌幸と比べて真面目で扱い易いと観察していた。

彼を自陣へ取りこもうとして、家康は自分の大切な娘は北条氏直に嫁がせ、家臣である本多忠勝の娘を自分の養女として信幸の嫁に勧めた。

上田合戦以来、家康嫌いの昌幸は、家康の娘ならいざ知らず、彼の家臣の娘など息子の嫁として考えてもいなかったが、家康の配下として仕える信幸のことを考慮すると、それもまた良いかという気になってきた。

沼田の城へ本多の花嫁がやってきた時、昌幸は驚いた。

白無垢の打ち掛けに、顔が隠れてしまうほど大きな角隠しを被った嫁は、まだ少女のあどけなさを残していた。

このいじらしい花嫁からは、とてもあの武骨者の父親を想像することができなかった。

彼女は昌幸の目には上品でか細げに映った。

暖かい三河で育ったこの嫁が、寒い上野の山国である沼田で生きてゆけるかと心配した。

幼い嫁は消え入りそうなぐらいの小声で昌幸に挨拶をした。

昌幸はこの華奢な体付きでは後継も望めぬかも知れぬと心配したが、孫が生まれ、それも男の子であった。

何かと用事を作り、いそいそと沼田へ孫の顔を見にゆくのが、昌幸の日課となった。

そんな時、秀吉の「朝鮮出兵」が発表され、九州の大名たちに名護屋城築城が命じられた。

秀吉は北条氏を降し、奥州まで征伐し、天下統一を成し遂げ、久しぶりにもたらされた静謐さがこのまま続くと喜んでいた矢先の出来事だった。

「朝鮮出兵」に対して、昌幸は最初秀吉は気が狂ったのかと危惧したが、秀吉はあくまで本気で、明《みん》を征伐するつもりのようであった。

戦国の戦さ続きで、国土は疲弊し、大名だけでなく百姓たちは飢え苦しんでいる。

そのような状態で、国内の戦さでも兵站の維持が困難なのに、海を越えた明までどのようにして兵站を保ち、食糧を確保するのか。

嫌がる大名たちに有無を言わさず、秀吉は強引に渡海させた。

海を渡ったのは主に九州と四国の大名で、年号は天正から文禄と変わっていた。

昌幸ら東国の大名は後方支援のため、名護屋城に詰めた。

昌幸が名護屋城下にある三成の屋敷へ呼ばれたのは、日本軍が朝鮮での戦さで快進撃を続けていた頃で、名護屋城下に蝟集している大名たちの陣所は戦勝気分に溢れていた。

三成は秀吉に最も気に入られた五奉行筆頭の文官で、その羽振りの良さは豊臣家において並ぶ者がいない。

彼の人の気を逸らさぬ鋭さは、目にも現れており、それは鋭利な刀を思わせる。

「真田殿、話というのは、お主の伜、信繁殿のことだ。殿下は信繁殿をいたく気に入られ、殿下の秘蔵の大名である大谷吉継殿の娘御と一緒にさせたいお考えである。昌幸殿がこの婚礼を御承知されるかどうか、このわしに聞けと申されてのう」

昌幸は秀吉の天下がまだしばらく続くと読んでいたので、秀吉の胆入りの吉継の娘を息子の嫁に貰うことは、真田家にとって悪くはないと判断した。

「息子さえ大谷殿の娘御が気に入っておれば、父親としては喜ばしい御縁でございます。有難い話だと思いまする」

三成はこれを聞くと、その鋭い目差しを微笑で包んだ。

「伜殿は大谷殿の娘御から茶道の指南を受けておると聞く。二人が非常に仲の良いことはわれらの間でも評判である。これで好いた者同士が一緒になることができ、わしも一つ徳を施せたというものだ。誠に目出たい」

大役を果した三成は昌幸との雑談もそこそこに、名護屋城の本丸へ急いで戻っていった。

文禄三年になると、秀吉は自分の隠居後の住まいとして朝鮮出兵時より築き始めた伏見城に入った。

信繁と吉継の娘との婚礼は伏見城下の真田屋敷で行われ、派手好きの秀吉が家臣たちの多くに出席を命じたため、真田家では昌幸を筆頭に叔父矢沢頼綱、それに信幸らが家を代表し、小県や吾妻郡の領主たちも招かれた。

家康は配下となった信幸の弟のために、重臣たちを引き連れて出席した。

豊臣家の家臣たちは五奉行の筆頭の三成をはじめ、名護屋城下にいる豊臣恩顧の大名たちも残らず出席した。

婚礼は華やかなものとなった。

昌幸は信繁が豊臣恩顧の大名の娘を貰ったため、今までのように家康に気を使うことをしなくてよいと思うと、肩の荷が降りたような気がした。

宴も酣《たけなわ》になってくると、嫁の父親である吉継が昌幸の席へやってきた。

小柄な男だが、血色も良く実際の歳より若やいで見える。

才走った三成とは異なり、温厚で誠実そうで、昌幸は嫁の父親を見てこれは良い嫁が信繁のところへきたと思った。

「不束な娘ですが、今後ともよしなに」

嫁となる娘を昌幸の席へ連れてきて、昌幸に両手をついて頭を下げようとした。

「いやいや、田舎者のわが息子こそよろしく御指導下され」

昌幸は彼の手を持ち上げる。

「信繁が惚れただけあって、気立てもよく、美しい嫁御じゃ」

傍らにきた信幸も信繁の嫁を褒めた。

顔を朱に染めながら、嫁が真田家一族の面々に酒をついて回っていると、赤い羽織姿の秀吉が昌幸のところへやってきた。

「おい、信繁。こちらへやってこい。嫁を放ったらかして何をやっておる。他の誰かに取られてしまうぞ」

徳利を手にして、昌幸の盃に酒を注ぎながら、「信繁の親爺殿。誠に美しい嫁御であろう。信繁には惜しいぐらいだ。わしがもう少し若ければ放ってはおかぬものを。これを縁にわしを補佐して欲しい。昌幸よ、豊臣家を支えてくれよ」と昌幸の肩を叩いた。

秀吉は近くにきた信繁に、自分の赤い羽織を着せた。

「皆の者、この真田信繁をこれから盛り立ててやって欲しい」

秀吉は小男だが、大声は屋敷中に響く。

秀吉の声を耳にすると、それまでの宴の騒ぎも一瞬静まり、今度は唸りのような喚声が湧き起こった。

これを聞く昌幸の目は潤んでいた。

秀吉の引き立てもあり、信幸は従五位下伊豆守に、信繁は従五位左衛門佐に任じられ、ともに豊臣姓を称すようになった。

「朝鮮出兵」は長期戦となり、それを危惧した小西行長らを中心に水面下で講和の動きがでてきたが、その講和条約をめぐって、慶長二年には再び明軍との交戦状態に入った。

朝鮮国内でも民衆が立ち上がり、制海権も奪われた日本軍は、食糧の補給のし易い朝鮮の海岸地方に城を構築してそこに籠もった。

秀吉の天下はまだまだ続くように思われたが、二度の朝鮮出兵などで無理が祟り、この頃より急に秀吉の体力の衰えが目立つようになり、北条滅亡より八年後の慶長三年に秀吉は死去した。

その後、秀吉政権内で武功派と官僚派との軋轢《あつれき》が生じてくると、昌幸が危惧したように家康の力が伸びてくる。

秀吉政権は五大老である徳川家康、前田利家、毛利輝元、上杉景勝、宇喜多秀家と五奉行の石田三成、前田玄以《げんい》、浅野長政、増田《ました》長盛、長束《なつか》正家らで運営されていた。時の経過とともに家康が政治力を発揮するようになると、五奉行の筆頭である石田三成が家康を阻止しようとする。

家康を実力的に押さえることができた前田利家が病死すると、その均衡が崩れ、家康が豊臣家恩顧の大名を自分の陣営に引き入れ始めた。

家康の命に従わぬ会津の上杉景勝を討伐するため、家康が軍を率いて江戸へ向かった隙に、家康打倒を狙う石田三成が蜂起する。

ここに関ヶ原合戦の序幕が切って落とされた。

昌幸と信繁は上杉征伐軍に従って佐野の犬伏《いぬぶし》の宿にいる。

沼田の信幸は先に沼田を出発していた。

「家康はまだ江戸にいるらしい。われらの忠誠心を試そうとわざとゆっくりしているのか。腹の黒い男よ。それにしても上杉景勝殿と戦うとなると気が重いわ。徳川軍に上田城を攻められた時、景勝殿は上田城近くまで援軍を出してくれ、われらを助けてくれた恩人であるからな」

昌幸の呟きを聞いていた信繁は苦笑した。

父が、「恩人」などと似合わない言葉を口にしたからだ。

七月十一日の夜、石田三成からの使者が彼らの宿を訪れた。

「どうしても今日中に返事を貰いたい」

と、使者は密書を昌幸に手渡すと、口上で大谷吉継が三成に与したことを告げた。

「そうか、ついに三成が立つか」

昌幸は躍る心を押さえようとするが、胸の高鳴りは収まらない。

（それにしても家康は巧妙な男だ。上杉征伐という名目で大坂を離れ、わざと隙を見せ、三成が立つように仕向けたが、三成はまんまとその罠に嵌った）

昌幸は三成と家康方のどちらが有利かを熟考する。

（もし万が一、三成方が勝ったら、幼い秀頼を三成が懸命に支えたとしても、豊臣政権内に第二、第三の家康が出てくるだろう。そうなればもう一度世の中は乱れ、わしが大勝負に出る機会がこよう。仮に家康が勝てば、徳川政権はさらに強力なものとなり、彼に逆らうことができる者はいなくなり、世の中は静謐《せいひつ》に帰《き》す。それではわしの出番はなくなり、信幸の元で隠居するしかなくなる。だがあの家康のことだ。沼田城をめぐる駆け引きで見せたあの粘っこい性質で何かと難癖をつけ、真田家を潰そうとすることは目に見えている。わし自身としては三成方について、家康の勝利を阻止してやりたいが、信幸が家康の傘下にいるだけに進退がむずかしいわ）

昌幸はこれからの身の処し方についてあれこれ迷う。

「わが真田はどう動きますか。この書状を見る限り、三成が有利なようですが」

「それよ。恩賞のことは書いていないが、われらが三成に与して大坂方を勝利させることができれば、甲斐・信濃・上野の三ヶ国ぐらいは欲しいものよ」

「しかし兄上は家康の傘下の人ゆえ、果して父上の考えに同意するかどうか…」

「わしもそれを案じておるのよ。とにかく信幸をここへ呼ぼう。使者の方には別の場所に移ってもらおう。これから一族の相談をせずばならぬのでな」

昌幸は信幸のところへ使いを走らせる。

信幸は夕方に昌幸からの使者がくると、父親の勝負師の血が騒ぎ出したなと予感した。

信幸は家康の幕下にいて彼の実力を知っている分、今、三成派に与し、真田家の将来を賭けるには、あまりにも危険過ぎると思う。

（だいたい秀吉子飼いの大名はほとんど家康に味方しており、三成をはじめ官僚系の大名と毛利や島津といった外様が三成に従っているが、彼らの内心ははっきりとはわからない。

実際に軍事力で大坂側の中心となるのは宇喜多家と小西行長ぐらいのものだ。

これはどちらかといえば、豊臣家の官僚派の三成派と武人派の福島正則や黒田長政や加藤清正といった豊臣家内部の争いを利用し、自分の権力を強めようという家康殿の策略だ。

豊臣恩顧でない真田家は下手に大坂方に与せず、家康殿の傘下にいるべきだ）

信幸が昌幸の陣に着いたのは日が暮れてからであった。

「兄上がお見えになりました」

信繁は家臣に酒の支度を言いつけると昌幸に兄の到来を告げた。

「久しぶりだな。三人揃うのは」

「名護屋の陣以来です」

信幸はちらっと父の顔色を窺う。

最後に会った時よりも髪には白いものが混じり、顔には皺が増え、信幸はさすがに父親の老いを感じたが、年の割りには妙に目が生き生きとしている。

（やはり、例の博打癖か）

この時上田からついてきた河原右京亮綱家がぶらりと陣屋に入ってきた。

「沼田の若殿がお見えになったとか。何の相談でござろう。沼田で何かありましたのか」

昌幸は河原の顔が見えるや、「誰も入ってくるなと申しつけておいたのに、何で入ってくるのか」と怒鳴ると、履いていた下駄を河原の顔に投げつけた。

河原は驚き、ほうほうの体で陣屋から逃げ出した。

昌幸が真田家の進退をめぐって神経が高ぶっているのに反して、信繁は平常と変わらず落ち着いている。

「三成から誘いがきましたか」

「そうよ。まずこれを読め」

昌幸は密書を信幸に手渡す。

一読した信幸はさっと顔を上げ、「それで父上はどうされるおつもりで」と尋ねた。

「わしは三成に与しようと思う」

（やはりそうか）

「信幸、お主はどうする」

「わたしは家康殿に味方します。ここまできて心変わりはできませぬ。それにわたしは家康殿の縁者でもござれば」

「縁者か。本多の嫁は高くついたな。わしが家康を好かぬのは、お主もよく知っておろう。お主の嫁取りの時も、家康は自分の娘は北条氏直に嫁がせ、お主には『家臣である本多の娘を与えよう』と言ってきた。わしが彼の申し出を断わると今度はその娘を自分の養女としてお主の嫁にした。家康とはそんな男よ。相手が弱いと嵩《かさ》にかかってくる。まあ、戦国の世にそうでない男を捜す方が難しいが、あの男は特にそれが酷い。お主はこれまでもあやつが領土問題のことで北条家の顔を立てて、わが真田を滅ぼそうとしたことを忘れたか」

信幸は黙って父の言い分を聞いていたが、「父上の憤りはよくわかりますが、本多の嫁を貰ったのはもう数年も前のこと。もし父上が家康の縁者となることを嫌われ、はっきりとそれをわたしにおっしゃられていれば、何も徳川家に縁のある者を嫁にはしませんでした。しかしわたしは妻が徳川に縁があるから家康殿に従うのではありませせぬ。三成では豊臣家を支えることはできませせぬ」

信幸は黙って双方の言い分に耳を傾けている信繁の方へ顔を向けた。

「お前はどうする」

「私は次男ですし、気楽な身分です。やはり父上と一緒に行動しようと思います」

信繁は昔から心優しく、思いやりの深い弟だ。幼少の頃から怒った顔は見たことがない。

大坂での人質生活でも太閤に可愛がられ、大谷吉継の娘を嫁にした。太閤亡き後、上田では父と一緒にいることが多い。

(弟は父上の一世一代の夢を叶えさせてやりたいのだろう)

「そうか。父子別々の道を選ぶことになるが、それもそれで良いだろう。わしは少しも恨みには思わぬ。どちらが勝っても真田家は残る」

「それでは…」

「もう行くか」

「はい。明日の朝は早く発つので」

「そうか。堅固でな」

「では…」

信幸は昌幸に一礼して陣屋を出ると、信繁も兄に続く。

信幸は馬に乗ると、「父上をよろしく頼む。いつもお前に辛い役目ばかりさせてきた」と言うと、「気楽な兄を持った弟の宿命です。しかたがござらん」と信繁は返事する。

「こいつ。悟り切ったように言うわ」

二人は思わず哄笑した。

「では、参る」

信幸の背中は心なしか泣いているように映った。

信繁が陣屋に戻ると昌幸が一人で手酌で酒を飲んでいた。

空徳利が床の間に転がっている。

「もう一本持ってこさせましょうか」

「いやもうよい。信幸はもう帰ったのか」

「はい。『父上を頼む』と申されまして…」

「律義な男よのう。婚家にも律義を通そうとする。昔から真面目な男であったが、大きくなるにつれ、頑固になってきたわ。誰に似たのかわからぬ」

「わたしはどうですか」

昌幸は「ふん」と鼻で笑うと、「お前の性質か。お前の良い点は物事に捉われないところだ。良く言えば融通が効くが信念がない」

「酷評ですな」

「いや褒めておるのよ」

昌幸は微笑した。

「さあ、そろそろここを引き揚げるぞ。皆の者に出発することを知らせ、目立たぬよう分かれて上田へ戻る」

昌幸は信幸と話し合って腹が固まった。

「上田へ帰る途中に沼田へ寄ろう。ここから桐生《きりゆう》を経て、厩橋《まやばし》を通る。碓氷峠《うすい》は徳川の支配下なので、これを避け、自領の沼田から吾妻を通って上田へ戻る」

夜、犬伏の宿から馬を駆る。上田まで二十里の距離だ。

沼田に着いたのは深夜を回っていた。

「久しぶりに孫の信吉《のぶよし》の顔を見てやろう」

信吉は信幸の長男で八歳になる。昌幸に懐いており、子供には厳しかった昌幸も孫には甘い。

沼田城の大手門までの道は坂になっている。坂を登り切ると、見慣れた城が夜目に浮かぶ。

「開門。大殿がお越しだ」

信繁が門を叩くが返事はない。

昌幸も、「わしだ。上田の昌幸だ。門を開け」と叫ぶが、城内はまるで無人の城のように不気味に静まり返っている。

「なぜ門を開けぬ」

信繁が大声を出した時、大手門の櫓の上に松明《たいまつ》が灯った。

「夫信幸は今家康公に従い、上杉征伐のため会津へ向かっております。一緒に犬伏に在陣しているはずの父君がここにこられるとは奇怪なことじゃ。わらわは夫に任されてこの城を守っておりまする。たとえ父君であっても夫の許しがない限り門を開く訳にはゆきませせぬ。たってと申されるならば、わらわが相手になりましょう」

櫓には松明に照らされ、甲冑に身を包み長刀をさげた稲姫の姿があった。

信繁は櫓上の義姉を睨むが、彼女は黙って信繁らを見据えたままだ。

「さすがは本多の娘だ。ここで言い争っている暇はない。正覚寺で夜を明かし、翌朝に上田へ戻ろう」

一緒につき従ってきた春原《すのはら》若狭と佐藤軍兵衛も、「こりゃ本多の鬼嫁じゃ」といって立腹した。

正覚寺は城から近く、名胡桃城城代の鈴木主水が腹を切った寺だ。

一行は住職から茶と食事をもてなされ、一息つき、空腹が癒やされると睡魔が襲ってきた。

昌幸の夢の中では本多の娘はちょうど輿入れのため上田を訪れていた。

（天正十七年の秋、稲姫が輿を連ねて上田に嫁にきた日は実に寒かった。わしの戦術で上田へきた徳川軍を撃退した時は、暑い中での戦さだった。今でもその勝ち戦さぶりは脳裏に浮かんでくるわ。

その後じゃ。家康が真田を取りこもうと本多忠勝の娘、稲姫を信幸の嫁として送ってきたのは。

稲姫は十七、信幸は二十四歳。初めは武骨者の本多の娘なら、醜女で勝気な娘だと思っておったが、一目見て上品で可愛いらしい顔立ちに驚いたが、これは良い嫁が息子に当たったと喜んだものよ。

白い角隠しに俯き加減で二人並んだ様は、似合いの夫婦じゃったな。

素直で明るい嫁でしばらく子が授からなかったが、それもこちらに人質ができたぐらいに思っていたら、信吉が生まれた。

それから信吉に会うために、特別の用もないのに沼田城へよく行ったのう。

稲姫はわしが孫を抱いてやると目を細めて微笑んだものだ）

「父上を城へ入れぬとはとんだ兄嫁だ。沼田の城下を丸焼きにして上田へ戻ろう」

珍しく本気になって立腹している信繁の大声で、昌幸は目覚めた。

「馬鹿なことをするな。お前の兄の城下だぞ」

昌幸が信繁を諫めていると、本堂の外から春原の声がした。

「大殿、本多の鬼嫁が寺の山門の前にきております。孫の信吉様も一緒ですぞ」

二人は本堂を出ると、平装の稲姫が信吉の手を繋いで寺の山門の前に立っている。

「おお信吉か。よくきたな。どれどれ爺が信吉がどれぐらい重くなったか抱いてやろう」

信吉は母親が頷くのを見ると昌幸目がけて駆けてきた。

昌幸は信吉を抱き上げると頬擦りをして、「しばらく会えんが、母上の言いつけをよく聞くようにな」と言って信吉を降ろす。

「昨日は徳川の敵として、今日は義父として対面しました。父上も信繁殿も堅固でご武運をお祈りいたしております」

一礼すると稲姫の姿は沼田城内に消えた。

「やはり、本多の鬼嫁じゃ」

家臣たちはまだ昨日のことが忘れられず悪言をくり返す。

「いや信幸には過ぎた嫁じゃ。この戦国乱世の時代、武将の妻はあれぐらいでないと務まらぬわ。信繁も心しておけ」

信繁は黙って頷いた。

上田衆たちも三、四日後には犬伏の宿から城に帰ってきた。

第二次上田合戦

「西軍が伏見城を落とし、大坂城へは西軍の大将毛利輝元をはじめ、三成に味方する兵が雲霞《うんか》のように集まっているらしい」

昌幸は草の者からの情報を収集し、西軍有利の見方を変えていない。

上田城内の士気を高めるため、「西軍勝利の暁には石田三成様より甲斐・信濃・上野が約束された」と広言し、家老たちには、「小諸・松本・高遠の城を、また武士から足軽、町人や小者にいたるまで誰でも良い、敵の首一つに知行百石を奮発する」と言いふらした。

昌幸は本丸に詰め東軍と西軍との情報に耳を傾け、家康と三成の戦略を分析している。

西軍は伏見を落城させると、大垣城に入り、東軍は家康不在にもかかわらず岐阜城を落とすと、いよいよ両軍衝突の時期が近づく。

「家康は福島正則ら豊臣恩顧の大名らを大いに働かせ、宇都宮からの秀忠軍と合流して、それから決戦をしようとしておるのよ。相変わらず腹の黒い男よ」

江戸からなかなか腰を上げない家康を昌幸は詰《なじ》る。

秀忠軍は徳川傘下の大名が集まった軍だ。彼らが合戦に遅れれば、それだけ西軍が有利となる。

昌幸は目の前に地図を広げると、扇手で一点を指差した。

「秀忠軍は必ずここを通る。彼らを素通りさせずに、ここでどれだけ引き止められるかが勝敗の別れ目だ」

扇手は碓氷峠から小諸を通る街道のすぐ西の上田城に置かれている。

「大殿、秀忠軍が小諸城に入りましたぞ。三万八千の軍勢です。その中に『六文銭』の旌旗が見えたとのことです」

物見から報告がくる。上田から小諸までは五里ほどしか離れていない。

「兄上も秀忠軍にいるのか。これは戦いづらいですな」

信繁は兄とは戦いたくはないが昌幸は、「秀忠としては前回の戦さで、われらに苦杯を舐めさせられている。同族を先頭に立ててくるだろう。その覚悟が必要だ」と信繁を戒める。

九月三日の朝、信繁が昌幸の部屋に入ると、驚いたことに昌幸の頭が青い。髪を落とし、まるで僧侶のように頭を丸めていた。

「その頭どうされましたか」

信繁が怪訝な顔をすると、昌幸は剃り上げた頭を手で触りながら苦笑した。

「いまさっき小諸の秀忠の陣から使者がきて、午後に徳川方と信濃国分寺で会見をすることになった。戦わずしてわが城を奪おうという腹だろう。ここは恭順の格好をしなくてはならぬのでこの頭だ」

昌幸はつるつるの頭を叩く。

「もっとおもしろい話があるぞ。会見の相手は誰であると思う。当ててみよ」

「さあ、先の上田合戦で先鋒となった大久保忠世ですか」

信繁は前回の戦さに加われなかったが、話だけは聞いている。

「驚くなよ。お前の兄とそれに兄嫁の弟だ」

兄嫁の弟とは本多忠勝の長男で忠政だ。

「こちらとしてもやりにくいが、信幸もわし以上に困っておろう」

「そうでしょうな。しかし兄上も秀忠に『戦わずして上田を開城させてこい』と言い含められていようし、恭順を装う父の顔も立てねばならぬし、これは大変な役目だ」

信繁が兄に同情すると、「お前はどちら側の人間だ。父のことを心配しておらぬではないか」と昌幸が睨む。

「父上は人を手玉に取るのはお手のもの。わたしは父上のことは全然気にしてはおりませぬ」

「こいつ、少しは父親のことも心配せよ」

二人は顔を見合わせて哄笑した。

信幸が徳川軍の一員となっている分、前回の合戦の時とは全く状況が異なる。

信濃国分寺は神川を渡るとすぐ西にあり、境内には源頼朝の発願といわれる三重の塔が聳え、そこの客殿での会見となった。

約束の時刻より前に着いた昌幸は、床几に腰を降ろして庭園を眺めていると、数十人の兵に囲まれた平装姿の信幸と忠政とがやってきた。

忠政は二十五歳の若い武将だ。戦場働きと異なり、今日の大役に緊張気味だ。

信幸はと見れば、こちらも表情は固い。

昌幸はおもむろに床几から立ち上がると、彼らを丁寧に出迎える。

「これはわが息子、ではなかった。伊豆守殿」

忠政の前で昌幸は恭《うやうや》しく振る舞う。

信幸は父の芝居がかった応対に苦笑を湛えるが、武勇の一門の忠政は勝手が違い、態度がぎこちない。

「安房殿」

信幸も父に合わせて一応徳川方の使者として、父を丁重に呼ぶ。

「秀忠公が申されるには『上杉征伐軍から抜けて上田へ戻られたことに関して安房守殿が徳川に恨みを抱いているとは思われぬ。何か事情があったなら遠慮なく申せ。改めて味方するなら本領安堵の上に褒美を取らそう』との仰せである」

「これは有難い御言葉、安房守誠に痛み入ります」

開城させておいて、真田を潰そうとする秀忠の下心がわかるだけに、昌幸は苦笑せざるを得ない。

神妙な顔付きで、「秀忠公の寛大な御気持ちを家臣一同に申し聞かせ、必ずそのように計らいましょう」と昌幸が返答すると、「明日中ではどうか」と忠政が勢いこむ。

昌幸は少し考える風を装う。

「さてさて、上田の城に籠もって潔く城を枕に討死と思っておりましたので、何かと城内が見苦しく汚れておりますゆえ」

「何、城が汚れておろうと一向に構わぬ」

忠政は「自分が説得して上田城を開城させた」という戦果を急いだ。

「いえいえ、城は武士の魂と申す。見苦しい城を徳川の方々にお見せするのはわが真田家の恥」

信幸は父の詭弁を聞き、苦笑を押し殺すのに苦労し、下を向いて笑いを堪《こら》えた。

忠政はこれを信幸が父の苦痛に胸を痛めていると解釈し、信幸に同情する。

「結局三日間の猶予を貰ってきた」

上田城へ戻ってきた昌幸は会見の様子を信繁に語った。

「兄上も父の芝居を見せられ苦笑いを堪えるのに必死であったでしょうな。戦場では鬼神のように恐れられる本多殿も、父上が相手では大人と子供の相撲だ。ころりと騙されましたな」

会見の場面が目に浮かぶようだ。

小諸城にいる秀忠はあまりにすんなりと事が進んだので、昌幸の恭順ぶりが心配になってきた。

物見の者を上田へ遣ると、城の周囲には逆茂木《さかもぎ》や乱杭が打たれ、櫓には『六文銭』

の旌旗が翻って、軍兵たちが兵糧を城内へ運んでいた。

驚いた秀忠は、「頭を剃って泣きついてきたので命だけは助けてやろうと思ったが、最初からわれらを騙すつもりだったのか。許さぬ、昌幸め」と激怒した。

「もう一度昌幸めに『今すぐ開城せよ。もし城を開かなければこれから上田城を攻める』と申してこい」

再び信幸と忠政は国分寺へゆき、上田城へ使いを遣ると、今度は昌幸は姿を現さず使者に言伝《ことづて》させた。

「大殿からの返事を申し上げる。秀忠公の思し召しの趣は身に余り、忝《かたじけな》いが、秀頼公の仰せとして石田三成殿より『味方するように』と申されたので、主命を聞き棄てにすることはできませぬ。今後は軍使の方がこられることは無用として欲しい」

この返事を耳にすると、信幸は忠政に頭を下げた。

「父はあなたを裏切るようなことをした。子として許しを乞う」

憮然としていた忠政は義兄に頭を下げられると、機嫌を直さざるを得ない。

「今は食うか食われるかの戦国の世。親子といえども騙さなければ自分が食われてしまう。騙される方が馬鹿なのだ」

昌幸の返事に憤《いきどお》った秀忠は翌日上田城攻めを決心した。

秀忠軍は神川を渡ると、染屋台に布陣する。

ここは神川の河岸段丘で高台になっている。

四日の夜、昌幸が櫓から秀忠の本陣を眺めると、染屋台の方に夥《おびただ》しい松明の灯りが蠢《うごめ》いている。

「お前は敵の本陣を夜襲し、敵を驚かせてやれ。決して無理はするな。敵の守りが固ければそのまま神川沿いに砥石城に籠もれ」

昌幸は信繁の表情をちらっと窺うと話を続ける。

「われらの仕事は秀忠軍と正面から当たることにあらず。敵をいかにこの地に縛りつけるかにある。一日でも長く敵をこの地に引き止めると、それだけ西軍が勝つ機会が増す。秀忠軍を決戦に遅れさせることだ」

信繁は納得して頷く。

「つまりわれらは飯に集《たか》る蠅《はえ》ですな。本気で相手を怒らせ、飯を食べることに専念させないようにすれば良いので」

昌幸は信繁の言い方がおもしろかったのか、「『飯に集る蠅』か。われらは彼らから見れば蠅のようなものよのう」と哄笑した。

「もし兄上が砥石城へ攻めてくれれば、兄弟相戦うことになりましょう。わたしは兄上とは戦いたくないですが……」

「多分、秀忠は信幸に砥石城を攻撃させるであろう」

「その時はどうしましょうか」

信繁は兄思いの心優しい性質だ。

「蠅だ。蠅は人間が叩こうとすると逃げ、またしばらくすると寄ってくる。お前も蠅になれ。兄が攻めてくる前に城を棄てて逃げよ。あやつは徳川軍の中でわれらのために板挟みになっておる。お前が逃げることで、信幸は手柄を立てたことになる」

「わかりました。ではこれより出発します」

信繁はもやもやした気持ちが振っ切れて、明かりを灯けず染屋台へ向かうが、さすがに徳川の精鋭につけ入る隙はない。

夜襲を中止した信繁はそのまま砥石城に入った。

翌日の九月五日になると、染屋台から「六文銭」の旗が砥石城へ向かってくる。

「よし、われらはこれから戦わず撤退する」と信繁が命ずると、城兵は怪訝な顔をした。

東太郎山の山麓を回り太郎山の山頂に出ると、染屋台が真下に見える。そこから坂城村の虚空蔵山への尾根道を抜けて、西に大きく迂回して上田城へ戻った。

「よし、それで良い。これで敵はわれらが大軍を恐れて砥石城を棄てたと思い、上田城へ攻めてこよう」

翌日六日になると、染屋台の秀忠の本陣の動きが慌ただしくなる。

大軍の足軽が上田城の城下の稲を刈り始めた。

「それ、敵に稲をやるな」

上田城からも足軽が出てゆくと、敵は刈りかけの鎌を槍に持ち替え、真田隊に攻めこんだ。

敵との小競り合いになると、真田隊は城に向かって逃げる。

牧野康成《やすなり》の息子忠成《ただなり》は血気盛んな若者だ。軍律を破って真田隊に突進する。

真田隊は科野《しなの》大宮社辺りまで逃げると、追いかける牧野隊の側面から突然伏兵が現れ牧野隊が崩れた。

それを見た秀忠の本陣から大久保忠隣《ただちか》、酒井家次、本多忠政隊が駆けてきた。

真田隊は圧倒的多数の兵に押される格好で城下の町並みまで退る。

この時染屋台の北東にある虚空蔵山の伊勢崎城から真田の別隊が秀忠の本陣を襲うと、今度は上田城の大手門が開き、信繁隊が大久保、酒井、本多隊に突っこんだ。

前後から激しく攻められた秀忠本陣は大混乱を引き起こし、神川を渡って逃げようとした。

その時、塞《せ》き止められていた神川の堰が切られ、急に増水した川の水に撤退兵たちは流され多くが溺死した。

またもや昌幸は徳川軍を撃退したのである。

神川から必死で逃《のが》れた秀忠はもう一戦する気力を失い小諸城へ引き揚げた。

味方の無残な敗戦ぶりに激怒した秀忠は、軍監の本多正信に負け戦さの責任者を弾劾させた。

「そもそも無理攻めを戒めていたにもかかわらず突っこんだ牧野忠成が敗因の元凶だ。牧野忠成隊の旗奉行贄《にえ》掃部《かもん》と同じく大久保忠隣隊の旗奉行杉浦久勝とを死罪とする」

腹立ちが収まらない秀忠は、この厳しい処分にも頷いた。

「何、西軍が敗れたと…」

昌幸はしばらく茫然自失となった。

関ヶ原で石田三成の西軍が敗れたという一報が上田に伝えられたのは、上田城で秀忠軍を討ち破ってから十日も経った頃であった。

秀忠軍を関ヶ原での決戦に遅れさせたことで、昌幸は西軍の勝利を確信していたので、その悲報は彼を打ちのめした。

しかも一日で西軍は破れ去ったという。

「何ということだ。優勢であった西軍が僅か一日で負けたというのか。信じられぬ。世の中のことは思い通りにいかぬものよ」

昌幸の落胆ぶりは大変なもので、意気消沈して、部屋に籠もり、誰とも口を利こうとしない。

関ヶ原での西軍の勝利におのれの残りの人生を賭けていたのだ。それが脆くも崩れた。

いつものふてぶてしい昌幸に戻ったのは翌日のことであった。

「家康も天下を取った気でいよう。遅かれ早かれ家康は上田城の開城を迫ってくるであろう。こうなったら城を枕に討死するしかないわ」

昌幸は家康に頭を下げるのも嫌だし、家康も今度は決して昌幸を許すまい。

昌幸は死んでも意地を貫こうと決心した。

一方信幸はどうしても父と弟を救おうとする。

信幸の岳父は本多忠勝だ。信幸は彼を通じて父の助命を働きかけた。

「お主の父親は二度とも徳川軍を破り、家康殿も決して許そうとはなさらないだろうが、わしはお主の徳川家への忠勤ぶりをよく知っておる。子が親を救おうとするのは当然だ。わしも骨を折ってみよう」

さらに忠勝には娘の稲姫からの懇願もあり、彼は親友の井伊直政に相談する。

「そうか。お主の娘婿を助けたい気持ちはわしにもよくわかる。殿の心底を考えると難しいが、わしから殿に願い出よう」

直政が家康の前に出て信幸の父への助命の思いを述べ始めると、家康は嫌な顔をした。

「お前は気が違ったのか」

家康は家臣に明言することは少ない男だ。長い人質生活から生き延びるために、心の奥を誰にも見せない習性を身につけていた。

話途中で家康は席を立とうとした。

直政は家康の裾を捉え、「殿、この件をよくよく考えて下され。もし父親の助命が叶わなければ豆州《ずしゅう》（信幸）は切腹するでしょう。そうなれば舅の忠勝も面目を潰されたとして死ぬかも知れませぬ。そしてもし忠勝にもしものことがあれば、わたしも面目を失い、殿にお仕えできぬでしょう。わたしと忠勝がいなくなれば、徳川の天下は危うくなるでしょう。なにとぞ真田昌幸の死罪を許して頂きたい」

直政は家康の返事を待ったが、彼は直政の手を振りほどくと物も言わず部屋を出ていった。

直政は幼い頃から家康の元で仕えているので、これで真田昌幸の助命が叶ったと思い、忠勝と信幸とに使者を送り、「信幸の忠義に免じて父親の死罪が許された」と告げた。

直ちにお礼の言上に参上することもつけ加えた。

忠勝と信幸と直政とが揃って家康に拝謁して彼らの口からお礼を述べられると、さすがの家康も今さら否とは言えず、しぶしぶ昌幸父子の助命を許すこととなった。

上田城にいる昌幸と信繁はまだこのことを知らない。

十一月に入ると、信幸からの書状が上田へ届いた。

「わしは家康殿の使いとして信濃国分寺にきた。信繁と二人きりで対面したい」と、書かれている。

（兄上は父上の気性をよくご存じだ。父上と会えば、父上は死んでも降伏はしないと言われるので、「わたし一人でこい」とおっしゃるのだろう。これは降伏勧告であろ

う。兄上も徳川の手前上難しい役目をさせられているものよ）

信繁は兄に会う決心をし、供の者一人を連れて国分寺へゆくと、信幸は先にきていて弟の訪れを待っていた。

「信繁よくきた。一瞥以来だな。堅固そうで何よりだ。父上にもお変わりはないか」

信繁は敵となった兄にどのような態度で接しようかと迷ったが、結局いつもの微笑を浮かべた温厚な表情しかできなかった。

「兄上もいろいろ気苦労されて痩せられましたな」

ふくよかだった頬が少しこけて見える。

「お主たちの苦労に比べれば、大したことはないわ。父上はこの度の関ヶ原の一件で気落ちしておられるであろうな。一世一代の大博打を打たれ、それが外れたのだからな」

「……」

「父上に話をすると怒り狂われようと思い、お前にきてもらった。実は家康公が『父上とそなたを許し、高野山へ配流する』と申されたのじゃ」

「そうでしたか…。それにしても家康公がよくもわれらの命を許し、配流ぐらいの寛大な処置を言い渡されましたな」

信繁は兄が舅を後盾にして、懸命の助命に走り回ってくれたことを察したが、そのことを一言も口に出さない信幸の態度に胸を打たれた。

「兄上には申しわけないが、父上は多分この処分を聞き入れられぬと思います」

「お前は犬伏で別れた時、父上がおっしゃったことを覚えておるか。あの時父上はこう言われた。『どちらが勝っても真田家は残る』と。この度は運良くわしが残った。家康公は沼田領と小県郡それに川中島の一部を合わせて九万五千石をわしに下された。祖父の代より根を張ってきた地に残れたことを先祖に感謝したい」

信幸は、「父上はこの処分では御不満であろうが、お前が何とか父上を説いて欲しい」と、黙って頷く信繁の肩を叩いた。

信繁は兄の真田家への強い思いに打たれ、何としても昌幸を説得しようと決心した。

昌幸は信繁から信幸の話を聞くと激怒した。

「わしは信幸に請われてまで生きていたいとは思わぬ。わしが丹精をこめて築いた城を枕に討死する」

言い出すときかない昌幸であるが、信繁が、「少しは兄上の苦しい胸の内を察して下され」と宥めると、「よけいなお節介を止めるように信幸へ言ってやれ」と怒鳴り出した。

「しばらく一人にしてくれ」と吐き棄てるように言うと、昌幸は自分の部屋に閉じこもってしまった。

数日ぶりに部屋から出てきた昌幸は、「残念だが信幸の勧めるように高野山へ行くことに決めた。お前も一緒だ」

昌幸の目が充血している。

「高野山で堪え忍んでおれば、いつかまた世に出る機会もこよう。それまでは辛抱だ。家康めをこそ、こんな目に遭わせてやりたかったものを…」

出発の日は十二月十三日で、この日は朝から冷えこみ、粉雪が舞っていた。

去りゆく昌幸らを大手門まで家臣が見送るが、「大殿と一緒について行きたい」と泣き出す家臣を信繁が宥める。

つき従う家臣も家族との別れに忍び泣く声が城門に漂う。

昌幸は誰一人も見忘れまいと一人一人の家臣に目をやると、家臣たちもこれが見納めと思うと目が潤む。

「上田の城がわが一族の手に残ったことはせめてもの慰めだ。わしが去った後、この城へは伜の信幸がやってくる。皆の者はわしの頃と変わらず信幸を助けて守り立ててくれ。そしてわしがやろうとしたように、今以上に上田を立派な町にして欲しい。これがわしの最後の願いだ」

これを聞くと家臣たちのしのび泣きが嗚咽に変わった。

九度山

「蓮華定院《れんげじょういん》」

ここは信濃の国の小県・佐久郡の人々と所縁《ゆかり》が深い高野山の子院の一つである。真田家も壇家なので、父子はしばらく「蓮華定院」に滞在することになる。

高野山は海抜千メートルの深山幽谷の地にもかかわらず、塔頭二千、そこで修行する僧侶は三万人を越え、山内では僧侶に必要な物を売る店が軒を連ね、まさに宗教の一大都市であった。

五十を越す子院が山内に密集し、総本堂である金堂を取り囲むように、壇上伽藍、根本大塔、西塔、御影堂など、主要な御堂が林立している。

霊場のため女人禁制なので、真田父子や家臣の妻や子供たちは山麓の九度山の寺に分宿する。

「蓮華定院」は行勝上人が開いたこじんまりとした石庭を持つ子院で、北の奥まった一心院谷にあり、四半刻も歩けば、天を突くような極彩色の根本大塔と壇上伽藍が眺めることができた。

真田父子が「蓮華定院」に入ったのは十二月も中旬を過ぎた頃で、塔頭の屋根にはうっすらと雪が積もり外気が冷たい。

「しばらくここで世間を忘れてのんびりと暮らすのも良いかも知れぬ」

昌幸は火鉢を抱えこむように座り、信繁相手にちびちびと盃を口に運んでいる。

「お前の兄が懸命にわれらの命乞いをしてくれたお陰でわしもお前もここが繋がった」

と、昌幸は首を叩く。

「しかしこのように毎日何も考えずに日がな一日を過ごすということは、慣れぬことゆえ非常に疲れるわ。われらを取り成してくれた信幸に言わすと贅沢な悩みではあるがな」

「父上ももっと兄上に感謝しなくてはなりますまい」

別れてからまだ日も経っていないが、信繁は家族思いの兄を懐しく思う。

「蓮華定院」に宿泊した翌日、真田父子と家臣たちは奥之院に向かう。

ここにある武田信玄・勝頼公の墓に詣でることにしたのだ。

武田武将たちの供養塔が建ち並ぶ奥之院は金堂から見ると東の端になる。

高野山の正面玄関である西の大門から山内を東の奥之院の弘法大師御廟まで、約三キロメートルの一本の太い道が続いている。

編笠と蓑を身につけた真田家の者たちは、高野山の中心である修行道場の大塔伽藍を眺めながら歩く。

雪がちらちら舞い出し、吐く息も白く、手も悴《かじか》む。

「雪か、信濃を思い出すなあ」

家臣たちは冠雪を纏った山々が連なる故郷を思い浮かべた。

半刻も歩くと奥之院の入口で、ここには石橋が架けてある。

「『一の橋』と書かれております」

先を歩く信繁が欄干の文字を読むと、家臣たちは被っていた編笠を取り、雪で滑らぬよう足元に注意して一の橋を渡る。

道の両側には石灯籠が整然と並び、その奥には千年以上にもなる杉の巨木が生い繋っているので、射しこむ日の光を遮り昼間でも薄暗い。

石造りの供養塔が杉木立に混じって、まるで人が立っているかのようだ。網の目のように嵌めこまれた石畳の道が奥の弘法大師御廟まで続いている。

「ここにお館様の墓碑があります」

家臣が人の背丈の倍ほどの石造りの墓碑を指差した。

「道を隔てて、上杉謙信の御霊屋があるぞ」

もう一人の家臣が叫んだ。

思えば不思議な話だが信玄と勝頼も、生涯敵であった謙信もお互い奥之院で指呼《しこ》の距離で眠っている。

「墓詣りに甲斐へ戻ることはできぬが、ここで信玄・勝頼公と対面できたことは神の導きであろう」

昌幸は墓碑に跪《ひざまず》き頭を地面に擦りつけると、信繁や家臣たちも彼に倣った。

「信玄公、残念ながらお館が繁栄させられた武田家は滅んでしまいました。穴山や小山田といった御一門衆が離反したため、勝頼公一人の力ではどうしようもございませんでした。勝頼様、あなたから離反した穴山や小山田たちには天罰が下り、彼らは滅ぼされました。安らかにお眠り下され。われら真田一族は武田の名を恥かしめることなく生きて参りました。この度関ヶ原で勝った家康めは天下を取った勢いですが、近い内に大坂方と手切れになると思われます。その折それがしは大坂城の秀頼様にお味方して家康めともう一勝負しようと思っております。その時こそ、武田武士の意地を世間に示す機会です。それまではしばらく高野山に燻《くすぶ》っているつもりです。その間何度でもお館様に会いにきます。楽しみにしておいて下され」

信玄や勝頼のありし日の勇姿が瞼に浮かんでくると、昌幸の頬が濡れた。

「せっかくここまできたのだ。弘法大師の御廟まで足を伸ばそう」

家臣一同立ち上がると、苔むした石畳の道を奥へと進む。

杉木立の隙間から見える空は鉛色となり、降りしきる雪は大粒になってきた。

「中の橋」を越えてしばらく進むと左手に豊臣家の墓所が見えた。敷地は広いが墓石は意外と小さい。

「太閤殿下には大変御世話になった。ぜひ挨拶していこう」

昌幸を先頭に石段を登ると、秀吉をはじめ母親それに弟大納言秀長とその夫人の墓が並んでいた。

「お前も御挨拶申し上げろ。お館を除いて一番世話になったお人じゃ」

信繁は人質として大坂城で過ごした時期が長い。

秀吉と接することで多くのものを学び、視野を広げることができ、大谷吉継の娘を世話してくれたのも彼だった。人間としても秀吉は大いに魅力的であり、信繁にとって非常に思い出深い人であった。

「太閤殿下がもう少し長生きしておられれば、家康ごときに天下を許すことはなかったであろうに…」

昌幸にしても、秀吉は家康よりはるかに好ましい相手であった。

先を進むと大師廟の霊域に入る。

「御廟の橋」の下を清流が音をたてて流れている。

よく見ると川の中に数本もの木が立てられている。

「あれは卒塔婆ではないか。何のためにこんなことをやっておるのかなぁ」

家臣たちは初めて見る珍しい光景に首を傾げた。

「これはな。流産や水死した者の精霊をこの流らかな水で清めておるのじゃ」

昌幸が自信ありげに話すと、「大殿は戦さは非常に上手だが仏の道についてもここまで物知りだとは知らなかったわ」と家臣が冷やかす。

「戦さも仏の道も人間が行うものじゃ。そう大差はないわ」と、昌幸は嘯《うそぶ》く。

御廟の前に小さな燈籠堂が建っている。

堂の正面には千年近く燃え続けている二つの「消えずの火」がある。

堂に入ると壁の周囲と、天井から釣り下げられた燈籠で、堂内は埋め尽くされており、神秘的な輝きで満たされていた。

年配の僧侶が彼らに近づいてきて、先祖供養のために燈籠奉納を勧めた。

「われらは由あってこの地にきた者、供養にきたのではござらぬ」

家臣が勧めを突っぱねると、僧侶は、

「あなたたちは『貧者の一燈』というお話をご存じか」

と問いかけ、家臣が「知らぬ」と素気なく答えると、無知な男たちに仏法の有難さを教えようと長々と説教を始めた。

「昔、和泉の国の横山村坪井というところにお照という感心な娘がいた。本当は孤児だったのだが、拾われた夫婦に育てられていた。彼女が十三歳の時にふた親を病気で失ってしまったのじゃ。ふた親が住んでいた家や田畑は縁者が取りあげてしまい、しかたなく彼女はふた親の墓に近い山際の物置小屋へ移ったのじゃ」

家臣たちは坊主の有難くもない話を辛抱して聞いていたが、お照の哀れな境遇に自分たちの心境を重ね合わせたのか、その内に熱心に耳を傾け出した。

「お照は村の仕事と手伝いをしながら村人たちから食べ物を分けてもらい、亡き養父母の追福菩提《ついふくぼだい》を祈り、暇があると槇尾《まきお》山の観音様へお詣りをした。その槇尾山は弘法大師が二十歳の時、出家得度《とくど》の式をされたところで、今でもその黒髪が残っておる」

「そのお照と申す娘はそれからどうなったのだ」

家臣たちが先を急かすと、僧侶は彼らが話に関心を持ち出したと知り、わざと勿体をつけて話を続ける。

「一万燈の燈籠を奉納するという長者の話が河内の国からきた旅人によって横山村に伝えられると、それを耳にしたお照は金に替えるものは何も持っていなかったが、この年まで養い育ててくれた亡き両親のためにもせめて一燈だけでも高野山に奉納したいと思ったのじゃ」

「お照は乏しいので燈籠を奉納できぬではないか」

昌幸も信繁もお照の燈籠奉納のことが他人事とは思えない。

「それができたのじゃ。商人紅屋吉兵衛が彼女の黒髪なら金になると言っていたことを思い出し、両親の墓の前でお照は自分の黒髪を切り落とすと、それを持って紅屋がある堺へいった。事情を聞いた紅屋はお照の真心に打たれた。それで彼女は黒髪で得た金を握りしめ、紀見峠を越え、紀ノ川を渡り、学文路《かむろ》、河根《かね》それから険しい長い坂を登ると、高野山の入口である不動口に辿りついた。だが高野山は女人禁制で山内へは女は入られぬ。お照はそれを知らなかったのじゃ。宿屋でそれを知ったお照は泣きじゃくった」

「それではお照は燈籠の奉納はできなかったのか」

「いや、それができたのだ。お照がいた宿屋に円蔵房快恵という高野山の僧侶が泊っていたのだ。宿屋で彼女のことを耳にした快恵は彼女の真心に打たれ、『お照よ、わしが高野山の重役に図っておまえの念願が叶うよう力を貸そう』と言ってくれたのだ。快恵に伴われ、お照は女人堂まで登った」

「一万燈籠を奉納すると自慢した長者はどうしたのか」

昌幸は長者の方も気になった。

「奥之院建立燈籠供養の日に堂内に一万もの燈籠に火が灯った様子を思い浮かべて下され。この世の極楽浄土もさもありなんといった光景です。長者は見知らぬ小さい一つの燈籠が自分の一万の燈籠より高いところに飾られているのに気づき、それを取り除こうとしたその隙間、御廟の後ろから一陣の風が吹きつけたかと思うと、一万もの燈籠の火は消え、堂内は真っ暗になってしまったのだ」

「お照の燈籠は消えたのか」

家臣たちは誠心のこもったお照の燈籠を心配した。

「いえ、祈親《きしん》上人が掲げた持経燈《じきょうとう》と、その右にある小さなお照の燈籠は暗い堂内にあかあかと輝いて灯っておりました。二つの燈籠は、『信仰は権力や金の力でするものではなく、真実の心で行うものである』ということを物語っていたのです」

「よかった。よかった。弘法大師は人の誠心をよくお見透しだ」

家臣一同、安堵のため息をついた。

「それ、あの通り今もお照の燈籠はあそこに灯っております」

僧侶は小さな燈籠を指差す。

「われらもお照に倣い、一つ燈籠を奉納するとするか」

昌幸は懐から銭を取り出すと、僧侶に渡し、有難いお説法を聞いたからか、仏を信じない彼らも弘法大師御廟の前で両手を合わせ、頭を下げた。

宿へ戻ろうとすると、袈裟をつけた数人の僧侶が長櫃のようなものを背に担いで御廟へ入っていく。

燈籠堂に戻ってさっきの僧侶に彼らのことを尋ねると、「一日二回、大師の食事を運んでいるのだ」と僧侶は平然と答えた。

この山内では弘法大師はまだ生きているらしい。

高野山へ参拝する「高野七口」の表玄関である慈尊院は、高野山麓の九度山《くどやま》にある。

慈尊院に弘法大師の母親が住み、母親を案じる大師が月に九度この地を訪れたことからこの地は九度山と呼ばれた。

真田父子と十六名の家臣たちは九度山にある寺院に住むようになる。

ここは蓮華定院の末寺で、土地の人たちは彼らの住み家を「真田庵」と呼んだ。

寺内の敷地は広く、家臣たちは寺内に真田父子の屋敷を建てると次に彼らの妻子と一緒に住むための長屋を建て始めた。

「わしの判断が甘く家康が勝ち、皆に迷惑をかける」

百姓のような姿をして畑仕事をしている家臣たちを見ると、昌幸の目は潤んだ。

「大殿見苦しい真似は止めて下され。上田の若殿からの仕送りが無くとも、われらが大殿や信繁様や奥方様ぐらい何とか養ってゆきます。われらのことに気を回さずに、気楽にお過ごし下され。気を回されるとわれらがやり切れませぬ」

彼らを少しでも助けようとして鍬を持ち出して畑へ向かう昌幸や信繁の姿を見つけると、彼らは二人から鍬を取りあげた。昌幸が何度言っても承知しなかった。

「こんなことはわれらがやります。大殿と信繁様は紀ノ川へでも行って釣りか屋敷内で囲碁を打ちながら酒でもやって下され」

家臣たちは寺院の空き地に畑を作り、寺院の土塀脇には食用にしようと桃の木を植えた。

真田親子の屋敷の庭には牡丹の好きな昌幸のために、九度山の庄屋の家まで行って牡丹の株を分けてもらってきた。

「九度山に籠もっておると天下のことがわからん。できるだけ村人とは親しくして世間を広げよ」

昌幸らは村人と顔を合わすと努めて彼らと言葉を交し、上田から珍しい物が送られてくると、村人たちを屋敷に呼んで盛んに振る舞う。

そのため真田庵は常に生活費が苦しく、昌幸は上田の信幸へ手紙で金の無心をし、九度山からの赦免のことも頼んだ。

(わしの目の黒い間には必ず大坂と関東とは手切れになる。それまでにここを出たい)

それが昌幸の生き甲斐だ。

ある日家臣たちが野良着姿で騒いでいるので、昌幸が庭へ出ていくと一人の襤褸《ぼろ》を身に纏った男がいた。

彼は昌幸を目にすると、「大殿様、お元気で何よりだ」と叫ぶと、急に大声をあげて泣き出した。

「どうした孫右衛門。何故ここへきた。泣いていたのではわからぬ。上田から何か言《こと》付《づ》かってきたのか。それにしても酷い身形《みなり》だな」

孫右衛門は昌幸の幼少の頃から奉公していた小者で、昌幸は彼の陰日向ない働きぶりに目をかけてやっていたのだ。

上田から着の身着のままで駆けてきたのか、着物は汚れ、汗臭い。髪も土埃で黄色くなっており、髭も伸びるに任せている。

孫右衛門は六十を越えているが足腰はしっかりしており、上田からの長旅の疲れもみせず汚れた手で頬の涙を拭うと、昌幸に会えた喜びで顔をくしゃくしゃにした。

「『女房を殺して逃げてきた』と申しております」

家臣の一人が泣きじゃくる孫右衛門に代わって答えた。

「何！　お主と女房とは仲が良いことで評判の夫婦ではないか。何があったのだ。正直に申してみよ」

昌幸が優しく問い正すと、孫右衛門は再び泣き出しそうな表情を浮かべてぽつりぽつりと話し出した。

「この前の戦さで若殿と大殿とが敵味方に分かれておしまいになった。上田では大いに敵に足止めを食わせなすったが、大殿側の西軍は関ヶ原で敗れなさった。わしは『大殿の身の振り方が正しかった』と言うと、女房は『負ける側に味方した大殿が間違っている』とぬかしやがったので、わしは怒って女房の顔を二、三回殴りつけたのでございます」

「そうか」と言ったなり、昌幸は孫右衛門を見つめたまま押し黙った。

「女房は腹を立ててわしの小刀で自分の首を突いたのです。それでわしは女房殺しの疑いをかけられて上田におられなくなり、ここへ逃げてきたのです」

昌幸は黙ってつっ立ったままだ。

これを見ると孫右衛門は恐しくなってきた。昌幸が女房殺しを怒り、彼を殺そうと考えているのだと思ったからだ。

(ここで成敗されてしまうかも知れぬ。何せ直接手を下してはいないが、わしが女房を殺したようなものだ。好きな大殿の手にかかって首を刎ねられれば本望だ)

昌幸の心境は複雑だった。

(孫右衛門の言動は思慮が浅いが、その気持ちは非常に嬉しい。一途にわしを思ってのことだ。関ヶ原で信幸と別れて行動したことが、家臣たちに大きな凝《しこ》りを残した)

「よし、女房の実家へはわしから手紙を出しておいてやろう。実家は確か大熊の被官であったな。後は信幸が上手くやってくれるだろう」

大熊は真田の重臣の一人だ。

「有難うございます。わしはここで死ぬまで大殿の奉公をやりたく存じます。わしをここに置いて下され」

孫右衛門は額を地面に擦りつけて頼む。

その日から家臣が一人増えた。

信繁が畑仕事をすれば家臣が「そんなことをしなくても良い」と注意するし、風呂の薪割りをしていると家臣が斧を取り上げてしまうので、毎朝素振りをするのが彼の日課になった。

天気が良いと、上半身裸となり、義父から貰った「来国俊《らいくにとし》」を振り回す。

「刃が強いので冑を被った男の頭までまるで水を裂くように斬った」というのが義父の自慢だ。

小柄な信繁がこの重い刀を扱うには力が要る。傍らで見ていた樋口四角兵衛がその刀に振り回されている格好を笑う。

「若殿、腰が振らついておりますぞ。もっと腰を入れて」

四角兵衛は信繁に仕えている男で、腕は丸太のようで、肩など小牛のように盛り上がっている。

いかつい顔で粗野だが、素朴で人は善良だ。

信繁にねだり「来国俊」に触れさせてもらうと、褒めもしないで刀をじっと見てはため息を吐く。

「もう十分堪能したであろう。さあこちらへ返せ」

信繁が刀を取り上げようとすると、

「この刀は小柄な若殿では扱えませぬ。拙者に下され」

と四角兵衛は未練気に握った刀を離そうとしない。

「なにを言うか。これは義父がわしに下された大切な刀だ」

信繁は力ずくで刀を四角兵衛から取り上げようとすると、四角兵衛は恨めしそうな表情を浮かべその刀を手放した。

「危ない、危ない。あやつの目につくところに置いておくと盗まれかねぬ」

信繁は四角兵衛が立ち去ると、土倉の奥へ「来国俊」を隠す。

しばらく四角兵衛は刀のことを忘れたように野良仕事に精を出していた。

雨が降り畑仕事ができない時は、家臣たちは家の中で内職をし、長屋から機を織る音が響く。

国元からの送金では生活が苦しいので、昌幸は金になる内職を思いつき強く丈夫な組紐を編んでみたところ、刀の束を巻くのに都合が良いことがわかった。

昌幸は家臣たちとこの平たい幅の狭い織物の紐が伸びることが少なく、結び直しにも強くなるように、いろいろ創意工夫を凝らす。

縦糸に横糸を混ぜて織り上げることで、紐の強度を増すことがわかった。

縦糸と横糸との色の組み合わせで独特の柄や美しい風合が生まれた。

この紐は束だけでなく、強く丈夫なため武具や甲冑の刀の下げ緒に用いることができ、武士の使用以外でも襷《たすき》や行商の荷紐、男の帯などにも利用できた。

「真田紐」と名付けられたこの紐を、家臣たちは諸国で売り歩く間に諸国の情報を集めることに努めた。

四角兵衛は大男であるが器用に織る。しかし「来国俊」を手に取って見てからというもの、刀の持つ怪しげな光沢に心を奪われ仕事に身が入らない。

「馬鹿、縦糸と横糸が絡まっておるぞ」

家臣が注意してもうわの空だ。

「今日はこれぐらいで止めておけ。心がこもっておらぬわ」

見かねた家臣が彼を機織りから引きずり下ろすと、四角兵衛はそのまま信繁の部屋を覗くと、信繁は書見台で本を広げている。

「若殿、お暇なら双六でもやりませぬか。こんな雨の日に部屋に籠もっていると、気まで滅入ってきましょう」

振り返った信繁は、「四角兵衛か。よくきた。よし双六をやろう」と彼の誘いに応じた。

「やると決まれば、賭けなしではおもしろくありませぬ。拙者が勝てばあの来国俊を下され。もし信繁様が勝てばこの首を差し上げましょう」

「四角兵衛、お前は本当にわしと勝負をする気か。わしは賭けには強いぞ。お前は命が惜しくはないのか」

と、信繁が四角兵衛を牽制すると、

「刀を取り上げられるのが怖いのでしたら、双六は止めても良いのですよ」

と、四角兵衛が挑発する。

「お前の汚ない首など貰ってもしかたがないが、暇潰しに一勝負やるか」

双六は信繁のお手のもの。家中で彼に勝った者がいないほどの腕前だ。

「いえ、若殿こそ、刀を取り上げられても怒らないで下さいよ」

と、四角兵衛は念を押す。

やってみると不思議なことに三回とも四角兵衛が勝った。

「これで来国俊はわしのものだ。若殿、例の刀を用意しておいて下され」

と言うと、四角兵衛は長屋に戻った。

信繁はどうしても納得がいかない。試しに賽子《さいころ》を振ると、どのように転がしても同じ目が出る。

「四角兵衛めイカサマをやったな」

明日四角兵衛がやってくれれば、どうしてくれようかと待つが、十日経っても四角兵衛は出仕してこない。

「日頃の放言癖が祟って誰かに闇討ちでもされたか。哀れなやつめ」

側にいると口煩《うるさ》い無神経な男だが、いないと寂しい。
二、三日待ってみたがやはり四角兵衛はこなかった。
四角兵衛の行方を案じていると、侍女が信繁の部屋の前で声をかけた。

「昨日樋口様が突然倉の中へ入ってこられ、『信繁様のお許しを得ているので、大谷刑部様から拝領の刀をわしに寄越せ』とおっしゃられましたので刀をお渡ししましたが、それでよろしかったので……」

「それでお前は渡したのか。あの刀を」

「若殿に確かめてからと言いますと『わしを信用しないのか』と鬼のような形相で睨まれ、わたしは恐しくなり若殿に確かめもせずつい刀を渡してしまいました」

「あやつめは最近とんとわが屋敷に顔を見せぬが、どこへ行ったのか知らぬか」と、信繁が問うと侍女は、「多分樋口様は若殿の刀を盗んでそのまま出奔されたのではないかと…」と言い淀む。

「おのれ、四角兵衛のやつめ」

信繁は歯嚙みして悔しがった。

「盗賊まがいのやつめ。見つけ出して成敗してやる」

信繁は温厚な性格でめったに腹を立てるということはない。

家臣たちは手分けして四角兵衛の行方を捜すがわからない。

「遠国へ逃げたらしい」

家臣たちは捜すことを諦めた。

当の四角兵衛は信繁の怒りなどおかまいなしに仲の良い親類の家に滞在しており、気がねなく日々を過ごしていた。

親類の者が不安がり四角兵衛に、「早々に姿をくらまして遠国へ隠れよ」と見かねて忠告するが、「信繁様の怒りなど恐しくも何ということもない。見つけられて首を切られたらそれは仕方がないではないか」と四角兵衛は親類の家でいつもと変わらず、酒を飲んだり、ごろ寝をしたりしていた。

昌幸は家臣から四角兵衛の刀の一件を漏れ聞くと、信繁を部屋へ呼びつけた。

「どうじゃ、四角兵衛ほどの男はそうざらにどこにでもいないぞ。お前もそう意地を張らずに呼び戻してやったらどうか」

信繁はまだイカサマ双六にこだわっていた。

「樋口めは細工した賽子でわたしを騙して勝ち、その上侍女に偽って土倉からわたしの刀を引き出させ、それを盗んで出奔したのです。あやつは盗賊です。こんなやつを許しておけば真田家の家臣たちに示しがつきますまい」

昌幸はこれを聞くと大笑いした。

「お前の方が間違っておるわ。そもそも博打というものは人を騙して人のものを取り上げるというものだ。賢明なお前ならそんなことぐらいわかっておろうに、刀惜しさに博打の道理を忘れたか。樋口を早々に呼び返せ。そして今まで通りお前に仕えさせよ。非力のお前があの刀を差すよりも、樋口が差した方がよほど役に立つわ。武将たる者は、良刀を振りかざして戦場で功を成すより、ここを使って家臣に手柄を立てさせることが肝要よ」

そう言って昌幸は指で自分の頭をつついた。

こうして四角兵衛は再び信繁に仕えるようになる。

信繁は京都にきている兄の家臣、河原右京へ書状を届けるため、四角兵衛を京都へ遣ったが予定日を過ぎても彼は戻ってこない。

心配になった信繁は、四角兵衛を捜すために小者の孫右衛門を京都に差し向けると、四角兵衛は京都の宿屋の二階で脛を抱えて布団の中で唸っている。

「どうしたのだ」

孫右衛門が尋ねても唸るばかりでどうにもならない。

一階にいる宿屋の主人に聞いてみると真相がわかった。

河原右京に書状を渡したまではよかったが、四条河原で勧進相撲があったらしい。力自慢の大男四角兵衛は彼らの相撲を見ている内に自分もやってやろうと思ったのだ。

堪らなくなって飛び入りした相手は亀の甲という関取だった。

体格では劣らない四角兵衛だが、何しろ技を知らない。組みついたところまではよかったが、あっという間に土俵の外へ投げ飛ばされた。

その弾みに脛の骨を折ってしまったのだ。

「さぞ痛いでしょうな。すぐ接《つ》げば治ります。まずこの気付け薬を口に含んで下され。骨を接いだ後は当分ここで静養をなされることですわ」

孫右衛門が気の毒そうな表情を浮かべると、「馬鹿め、侍たる者、脛の骨が一本や二本折れたからといって目を回すようでは侍ではないわ」と言うと、布団から起き上がり副木を当てたまま「えい、えい」と四股《しこ》を踏んでみせた。

九度山へ戻った孫右衛門がこの話を信繁にすると、「いかにも四角兵衛らしいわ」と、涙を流して笑った。


秋が深まってくると九度山周辺の山々の葉が急に色づき、朝夕がめっきり冷えるようになる。

「『町石道《ちょういしみち》』から高野山へ登るか。足腰を鍛えておかぬといざという時に役に立たぬわ」

九度山にきてからもう二年が過ぎようとしていた。

昌幸はこのまま九度山で埋もれるつもりはない。

家康にひと泡吹かせたというのが彼の自慢だ。

（いつかは赦免されて上田へ戻り、大坂と関東が手切れになる時がくれば、もう一度家康の鼻を明かしてやる）

この執念が彼を変化に乏しい九度山の生活にも耐えさせている。

伴は信繁と四角兵衛だ。

「『町石道』の歴史は古い。遠く弘法大師の時代まで遡る」

「へえ、あの有名な弘法大師が五里もあるこの山道を慈尊院から登ったのですか」

四角兵衛は何にでも驚くので話し甲斐がある。

「一町毎に五輪塔の形をした卒塔婆の石柱が建っているのが見えるだろう。五輪塔は山頂まで続き全部で百八十もある、弘法大師は慈尊院におられる母親に会うために、ひと月に九度この山道を登り降りされた。九度山というのはそこからきた名前だ」

「ほう、五里の山道も九回も。弘法大師という人はよほどの健脚だった人ですのう」

四角兵衛はしきりに感心している。

慈尊院に建っている石塔には百八十町と刻まれており、町石の数字は山道を登る毎に減ってゆく。

道の両側には紅葉した柿の畑が広がり、山道が雨引山にかかると登り勾配が緩くなる。笠取峠、六本杉峠、古峠を過ぎると木の鳥居が見える。

「これを二ッ鳥居と呼ぶ。ここからは天野の里がよく見えるわ」

天野の里は九度山の隣りの村だ。

笠木峠、矢立を越えると町石も五十町に減ってくる。

「これが弘法大師が袈裟をかけたという『袈裟かけ石』で、清浄結界の石だ。この二つの石の隙間を潜れば長生きすると言われておる。どうじゃ四角兵衛、お主潜れるか」

よく見ると苔むした二つの大きな岩は立って重なり合っている。

「こりゃ、小さな子供でないと通り抜けられませんわ。わしゃ長生きできぬのかのう」

四角兵衛はがっかりした。

鬱蒼とした杉木立の登りの道が続き、町石の石番は徐々に減ってゆき、ついに一桁になると、前方に二層から成る朱塗りの巨大な門が見えてきた。

「これが高野山の総門である大門だ」

見上げるばかりの高さで、長く眺めていると首が痛くなる。

両脇に阿形《あぎよう》と吽形《うんぎよう》像が恐しい形相で、聖地を守るために三人を睨みつける。

「こりゃ、上田のお城のような立派な門だのう。それにこの二像の顔は信玄公によく似ておわすわ」

四角兵衛は唸るが、よく見れば怒った時の信玄に似ていた。

三人は大門を潜ると根本大塔と金堂を眺めながら一心谷にある蓮華定院で一泊した。

約三刻もの登りで三人とも足が棒のようになり、食事を済ますとすぐ鼾《いびき》をかき出した。


「おい信繁。お前の兄嫁から珍しい物を送ってきたぞ」

昌幸の声が久しぶりに弾んでいる。

信濃の名産の鮭の子が届いたのだ。これは昌幸の好物を知る稲姫の心尽くしだ。

河川で生まれた鮭は海で長旅を続けながら成長し、産卵の頃になると、再び生まれ故郷の河川を忘れずに遡ってくるのだ。

「今日は家臣をわが屋敷に呼び、これを肴に一杯やろう。彼らにも故郷の味を堪能させてやろう」

その日は家臣一同が昌幸の屋敷に集い、釜に畑で取れた野菜と鮭の子を入れ、酒をやりながら久しぶりの信濃の味に舌鼓を打っていると、急に四角兵衛が大声で泣きだした。

「どうした樋口、お主泣き上戸だったのか」

彼らは四角兵衛の号泣を不思議がる。

「いや、泣き上戸ではないわ。鮭の子を見て、上田に残してきた母親を思い出したのだ」

そう言うとさらに激しくしゃくり上げて泣き出す。

これを聞いた一同も急に黙りこんでしまい、煙が目に入ったのか目を擦り、鼻水をすすり上げた。

昌幸も上田に残してきた妻や信之のことが頭を過《よぎ》る。

久しぶりに信之から便りがきた。

関ヶ原合戦以来、信幸は家康に遠慮して父親の昌幸からもらった「幸」の一字を「之」に変え、信之と名乗っている。

上田にある真田家の菩提寺「長谷寺」を再建することを許可して欲しいということと、新しく建てる寺院の規模や様式の相談である。

二度目の上田合戦で寺院は戦火に遭い、全焼してしまっており、再建の日の目を見ていなかったのだ。

昌幸の父・幸隆はまさに没落しようとしていた真田家を興した英雄であり、父と一緒に真田家勃興のために身を削った昌幸にとって、「長谷寺」の再建はなおざりにできぬことであった。

この信之の訴えを知ると、手紙だけでは埒が明かぬと思い、昌幸は家臣を遣って信之の姉婿の小山田茂誠《しげまさ》に再建のことを任せた。

念願の「長谷寺」の再建が成ると、馬鹿囃子《ばかばやし》に合わせて、三頭の獅子が真田屋敷へやってきた。

上田築城の際、左官の助手として壁工事の奉仕に出た村の若者が獅子の格好をして舞ったのがこの「壁塗り踊り」の始まりだ。

信之は上田城が完成した時の喜んだ父の顔が忘れられなかったので、「壁塗り踊り」で九度山で無聊《ぶりょう》を託《かこ》っている父や弟を慰めようとした。

笛と太鼓の音色に合わせて、数十人の上田からきた村の若者が獅子の面をつけ、壁を塗る格好で踊る。手には左官道具を持っている。

昌幸や信繁、それに家臣たちはこれを見るとじっとしておれず、彼らと一緒になって藁に泥を捏ね、桶に入れるとそれを肩に担ぎ、鏝《こて》で泥を掬うと、片手で壁を塗る格好で踊り出す。

家臣の妻子は彼らのひょうげた踊りに手を叩いて囃し立てた。

特に大男の四角兵衛がひょっとこの面を被り壁を塗る格好には、子供たちが笑いこけた。

「あの四角兵衛の手つきは昔左官をやっていたといっても通るぞ。あの腰付きを見よ。高い塀の上を歩きながら壁を塗っている姿にそっくりだわい」

昌幸は脇で踊っている信繁に四角兵衛を指差す。

踊っている内に彼らは、単調な九度山での生活から一度に解放されたような浮き立った気分になってきた。

彼らは上田城が築城されると、城下に槌の音が響き、職人が忙しそうに走り回り、家臣たちの家屋敷が次々と建ちだした頃の感動が胸の中に湧き立ってきた。

（上田が懐しいわ。死ぬまでにもう一度上田へ帰りたい）

酒が入った家臣たちは踊りながら大声で叫んだ。

「家康め、今に見ておれ。目に物を見せてやるぞ」

彼らは日頃思っていることを口にすると、徳川勢を二度とも撃退した上田合戦の勝ち戦さの興奮が蘇った。

二、三年で赦免されるだろうと考えていた配流の期間が十年近くもなると、昌幸の胸の中には赦免への希望が遠退いていく。

昌幸は慣れぬ土地での食べ物にも不自由する配流生活で、徐々に疲れ、気力も衰えていく。

病身となった昌幸の心を慰める物は、暮、正月、節句の祝儀として信之の嫁から届けられる上田や沼田の好物であった。

その送り物を見ると、豪気な昌幸が故郷を懐しがって涙を流すこともあった。

また一緒に暮している信繁と彼の妻と幼い子供たちの成長を見ることが、床に伏すことが多くなった昌幸の心の安らぎとなる。

乱世の梟雄も孫たちに囲まれると、どこにでもいるそこいらの好々爺と変わらなかった。

気力と体力が衰えた昌幸に代わり、信之への手紙の代筆は信繁の仕事となる。

信繁は追伸として兄信之へ九度山での苦しい心境を吐露する。

「ここもと長々の御山居、よろず御不自由、御推量下さい。我等手前などはなおさら大くたびれ者に成りました。御想像以上です」

最期を予知した昌幸は信繁を枕元に呼んだ。

「あと三年、命が延びぬことが残念だ」

布団に横たわる昌幸の顔には死相が浮かんでいた。

信繁は昌幸の差し出す痩せた手を掴むと、昌幸は苦しそうに肩で息をしながら声に力を入れた。

「三年の内には家康と大坂方とは必ず手切れとなろう。その時は真っ先に大坂方へ馳せ参じ、憎っくき徳川を滅ぼしてやろうと思っていたがそれも叶わぬこととなった」

九度山の十一年間もの配流生活の悔しさが一語一句にこもっていた。

「父上はどのようにして家康の首を取ろうと考えられていたのですか。その秘策をお漏らし下され」と、信繁が身を乗りだすと昌幸は弱々しく首を振る。

「いや、いや、その方に聞かしても詮ないことじゃ」

「わたしの力が父上より劣っているからでしょうか。わたしは凡庸の者で確かに父上ほど戦さ上手ではありませぬが、家康めにひと泡吹かさずには長年の九度山での雌伏が無駄になります。どうぞわたしに父上のお考えを伝授下され」

信繁の思いを見て取った昌幸は頷いた。

「よし、それでは心して聴け」と前置きすると、苦しい息の下でとぎれとぎれに話し出す。

「わしが見るところ、三年も経たぬ内に家康と大坂方との間に合戦が起こるであろう。その折、大坂方は必ずわしを招くであろう。その時まで生きておりたかったが、最早それも叶わぬ。それでお前にわしが今まで腹蔵《ふくぞう》していた秘策を遺わそう」

信繁は思わず固唾を飲んだ。

「まず大坂の城へ入れば、兵二万ばかりを貸りて美濃まで出張るのじゃ」

「美濃のどの城に籠もるのでしょうか」

信繁は父の意図がどこにあるのかわからない。

「いや、籠城するのではない。出張るだけで良い。家康方に『真田が精兵二万で彼らを待ち受けている』と知らせるだけで良いのじゃ」

昌幸の頭の中では精兵二万が堂々と濃尾平野を進軍していた。

彼の語気に力がこもる。

「彼らは二度の上田城攻めでわれらに対して怖《お》じけており、すぐに攻めかかることはせずに慎重となり、軍評定に時間をかけるであろう」

上田城での二度の合戦で家康は真田に煮え湯を飲まされている。苦手意識があるはずだと昌幸は読む。

「彼らが足踏みをしている内に近江へ兵を引き、瀬田の橋を守る。この切所《せつしょ》で守れば例え二十万の大軍が攻めてきても十日は支えることができよう」

　昌幸の目には対岸で蠢いている家康の大軍の姿が映る。

「その噂が広がれば畿内や西国の諸将の多くは、形勢は大坂方にあると思い大坂方につくだろう」

　ここまで喋ると昌幸は疲れたのか、茶を一服啜った。

「次は味方についた諸将たちをどのように動かすかだ」

　昌幸は喉に絡まる痰を吐き出すと、話を続ける。

「まず京都の二条城を焼き落とす。ここは家康の京都の拠点だ。これを摘み取っておく」

「その後大坂城から討って出て、家康方と決戦するのですか」

「いやまだ早い。それ以外の兵は大坂城に籠もったままで良い。敵は焦って城を攻撃し、城兵を誘き出そうとするだろう。何せ家康めは城攻めが下手だからのう」

　昌幸の脳裏には、上田城を攻めた徳川勢の無様な姿があった。

「城兵が出てこなければ、城攻めの兵たちの士気も下がり、退屈して隙が生まれる。この時じゃ、城から討って出るのは。その時深追いせず、すぐに城へ戻るのじゃ。これを何回も繰り返しておれば、彼らは遠国からきた大軍なので兵糧が乏しくなり、疲れも出てこよう。そうなれば敵は一気に城を落とそうと無理攻めしてこよう」

「その時ですな。一気に城を討って出て決戦に及ぶのは」

信繁は自分も戦場に臨んでいるかのような錯覚を覚えた。

「いやまだじゃ。大坂城は天下の名城だ。籠もっておれば一、二年は大丈夫だ。そう焦らずとも良いわ」

昌幸は首を振る。

「敵の士気が衰えたなら太閤殿下恩顧の大名で嫌々ながら家康に従っておる者も多かろう。彼らに内応を勧める書状を配るのじゃ。それもわざと家康めにわかるようにする」

「何故わかるようにするのですか。内応は秘密にやるからこそ効果があるのでは…」

「豊臣方から書状がきたという噂が立てば、家康はその大名に疑いを抱くようになる。そうなれば疑われた方はおもしろくない。本当に内応しても良いと思うようになるわ。家康方に疑心暗鬼が広がれば士気も上がるまい。その時じゃ、お前が再三やりたがっておった決戦に討って出るのは」

「誠に父上ならではの秘策恐れ入りました」

信繁は舌を巻く。

（父はこのような策を胸に秘めながら、日がな日がな山深い九度山で世捨て人のような生活を送っていたのか）

「しかしな、信繁よ。この策は多分用いられまい」

「何故でしょうか」

信繁は家康の大軍を打ち破るのにこれ以上の策はないと思う。

「それは大坂城に人がいないからじゃ。聞くところによると豊臣家の家老格は大野治長と聞く。淀殿の乳母、大蔵卿局《おおくらきょうのつぼね》の子だ。彼は太閤殿下が秀頼様につけた片桐且元《かつもと》とも不仲らしい。戦さらしい戦さもしたことのない男では、わしの秘策もわかるまい」

ここまで喋ると昌幸は無念そうに唇を嚙んだ。

「もう少しましな人物が大坂城を指揮しておれば、大坂方が家康を倒すのも夢ではないのだが…。もしわしの命があと三年もあれば、わしが大坂城の将兵を指揮したものを」

「わたしが入城し、父の策を大坂城で披露すればどうでしょう。たとえ大野治長にはわからずとも、入城する諸将には戦さに明るい者もおりましょう」

信繁は父の秘策をぜひ実行に移したい。

「いや駄目じゃろう。わしが入城するならば諸将たちも『上田城で二度も家康軍を敗った真田が指揮するならば』とこの案を受け入れるだろうが、お前は将としてはわしより優れておるが、世間ではまだ無名である。諸将たちも無名の者の言うことを取り上げないであろう。世間とはそういったものだ」

信繁は唸る。まさに父の言う通りであった。

（父と上田城で秀忠軍と戦った以外に、これといった功名をあげていない。父は信玄公の時代から戦さの只中で育ってきた人だ。世間での知名度、戦さの経験とも父の足元にも及ばない）

「真田の本家はお前の兄が上手く家を保っていくだろう。あいつは誰に似たのか真面目なところがある。家康もあやつには敵意を示さないであろう。お前は分家の身だ。真田家のことを気にせず、自分の思うままに生きよ。この九度山で妻や子供と平穏でささやかな一生を送るのも良い。もしわしが死ねば赦免されるかも知れぬ。その時は兄信之の元に行くも良い。家康と豊臣方とが手切れとなり、大坂方から誘いがくればそれに応じるも良し。思ったように生きよ」

これが昌幸の遺言となった。

慶長十六年六月四日、蒸し暑い日であった。大木が立ち枯れるように昌幸はこの世を去った。享年六十五歳。

九度山に配流され、赦免されて故郷へ帰ることを夢みながら十一年の歳月が流れていた。

信繁は遺体を真田庵に葬り、この地に宝篋印塔《ほうきょういんとう》を建てた。

遺髪と爪は昌幸の父幸隆が眠る上田の長谷寺へ送ることにした。

配流地であるため、大々的な葬儀はできなかったが、葬儀の日には蓮華定院から所縁の僧侶がやってきて、お経を上げてくれ、九度山の近辺の村人たちも多数集まってくれた。

昌幸は生前に、「一翁千雪大居士」という戒名をつけた位牌を用意していた。

「一翁千雪大居士」とは閑《のど》かな雪の中に一人いる翁が今の自分の姿であるという意味で、信濃で育った昌幸らしく雪にこだわった。

老境に入った昌幸には信玄公と一緒に天下盗りのため必死で生きてきた情熱が、まだ熾火《おきび》のように胸の底に燃えていた。

九度山を抜け出して大坂城へ入城し、もうひと花咲かそうという野心がむくむくと頭を擡《もた》げてくると、必死に徳川方にいる長男、信之のこと考え、暴れ回る野心を押さえつけようとした。

「一翁千雪大居士」として諦めの境地に立つと、今まで見えなかった物が見えてきた。

狩りや川遊び、それに伜の嫁から送られてくる季節の好物や一緒に住んでいる次男、信繁やその妻子との長閑《のどか》な生活も平凡だが、捨てがたいものだった。

最期は高僧のように人生を達観した心境に到った。

父の逝去を知った信之は偉大なる父を思い出の地である上田で弔いたかったが、徳川の目を考えると表立っての弔いはできないので、家臣を真田庵へ遣わせ弔いをさせた。

「父上はたとえどのような体になっても、真田家が続くようにもう少し生きていて欲しかった」と、信之は父に寄せた思いを手紙で吐露した。

弔事の客が帰り、家臣たちも長屋に引き揚げると、信繁ら家族だけが昌幸のいた屋敷に取り残された。

生前昌幸が愛用していた碁盤が座敷にぽつりと置かれており、いつものように座布団が二つ碁盤の両端に並んでいた。その脇には碁笥《ごけ》が置いてある。

碁盤の前に座ると、信繁は昌幸が生きていた頃と同じ様に碁笥から黒石を取り出し父と対局した。

先手が信繁で、後手が昌幸だ。昌幸が碁笥から白石を取り出して中央に打つ。いつも通りの手だ。

白黒の碁石が碁盤を埋めてくると、「その手ちょっと待て」と昌幸は叫んだ。形勢が不利な局面になると必ず「待った」をかけ、終わってみるといつも昌幸が勝っていた。

昌幸の「待った」は相手に油断を誘う手で、勝っている気分にさせられて最後は負かされていた。

戦さ上手な父であった。

こうして碁盤に向かっていると生前の父のことがしきりに思い出されてきた。愉快だったことを思い出そうとしても、浮かんでくるのは世の中の流れに取り残された生活を送った九度山のことになる。

病床に伏しながら気力を振り絞って信繁に語った大坂城入りの夢や、秘策を話す時の昌幸の顔には上田の頃の不敵な表情が蘇った。

（戦国の申し子のような父にとっての九度山での十一年間は、平凡な暮らしを送ったことのない者にとっては長い試練の日々であったに違いない。

父にとってあまりにも退屈過ぎた十一年であり、もう一度華々しい戦さをさせてや

りたかった)

碁盤に向かった父が、何を考えて碁石を打っていたかを考えると碁盤が涙でぼやけてくる。

気がつくと父の書見台の上には、父の形見である羽織が置いてあった。

それは信繁のために妻が縫い直してくれたものだった。

大坂城入城

葬儀が済むと真田庵は急に寂しくなった。

信繁が父に碁に誘われることも、父の読経も家臣と語らう大声もない。

昌幸の部屋には明かりが灯っているが、静まり返っている。

信繁は父の死後法体となり、「好白」と名乗るようになった。

自分も父のように平凡な日々を送らねばならぬのかと思うと、気が滅入った。

昌幸の一周忌が済むと、国許からついてきた十六人の家臣たちはほとんど上田へ帰り、居残った者は高梨内記、青柳千弥、三井豊前、樋口四角兵衛ら数名であった。

慶長十九年、昌幸の死後三年も経つと、昌幸の予言通り、関東と大坂方との手切れの噂が九度山にも伝わってきた。

関ヶ原により徳川に取り潰された大名が増え、牢人の数は二十万にもなろうといわれており、彼らが大坂城へ入城すれば徳川の天下も危うくなる。

牢人たちはこの日のために日々の生活に耐え、合戦で何が何でもひと旗あげ、牢人の境遇から這い上がろうともがいていた。

「天下の大坂城によって関東勢を討つ」

これは彼らの夢であるし、希望でもあった。

十月一日、牢人を招聘している大坂方に家康は追討令を出すと、信繁の胸の奥で消えかかっていた父譲りの戦さへの血が騒ぎ始めた。

十月初め、一人の供を連れた男が、夜更けに真田屋敷の戸を叩いた。

男は白髪混じりの老人だが、筋骨は逞しく幾多の顔に残された刀創は彼の戦場歴を物語っていた。

男は獲物を狙うような鋭い眼差しで信繁を窺うと、懐から書状を取り出した。

「わしは秀頼様からの誘いで大坂城へ参った者だが、勝敗のことは念頭にない。わしもお主のように関ヶ原から十数年間人目を忍んで生きてきたが、今だに関ヶ原で戦った興奮が忘れられぬ。この機会にもう一度家康めにひと泡吹かせてやるのがわしの夢じゃ」

男は「明石全登《あかしたけのり》」と名乗った。

信繁もこの男の名は知っている。

彼は宇喜多家の家老として関ヶ原を戦い、宇喜多軍を指揮した。一時は宇喜多軍の勢いが強いため、西軍は東軍を凌駕し、東軍は押され気味となり、小早川の裏切りがなければあるいは西軍が勝利していたかも知れない。

「わしは秀頼様に『真田殿は必ず大坂城へくる』と豪語して参ったのだ。多分お主も九度山の配流生活に飽きてきた頃だと思ったからだ」

明石は同情的な眼差しを信繁に向けた。

「苦節十四年、正直申してわたしもこの生活に飽きてきたと言うより、内心この地で朽ち果ててしまうのかと危惧しておりました。故太閤殿下が誇られた大坂城は天下一の城。そこを舞台に家康相手に戦えることは男子の本懐です。この日を待ち切れず死んだ父昌幸の夢を叶えてやることができそうです。父も草葉の陰で喜んでおりましょう」

「わしも生前に昌幸殿にお会いしたかった。徳川勢を二度も翻弄された知恵者だ。お主を見てどのようなお方だったかだいたい想像はつくが……」

日中は暖かいが、板戸の隙間から入ってくる夜風は冷たい。虫の音が真田屋敷を包みこみ、かしがましいぐらいだ。

信繁の妻が酒と肴を部屋へ運んできて、すぐに部屋を下ろうとすると、「これはわたしの妻で大谷吉継殿の娘です」と信繁は紹介する。

「ああ大谷殿の娘子か。大谷殿とは関ヶ原で一緒した仲だ。懐かしい。そういえばどことなく大谷殿と似ておられる」

明石は彼女をしげしげと眺めると、「大谷殿のような義理に篤い人は早く亡くなり、腹黒い家康めが長生きするとは、デウスは不公平なことをなされる」と嘆く。

昌幸の部屋には昌幸の画像が飾られている。

昌幸が生前に家臣に命じて描かせたものだ。

明石は部屋の中にある位牌に気づき、その傍らに飾られている画像を見た。

「これが昌幸殿か。なるほど精悍な顔をなされておるわ」

彼の画像は武田家滅亡からいろいろな大名に身を寄せながら、真田家を守り抜いた抜け目のなさそうな昌幸を巧みに描いている。

明石は昌幸の画像を食い入るように眺めた。よく見れば昌幸本人による自賛が画像の上に書かれていた。

「謀を帷幕《いばく》内に廻し、勝を千里外に決す」（『史記』）

「いかにも乱世の雄、信玄公の直弟子である昌幸殿が好みそうな言葉だ」

昌幸の画像も自賛も、生前の昌幸という男をよく物語っているように思われ、明石は信玄に認められた昌幸という男が一遍に気に入った。

明石が信繁に手渡した書状には、「徳川と戦さになった折は十万石の大名として処遇する。徳川との戦さに勝利した暁には、恩賞として五十万石を与える」と書かれており、破格の待遇であった。

徳川との戦さに勝ってこその恩賞であったが、そんなことは信繁にとってどうでも良かった。

十四年に渡る九度山での飼い殺しから逃れられることが嬉しかった。それ以上に武士として天下の大舞台で活躍できる喜びが彼の心を振るわせた。

真田の名を挙げる最後の花道が開かれたのである。

明石が当座の支度金として置いていった黄金二百枚、銀三十貫は大金であり、これで九度山での借財を返済することができる。

翌朝、明石が大坂へ発つと、信繁は家臣を集めて九度山脱出の策を練る。

信繁はその日の内に九度山、学文路、橋本あたりの村の庄屋や年寄りをはじめ、百姓たちに廻状を回す。

表向きは父昌幸の供養の法会《ほうえ》であり、九度山で世話になった人々にいままでのお礼を返したい気持ちからだ。

屋敷の横に送別のための仮屋を建てた。供養のために集まってくれた人々を、明石が置いていってくれた支度金で、酒と豪華なご馳走でもてなすと、仮屋の板敷には百人を越す人々で溢れ返った。

彼らは見たこともない珍味に舌鼓を打ち、信繁や家臣が注いでくれる極上の酒を飲み、いつもと変わらぬ信繁の温和な話しぶりに耳を傾けた。

招かれた客は大坂方と関東との手切れの話は薄々知っており、真田衆がこの地を去って大坂城への入城を図っていることを肌で感じていたが、彼らは酒や料理を口に運ぶだけで、誰もそのことを口にしなかった。

年寄衆はこの地を治めている浅野家から、「九度山の真田が大坂へ脱出するかも知れぬ。よく見張れ」と命じられていたが、長年の親交から彼らは信繁らを身内のように思っており、誰一人として浅野方に告げようとするつもりはなく、真田衆が無事に大坂城へ入城できることを願っていたのだ。

七日間に続く宴会で招かれた客人たちは、勧められた酒でだらしなく前後不覚になって板間で眠りこんでいた。

「そろそろ夜も明ける。ぼつぼつ発つぞ。用意はよいか」

山伏や百姓あるいは牢人風の身形《みなり》に変えた真田衆たちは、手に刀と槍や鉄砲を携えていた。

朝日が昇ってくると、高野山に連なる峰々が朱色に染まり始める。

彼らは手早く荷物や武具を取り纏めると、客人たちの馬を拝借する。

白河原毛の立派な馬に信繁が跨がると、妻と娘たちは輿に乗る。

この日のために百人を越える家臣たちが信濃から集まってきた。

(大坂まで約十五里。明日には大坂城へ着くだろう)

長男の大助が屋敷を何度も振り返っている。

九度山で生まれた大助はもう父の背丈を越す若者だ。

「九度山が恋しいか」

「これでお爺様が見納めになるかと思うと、何か切ない気がします」

「そうだの。お爺様はお前を目の中に入れても痛くないほど可愛がってくれた人だからのう。悔いが残らぬよう、お爺様と最後のお別れをしてこい」

大助は一騎で真田屋敷の脇にある昌幸の墓へ駆けていった。

信繁ら一行は紀ノ川を目指す。

紀ノ川の渡しには樋口四角兵衛が先回りしており、数十艘の川舟を用意していた。戻ってきた大助を乗せた川舟が対岸に着くと、猟師や百姓の身形をした百人余りの者が河原で待ち受けていた。

「敵か」

真田衆が刀や槍を構えると、「真田信繁殿、大坂への御供つかまつる」と大声が響く。

「高野庄官家名倉村の亀岡師応」

「同じく中飯降村の高坊常敏」

「同じく田所庄左衛門」

「わしは高野山政所の別当中橋弘高でござる」

「学文路村の地侍、平野孫左衛門と申す」

「同じく丹生川《にゅうかわ》村の地侍、小松盛長でござる」

いずれも真田屋敷で酒を酌み交した屈強な者たちである。

「御加勢有難い」

信繁は一人一人に頷く。

「さて日も昇った。急ごう」

地元の者たちの先導で橋本から紀見峠を目指す。紀見峠は紀伊国と河内国とを接する峠だ。岩湧山《いわわき》と金剛山の鞍部《あんぶ》を通過する高野街道の中継地である。

「紀見峠には紀州浅野の見張りがいる。どうして通ろうか」

真田家臣らが相談していると、地元の者たちが笑う。

「この辺りはわれらの庭のようなものですわ。ちゃんと先に手を打っております」

頼りになる者たちだ。

紀見峠を越えると河内の国で、もう大坂方の領地なので気を使う必要はない。

学文路から河内長野まで一本であった高野街道は、河内長野から四本に分岐し、東から順に東、中、下、西高野街道と呼ばれる。

彼らは下高野街道を歩き、四天王寺を目指し、途中家臣と信繁の子供たちは蓮華定院の末寺に預けられた。

北に五重の塔が見えてくると、もう大坂城は目の前だ。

家臣たちは四天王寺に着いたと知ると、今まで張り詰めていた気が緩む。

中門から入ると三万三千坪の広大な敷地に、五重の塔、金堂、講堂が一直線に並んでいる。

信繁は境内で休憩を命じると、彼らは昨日から昼夜兼行で仮眠を取っただけなので休むと一度に疲れが出る。

彼らは建物の陰で腰を降ろしたかと思うと、口を開けて鼾をかき始めた。

大坂城に近づくにつれ、彼らはその規模の大きさに度胆を抜かれた。

三ノ丸内は十万もの牢人衆が槍や鉄砲を担いで訓練を行っている。

信繁は大野修理を訪ねるために二ノ丸の大手門のある生玉《いくたま》口にやってくると、番所の役人は山伏姿の信繁を見て怪訝な顔をする。

「それがしは大峰《おおみね》山からやって参った伝心月叟という山伏だ。大野殿にお取り次ぎ願いたい」

番人は信繁が雑多な装束の二百人ほどの家臣を連れているのを見て、名のある侍だろうと思い、二ノ丸にある大野屋敷へ案内した。

大手口枡形《ますがた》を通り、右手に外濠の上に建つ多聞櫓を見、天守への正面門である桜門を左手に見ながら東へ進むと、二ノ丸内に重臣たちの屋敷が並んでいた。

大野は登城中であったので、待たされた部屋には十人ほどの若侍が暇潰しに刀の目利きをしていた。

山伏の珍しい装束に興味を持った一人の若侍が信繁の前へやってくると、「お主の刀を見せられよ」と若侍の分際でぞんざいな調子で信繁に命じる。

(父ならばこんな無礼な若侍をどやしつけるだろう)

温厚な信繁は、「山伏の太刀は犬脅《いぬおど》しのための刀なので、お目にかけるほどのものではござらぬが、鑑定して頂けるなら有難い」と太刀を若侍に預けた。

若侍は鞘から刀を抜くと目を近づけてしげしげと観察し始める。

「山伏にしてはなかなか良い太刀を持っておる。ついでに脇差も拝見してやろう」

信繁が素直に脇差を差し出すと、「刀の柄の中の刀匠の姓名を見たい」と図に乗ってきた。

信繁が承知すると若侍たちは刀の柄を外し、目釘を取ると、太刀は「正宗」、脇差は「貞宗」とわかった。

どちらも天下の名刀だ。

これを知ると、若侍たちの言葉づかいが急に変わり、丁寧になる。

「大野修理様が戻られました」

奏者番《そうしゃばん》が部屋に告げにくると、間もなく廊下を軋ませながら修理本人がやってきた。

明るい柄の陣羽織を身につけた小柄な男で、薄い口髭を生やしている。よく見ると信繁より一つ二つ若そうだ。

母親が淀殿の乳母を務めていた大蔵卿局なので、その息子であるこの小男が秀吉から、「修理、修理」と呼ばれ、針鼠のように走り回っていたことを思い出した。

(こんな男が大坂城を指揮しているのか)

信繁は内心がっかりしたが、相手は信繁のことを覚えていた。

「これは遠路はるばる大坂城へお越し下され、修理百万の大軍を得た思いでござる」

修理は感激しきりという風で、信繁の手を取らんばかりに喜びを顔に出す。

「さっそく秀頼様と対面してもらおうと思うが、その前に一献酌み交わそう」

修理が自身で書院へ先導し、膳の用意をさせる。

(如才ない対応で切れ者だということはわかるが、人を束ね、将を率いるとなると軽い男だ)

「牢人衆はぞくぞくと入城しており、今から太閤恩顧の大名も入城してくるだろう」

と修理は語り、福島正則、黒田長政、加藤嘉明らが大坂方につくと期待しているようだ。

「兵糧も金子の方も十分に貯えがあるので二、三年籠城しても大丈夫だ」と、太鼓判を押す。

（大坂方は大仏の建立や社寺の再興や修理などで無駄な出費をしていると耳にしていたが、資金はまだ十分にあるのか）

信繁の心配をよそに、「十万人もの牢人に手当てを与えるため、城内の山里曲輪で太閤殿下が集めた千枚分銅《せんまいぶんどう》を竹流《たけなが》し金に吹き換えている」と豊富な軍資金のことを誇る。

天下の一大決戦のために、秀吉自慢の総黄金造りの茶室も竹流しに鋳直したことも彼はつけ加えた。

「大坂方に比べれば、関東など軍資金不足で戦さ準備もままならぬらしい」と、徳川家の経済事情にも詳しい様子だ。

しかし実際には修理の言葉と裏腹に、家康の懐具合は温かく、大坂方は莫大な太閤の貯えも乏しくなってきていた。その上、吝嗇《りんしょく》な家康は天下を決める一戦はこの時とばかりに軍資金を投入した。

江戸と駿府から大坂へ向けて金銀を積んだ馬がひっきりなしに街道を往来し、戦費に事欠く大名には惜し気もなく軍資金を貸し与えた。

修理が話をしていると、廊下をドンドン踏み鳴らす音がしたかと思うと、六尺を越える大男が部屋に入ってきた。

「やあ後藤殿、早耳だな。今お主に知らせようと思っていたところだ」

これには返事をせずに、後藤は信繁の方へ顔を向けた。

「やっと九度山からやってこられたか。明石殿よりお主が入城すると聞き、いつこられるか気を揉んでおった」

後藤又兵衛は信繁より六、七歳年上で、小柄な信繁とは対照的に大柄で、眼光は鋭く顔全体が髭で覆われている。

長年の牢人暮らしの窶《やつ》れが見られるが、もう一度戦さができるという興奮が実際の年よりも若く見せていた。

「名護屋城以来だな」

信繁と又兵衛との出会いは名護屋城まで遡る。

信繁が名護屋城の秀吉の元にいた時、黒田長政が渡海の挨拶に本丸へやってきた。

その時長政につき従っていた大男がいた。

長政は秀吉の軍師黒田如水の息子だ。

如水は又兵衛に戦さの駆け引きを教えると、すぐにこの男はそのこつを飲みこんだ。

戦さ巧者のこの男は外見同様性格も武骨だが、豪放磊落《ごうほうらいらく》だ。

秀吉は一遍に又兵衛が気に入ってしまい、又兵衛の武辺ぶりを信繁に披露した。

それ以来の再会だ。

「お主と親父殿が上田城で徳川軍に足止めを食らわせてくれたお陰で、関ヶ原ではわれら東軍はあわや西軍に敗れるところだったわ」

又兵衛は十四年前の関ヶ原の戦いを懐かしむ風だった。

「九度山のような山奥におりますと、世間の噂はとんと入ってきません。黒田家は関ヶ原合戦の後、筑前五十二万石の大藩になったので、重臣であられる又兵衛殿もさぞや優雅な毎日を送られておると思っておりましたが…」

信繁は又兵衛が牢人した経緯を知りたい。

「長政と気が合わぬようになったからだ」

又兵衛はそのことについてあまり触れられたくないのか多くを語ろうとしない。

「長政殿が後藤殿の武辺ぶりを羨《うらや》んだのだ」

脇から修理が口を挟む。

「豊前十二万石を拝領して間もない頃、逸る長政殿は如水殿の留守の間に、地侍である宇都宮一族の征伐のために、彼の居城のある城井谷へ攻めこんだのだ。城井谷は入り口は広いが奥に入るに従い、城へ通ずる山道は狭くなる。おまけに周囲に険しい山が迫っている」

修理はまるで自分が見てきたかのように語る。

「長政殿率いる黒田軍は入り口を塞がれ、周囲の山から攻撃され、進むことも引くこともできなくなった時、後藤殿が殿《しんがり》を務め、彼の働きで長政殿は這う這うの体で中津城へ逃げ戻ったのじゃ。後藤殿は大怪我をされ中津城へ帰還された。長政殿は頭を丸めて軽率な行動を如水殿に詫びた。長政殿は家臣たちにも頭を丸めることを強制したが、後藤殿はそれに従わなかったのだ。『戦さに勝敗はつきもの。負け戦さの度に髷を落としていたら、生涯毛が揃う時がないわ』と放言されたと聞く。それで長政殿は面目を失い、それより後藤殿を憎むようになったのよ。如水殿の子に似合わず尻の穴の小さいやつよ」

修理が話したがらない又兵衛に替わって主君と不仲になった理由を教えた。

修理の話を黙って聞いていた又兵衛は、

「如水殿存命の頃は長政は自分を兄貴のように慕っておった。如水殿が亡くなると他の家臣たちは家督を継いだ長政に家臣としての立場で仕えたが、わしは彼らのように器用に態度を変えることができず、相変わらず兄貴顔で意見したのだ」

と話すとため息を吐く。

「それでは藩主としての長政の立場がなくなるわ。長政はわしに軽んじられたように思ったのだろう。何か事あるごとにわしに難癖をつけるようになり、その度にわしは盾突いた。それでわしは長政に嫌われるようになったのだ。わしも不器用な男よ」

と、又兵衛は苦笑する。

「その内、軍議を開くので、その時は貴公たちも出席して頂こう。また改めて日取りを知らせよう」

修理はこう二人に告げると、せわしげに本丸へ戻っていった。

一方家康の動きは遅い。十月一日に大坂追討令を出し、十一日になってやっと家康は駿府を立つ。

江戸にいる秀忠が行動を起こしたのは二十三日になってからだ。

「徳川軍動く」の報を受けて、大坂方は本丸の千畳敷広間で軍議を開く。

上座の秀頼を中心に「大坂城の五人衆」と豊臣家の直臣たちが顔を並べた。

「大坂城の五人衆」とは真田信繁、後藤又兵衛の他に長宗我部盛親《もりちか》、毛利勝永《かつなが》、明石全登の五人である。

直臣は大野治長《はるなが》・治房《はるふさ》兄弟、木村重成《しげなり》、渡辺紀《ただす》、薄田兼相《すすきだかねすけ》らで、淀殿の叔父である織田有楽斎が淀殿の頼みで秀頼の補佐をしている。

その他に秀頼の旗本衆として「七手組頭」というものがおり、速水守久《はやみもりひさ》、青木一重《かずしげ》、真野頼包《よりかね》、伊東長次《ながつぐ》、堀田正高《まさたか》、中島氏種《うじたね》、野々村吉安《よしやす》といった面々だ。

軍議の主導権は家老格の治長が握っており、おもむろに自説を述べる。

「かの関ヶ原合戦の時も家康の出馬は遅かった。今度も大坂方が十万もの兵が集まったと聞いて諸大名の顔色を窺っているのであろう。その間に大坂を裏切った片桐且元の茨木城を攻め落とし、京都に軍勢を差し向け洛中を焼き払い、京都所司代の板倉の首をあげよう。そうして大坂方の勢力を世間に示せば、天下の諸侯も大坂へなびくであろう」

（折角真田の名を天下に轟かす機会がめぐってきたと思っていたのに、こんな小手先の戦略しか立てられぬ男が大坂方を指揮するのか）

信繁は治長の話を聞いていて、だんだんと腹が立ってきて、昌幸没後九度山で練り上げた戦略をここで披露しようとした。

「今度の戦さを関ヶ原と比べるとは笑止千万。関ヶ原は日本の諸侯が東西に分かれて戦った天下分け目の戦さであった。石田に与する者は誰か、日和見する者は誰かと見極めなくてはならぬため、家康は関ヶ原へやってくるのに時間をかけたのである。家康の知恵は深く決して臆病ではござらぬ。大坂城に籠もる者だけが敵で、天下の諸侯が家康に味方するのに、何で諸侯の顔色を窺う必要があろうか」

と、家康の実力を認めた信繁はこれからの戦略を説く。

「まず秀頼様は城を出て天王寺に旗を立てられよ。その後それがしと毛利殿とが先鋒となり、伏見城を落として京都に火を放ち、宇治、瀬田に布陣しましょう。長宗我部、後藤殿は大和路を攻め、東西を分断する。初戦で勝利をあげれば、西国で家康に従っている諸侯も大坂方に味方する者が出てくるであろう」

これは昌幸が唱えた宇治川、瀬田川で東西を分断する策だ。

「わしもその策に賛成だ。真田殿とわしに二万の兵を与えよ。そうすれば宇治・瀬田川にゆき橋を落とし、船を壊して川を渡れなくしておき、徳川軍を混乱させるように噂を撒き散らすと、東軍は大いに不安がるだろう。木村殿か大野殿は洛中へ向かい板倉を攻め、大和口へは明石殿、長宗我部殿が軍を進める。茨木の城へは七手組の一人か二人が出かけられるだけで十分だろう。大津へは治房殿か毛利殿が七手組の誰かを引きつれられ、そこで布陣してもらい、宇治・瀬田川の陣と大坂城との遊軍となって働いてもらう」

ここまで喋ると又兵衛は水で喉を潤す。

「東軍は長旅とこの寒さで疲れておろう。彼らが『宇治・瀬田川を渡河しかねている』という噂が広がれば中国・西国の大名もわれらに味方してくる者がでてこよう。宇治・瀬田川の線で敗れても、大津へ退いてもう一戦やり、これも利なくばその時大坂城に籠城すれば良い」

又兵衛は如水仕込みの戦さ巧者だ。昌幸が考えた戦略に近い。

（大坂城にも人はいるものだ）

信繁が感心していると、修理が反論し始めた。

「古来宇治・瀬田川を守って勝った者はいない」

彼は源平の頃の話を持ち出し、籠城策を主張する。

「先んずれば人を制す。籠城というのは後詰があってこそのもの。後詰の望みなく城を守れば、敵に気を呑まれ、謀略せられ、裏切る者がでて敗北する。劣勢で大敵に当たる時には、河川という地の利を生かして戦うのが良い」

（信玄の薫陶を受けた者なら、誰でも知っているようなことを修理に説かなければならぬとは…）

「瀬田の唐橋を守った平家軍が木曽義仲の軍に敗れたのはまだ鉄砲がなかった頃の話です。今は対岸より鉄砲を撃ち川を渡る敵を倒すことができ、例え川を渡られてもこの寒気の折、川を渡って三、四町を進む内に手足が冷えて弓矢や刀を握ることができなくなります。この時反撃すればわれらの勝利は間違いない。もし万が一、戦さが不利になっても天下一のこの城に籠もり、何度も出撃し、夜討ちをかけ、力の限り戦ってそれでも勝てぬ時には潔く腹を切れば良いだけだ。天下にわれらの武名は残りましょう」

牢人衆は拍手して信繁の策を支持するが、直臣や七手組頭たちは牢人衆に先導権を渡したくない。

自分たちは牢人たちとは違うぞと、彼らを見下げ、修理の肩を持つ。

「牢人衆は雇われ者に過ぎぬ。われらは豊臣恩顧の者だ。金目当てで集まってきた牢人者とは訳が違う」

声にこそ出さないが、彼らは牢人衆を信用していない。

そんな彼らの態度は「ひと旗あげよう」とやってきた牢人衆を怒らせた。

結局牢人衆の意見は通らず、出撃案は退けられ「籠城」と決まる。

軍議の翌日、又兵衛が信繁の部屋にきた。

「修理は戦さの仕方も知らぬ馬鹿者で、われらが戦さで武功をあげるのを心良く思っていないのだ。小心者めが。家康相手にあのような者が大坂方の指揮を取っておれば、天下の名城も泣こうわ」

朝から飲んでいるのか、又兵衛の吐く息が酒臭い。

「真田殿、あの馬鹿が城外に砦を築いていることを聞かれたか。『城の西側の守りが弱い』と言って、海岸近くの博労淵《ばくろうぶち》、船場《せんば》、穢多《えた》ヶ崎、福島に砦を築かせておるらしい。わが軍勢は徳川軍の半分に満たぬというのに、戦さで一番やってはならぬ兵力の分散をやっておる。わしが諫めても意地になって聞こうともしない。これでは何のためにわれらが入城したのかわからぬわ」

又兵衛は腹立ち紛れに足で柱を蹴る。

「そう興奮なされるな。元よりわれらは豊臣から見れば外様です。彼らがわれら外様の意見を聞こうとしないのは、まだわれらを信用しておらぬからでしょう。わからぬことではありませぬ。われらは各自自分たちの持ち場で武名を後世に残すような戦さをやろうではありませぬか」

と信繁が慰めると、又兵衛は、

「その持ち場のことよ」

と、ぐっと身を乗り出してきた。

「修理が言うのには秀頼様は『各自の持ち場はくじ引きにて決めよ』と、言われたらしい」

「くじ引きですか」

「その持ち場のことで修理と渡辺糺《ただす》とが刃傷沙汰に及ぼうとしたらしい」

又兵衛は詳しく話しだす。

「『南総構えの平野口は敵が一番狙ってくる激戦地だ。ここだけはくじ引きはなしだ。平野口東西三十間はわしが守る』と修理が主張すると、渡辺糺が怒り出した。『入城してくれた五人衆を差し置いて、戦さ経験も乏しいお主が一番大切なところを守るとは僭越《せんえつ》だ。許せん』と渡辺が修理を罵《ののし》ると、侮辱された修理が怒り脇差に手をかけたのだ」

「それで二人は斬り合ったのですか」

修理が斬られることを期待した信繁の反応に、それを見越したように又兵衛が呟く。

「二人の近くにいた馬鹿者が二人を止めたらしい。斬り合って大坂城に仇なす者が消えてくれれば良かったものを…」

秀頼はこの出来事を耳にすると、「くじ引きは止めにする」と前言を翻《ひるがえ》した。

「この城は戦さにでしゃばる女主人と、その母親に素直に従う孝行息子と女主人の乳母や女官の息子たちが戦さの采配を振っておる。戦さも知らぬ素人の集まりだ。幾多の戦さを経験したわれらから見れば、天下の戦さ巧者の家康に、子供が喧嘩を売っているようなものだ。まったくやり切れぬわ」

又兵衛は吐き棄てるように呟く。

大坂方にはこの戦さでひと旗あげようとする十二、三万もの牢人が集まっており、一万二、三千人が馬乗（将校）で、六、七万人が徒士侍（下士官）で、五万人が雑兵だ。不思議なことに一万ほどの本丸女中衆がいた。

又兵衛が嘆くのもわかる。戦さに素人の連中はこれら大勢の女中と一緒に籠城戦をやろうというのである。

しかも女主人の淀殿は自ら武具に身を固め、武装した侍女数人を引き連れて番所の見廻りを行い、陣立てにも口を挟む。

修理は女主人の腰巾着であり、豊臣直臣や七手組頭たちは修理の機嫌取りに忙しく、彼に阿諛追従《あゆついしょう》している。

又兵衛の立腹は当然だ。

「外様は外様なりに武名に恥じぬよう戦おうではありませぬか。籠城戦で目覚しい活躍をすれば、彼らのわれらを見る目も変わってきましょう。そうなれば彼らもわれらを軽くは扱えないでしょう」

信繁は悔しがる又兵衛を励ました。

総大将の秀頼は大坂城という温室育ちの二十二歳の若者で、彼を心配した淀殿は叔父の織田有楽斎を城へ招聘《しょうへい》して彼の補佐を頼んだ。

これが兄信長に全く似ない男で、茶道や遊芸にうつつを抜かし、武事には縁遠い人物であった。

しかも早くから家康に通じており、大坂方の情報を家康に送っていたが、世間知らずの淀殿は家康の間諜をしている有楽斎を全く疑っていない。

彼以外にも家康の命を受けて大坂城に入りこんでいる者は多数おり、家康は外にいながら大坂城での軍議の様子は把握していたのだ。

家康はその有楽斎に信繁の陰口をたたかせた。

「真田が本心から大坂方として働く気があるかどうか疑わしいものだ」

「真田は裏切るかも知れぬ」

有楽斎の播いた噂は豊臣直臣たちに広がり、彼らは集まるとその話をした。

居づらくなった信繁は、三ノ丸の外に出丸を築くことを思いつく。

大坂城の北は淀川と大和川が鴫野で合流して天満川となる。

東は平野川、猫間川さらに大和川が蛇行しており、生駒山まで沼のような湿地帯である。

西は木津川と海とで守られており、大坂城は水に浮く城のようなもので唯一南のみは陸続きであった。

大軍での攻め口は南しかない。

南北に三里続く上町台地の北端に大坂城が築かれており、大坂城の三ノ丸の南側に二十間の石垣を築き、幅四十～六十間、深さ三、四間の空堀が張り巡らされていた。

三ノ丸の東南の角に搦手口の一つである玉造口があり、そこにある玉造門は黒塗りであったので黒門と呼ばれていた。玉造口より三ノ丸の外堀に向かって東から西へ、西八丁目口、谷町口、松屋町口の城門が約半里の距離に並んでいる。

大軍の家康軍は奈良街道の大和口から大坂城を目指すと、この出丸が最前線となる。

（大坂城の南の出丸に立て籠もり、父譲りの戦法で大軍の徳川軍を翻弄し、真田の戦さぶりを天下に示してやろう）

玉造門の南に一段高い畑があり、ここに目をつけた信繁は修理に出丸の許可を願い出た。

修理は信繁の真意が理解できず、「真田は出丸を築いて徳川方と戦う振りをして、城内に敵兵を導こうと思っているのではないだろうか。淀殿がそれをいたく心配されておられる」と戦法に疎い修理は又兵衛に相談した。

「淀殿が真田ほどの者の忠義を疑われるとは心外な」

又兵衛は驚くより怒りが湧いてくる。

「真田は武田家臣の内でも武功で鳴らした一門だ。その武門の誇り高い男が、この戦さで武名をあげようと思いこそすれ、人々が固唾を飲んで見守る戦さで恥を晒すようなことをするはずがない。出丸を死守し、武名を後世に残すことのみを考えているだけだ」

この又兵衛の言葉で修理は安堵した。

翌日、又兵衛が信繁のところへ行くと、

「出丸を築くことは許可された。淀殿や修理がお主を疑ったことはもう忘れろ。出丸で思う存分戦って豊臣の直臣たちを見返してやれ」

と励ます。

「どこかで聞いたような言葉ですね」

と、信繁が苦笑すると、

「お主と同じことを言っておるわ」

と二人は顔を見合わすと哄笑した。

城内での信繁の立場は微妙であった。

関東方の間諜である有楽斎らの反間《はんかん》工作もあったが、真田の本家が徳川軍として大坂城へ攻め寄せてきている事実も彼を不利な立場にしていた。

華々しい戦さをして、後世に名を残したい信繁にとって城内の騒音は邪魔であり、全身全霊を集中して、この戦さで力を出しきりたかった。

またそうしないと、九度山でこの日を待ちわびて死んでいった昌幸に申し訳がなかった。

信繁は暇さえあれば総構えの外側を見て歩き、平野口の外側に一段高い畑があることに着眼し、その周辺の地形を調べた。

（ここなら武田の丸馬出しのような出丸ができるわ）

信繁は昌幸が韮崎に新府城を築いた時、一緒について歩き、武田の築城法を実際にこの目で見られたことに感謝した。

昌幸は新府城の弱点は北側にあることを見破り、その弱点を補強するためにその北に丸馬出しを築いた。

丸馬出しというのは、武田家が築いた城に多くみられ、半円形の土塁の外側に沿って堀を作るもので、これによって一点に敵の攻撃が集中することを避け、城内からは敵の様子がよく見え攻撃し易くなる防備のことをいう。

信繁その丸馬出しを数千人が籠れるように巨大化させ、曲輪のようにしようと思ったのだ。

真田丸を築くにあたって、信繁の心底にあるのは昌幸の新府築城に賭けた情熱であった。

元々築城好きの父ではあったが、信繁の脳裏には武田家滅亡の危機が迫る中、必死になって落日の武田家を支えようとした父の姿があった。

頼りにならぬ武田一門や勝頼に阿諛追従《あゆついしょう》する側近たちを横目に見ながら、一心不乱に築城に専念する昌幸は、信繁から見ても誇らしかった。

幸隆の代から武田家臣となった真田家は、一門衆から見れば外様であった。

昌幸は一門衆からそのように見られていることを意識し、彼らを見返してやろうとしたが、彼らの昌幸に向ける目はあくまで冷淡であった。

（城内で浮いていた父は、ちょうど今のわしの境遇と同じだ）

昌幸が新府城を築城していた頃の心境が、今になってやっとわかったような気がした。

信繁に与えられた五千人の兵たちが、上半身裸になって堀を掘り、そこから出た土砂を畚で運ぶと、それを曲輪の周囲に積み上げて土塁を築いていく。作業を終えた者は土埃にまみれたまま、飯場に建っている仮小屋で握り飯を頬張る。

そんな時、又兵衛が真田丸へやってきた。

「おお、少し見ぬ間に随分と曲輪らしくなったではないか」

完成が近い真田丸に又兵衛は目を細めた。

「土塁は東西が八十間余り、南北が百間余りあります」

信繁が規模を説明すると、又兵衛は唸る。

「武田の丸馬出しか。よく考えたな。これではどの方向からも敵を狙える。それで堀の深さはどれくらいになるのか」

又兵衛の目はこれをどのように攻略しようかとする武将の目だ。

「約三間です。堀の外と内に二重の柵を作り、土塁の中腹にも柵を設け、その下に約一間半の犬走りを作ります」

「そこからも敵を狙えるのか」

又兵衛は信繁の指図に気付く。

「土塁の上はどれぐらいの幅になるのか」

「約四間半で、所々に櫓を築き、櫓同士は桟敷で繋ぎ、兵が移動し易いように廊下の幅を広げようと思っております」

「犬走りと櫓の二階と、櫓を繋いでいる板塀の狭間から三列の鉄砲が同時に撃てる訳か。考えたな」

又兵衛は再び唸り、信繁の自信に満ちた顔を見ると頬を緩めた。

「これは堅固なものだ。お主だけでなくとも、わしも徳川軍が押し寄せてくるのが楽しみになってきたわ」

又兵衛は「またくるぞ」と言うと、足早に自分の持ち場に去った。

信繁はこの場に昌幸がいたらどのように思うだろうかと想像する。

（徳川軍が上田城へ攻め寄せてきた時、父は櫓の上で悠々と碁を打っていたが、敵が大手門にくると、櫓を駆け降りて戦場へ向かった。敵の大軍を目の前にして、果して自分は父のように落ちついて行動できるだろうか）

不安は残るが、自信はある。

（わしは戦場の場数は踏んでいないが、父の戦さぶりを見たり、聞いたりもし、何よりも戦さ巧者の父の血が流れている）

偉大な父を持った誇りが信繁の自信を深める。

（それに指揮を取るのはわし一人ではない。九度山で無念の死を遂げた父の魂がわしの身体に乗り移っている。父の無念を晴らすためにも、下手な戦さはできぬ。後世に名が残るように、真田丸で華々しく戦おう）

信繁は肌身離さず持っている昌幸の位牌を強く握る。

昌幸への思いが途切れると、信繁はどのように敵をこの出丸へ引き付けるか考えた。

（上田城の時のように敵を誘《おび》き出してやろう。上手くゆけば、父から聞いた長篠合戦のように敵を鉄砲の餌にしてやれるかも知れぬ）

信繁は縄張り図を手にして、工事を指揮している四角兵衛に櫓を建てる位置を指示した。

山口休庵は大坂方として戦った人で、大坂の陣の戦さの様子を自分の目を通して『山口休庵咄』に書いた。

その『山口休庵咄』によると、「玉造口御門の南、東八丁目の御門の東に一段高い畑があった。この畑の三方に空堀を掘り、塀の向こうと空堀の中と、堀ぎわとに、柵を三重につけ、所々に矢倉、井楼を上げ、塀の腕木の通りに、幅七尺の武者走りをつくった。真田父子は人数五、六千ほどで真田丸を固めた」とある。

積み上げた堤防の上に板塀をめぐらせ、その板塀の一間毎に銃眼《じゅうがん》を開けた。

出丸が完成すると、修理はまだ信繁が信用できないのか、信繁の監視役として秀吉の黄母衣衆《きほろ》を務めた伊木七郎右衛門を派遣した。

彼は秀吉の黄母衣衆を務め、関ヶ原で牢人した後、秀頼に乞われ大坂城へ入城した。五人衆並みの実力を持つ人物で、この時五十歳であった。

家康が十月二十三日に二条城に入り、十一月十日には秀忠が伏見城に入城すると、大坂方はあわてて再び軍議を開いた。

「家康は天王寺に陣を構えるだろう。陣がまだ整っていない内に待ち伏せして家康の首を討つべきだ。今なら十中八、九それができる」

信繁は宇治・瀬田川への出撃が聞き入れられなかったので、今度は奇襲をかける最後の機会だと強調した。

「家康が千や二千の兵でやってくるならその策も良いが、これは天下分け目の合戦だ。もし初戦に敗れるようなことがあれば、城兵の士気は落ちてしまう。堅固に貝が殻を閉じるように籠城して敵を近くに引き寄せる。そして機会を窺って敵を討つ。家康は城攻めは苦手であり、城を落とすには二十倍の兵力を要すものだ。そう易々とは落城しない」

修理は「籠城」しか頭にない。

「われらが徳川軍と同じぐらいの兵力なら、籠城策も有効かも知れぬが、倍以上の兵力の敵に当たるには普通の戦さの方法では勝つことはできませぬ。不意を討つような戦さをやってこそ勝つことができるのだ。ぜひ真田殿の策を取り上げるべきだ」

又兵衛は大いに信繁の策を支持するが、修理は即答を避けて、「秀頼様にお伺いを立ててくる」といってその場から逃げた。

しばらくして部屋へ戻ってきた修理は、重々しく秀頼の言を伝える。

「『家康の着陣まではみだりに兵を動かしてはならぬ』との仰せだ」

これを聞くと喧騒に包まれていた軍議の場は、急に静まり、牢人衆は不満気に座を立ち去り、居残った直臣や七手組頭からは歓声が湧き起こる。

十一月十五日、家康は京都から大和路を取り、秀忠は伏見から河内路を通って大坂へと向かう。

十八日の朝、家康は精兵を従えて天王寺に着くと、すぐ北にある茶臼山で軍議を開く。

「大坂城は太閤殿下が精魂をこめて作った城だ。そう簡単には落とせまい。付城《つけじろ》を築いて城方の交通を断ち、包囲網を固めてじっくりと腰を据えてかからねばならぬ」

家康は長期戦を覚悟した。

大坂冬の陣

秀頼が本丸から東を眺めると河内と大和の国の境となる生駒山が遠くに見える。城のある上町台地と生駒山との間を流れる大和川、平野川、猫間川の三つの河川の堤を切っているので、城から見ると東は巨大な湖のようで、その湖面が朝日を浴びて鏡のように光っている。

ついに徳川勢は蛇行する大和川の土手に姿を現した。大和川は三つの河川の中で一番城からは遠い。

大和川を挟んで鴫野《しぎの》砦は左岸、今福砦は右岸にあり、両砦は一里ほど離れている。砦の周辺の水田は川からの水で溢れ、人や馬が通ることはできないほどだ。大和川の土手に築かれた今福砦の堤は三ケ所堀切してあり、四重の柵を設けていた。

大和川の土手を蟻の大軍のような敵が押し寄せてくる。土手は城の搦手口の一つである京橋口まで続き、その間に四つの柵が築かれており、敵は城から一番遠い柵へ近づいている。

徳川方はまず土手の側面から柵内の大坂方の陣地に押し寄せ銃撃を行うと、守備兵の少ない大坂方の兵は、柵に入って戦うが、数に優る敵兵は激しく銃撃を繰り返すので、味方は防戦一方となり、その内柵の門も閉めずに逃げ出した。

削った土手には仮橋を架けていたが、それを壊す間もなく、敵は逃げる大坂方を追い仮橋を渡り城へ近づいてくる。

敵は片原町まできた。ここには最後の柵があり、これを突破されると城の北に位置する京橋口はすぐで、ここから内は三ノ丸だ。

京橋口の櫓から秀頼と直臣の木村重成と後藤又兵衛がこの戦さを観戦していた。

「あの三ツ扇の馬標は佐竹らしい。家康に尻を叩かれて佐竹がやってきたのだ」と、重成が呟く。

佐竹隊に追われる大坂方を見ると又兵衛が立腹して叫ぶ。

「やはり修理殿は間違っておる。倍の敵に対しては守りの分散を控えるべきだ」

修理の戦略の弱点が今目の前に現実化している。

「今福砦は誰が守っているのだ」

秀頼は味方の不甲斐ない負けっぷりに立腹するより呆れた。

「大野修理殿です」と重成が答えると、「修理を今すぐ京橋口から今福砦へやれ」と秀頼が叫ぶ。

「修理殿は各方面を指揮されており、多忙です」

木村重成の母親の宮内卿局は秀頼の乳母で、重成は幼少の頃から秀頼の乳兄弟として彼に仕えているので、同年齢の秀頼の気持ちは手に取るようにわかる。

「わたしが参りましょう」

そう言うと、重成が単騎で飛び出し、彼の後を数騎が続く。

家臣たちが重成に追いついたのは、京橋口を越え、敵兵が溢れる片原町に入った時であった。

秀頼は寡兵の重成隊を見ると、脇にいる又兵衛の方に振り向いた。

「又兵衛、お主も行ってくれ。重成は気負ってはいるが、戦さの経験は乏しい。面倒だが重成を助けて手柄を立てさせてやってくれ」

一人っ子の秀頼には重成は血を分けた弟のように思われ、武功を立てさせてやりたい。

「わかり申した。ではご免」

木村隊が京橋口から出撃したのを見ると、佐竹隊は敵陣に孤立するのを恐れ、第二の柵まで退く。

重成の老臣、大井何右衛門、平塚佐助五郎兵衛らが重成と合流し、第二の柵に立て籠もる佐竹隊に鉄砲を撃ちかけた。

木村隊を見ると、左岸にいる上杉勢が盛んに鉄砲を撃ち、佐竹隊を援護した。

激しい銃撃のため、木村隊は第二の柵の前で釘づけになり、木村隊は銃撃を避けようと堤に伏せて前進できない。

この時、「黒大半月」の旗物を持った又兵衛隊が川舟で堤へやってきた。

この又兵衛隊と木村隊を合わせると三千人にもなり、佐竹の千五百人を凌駕するが、対岸と前方からの敵の銃撃のため、木村隊の兵たちは堤に伏せたままだ。

「怖気づいた者たちよ。よく目を開いて見ておけ。戦さとはこのようにするものぞ」

木村隊を鼓舞しようと又兵衛は堤の上に立ち上がると、狙いを定めて鉄砲を撃つ。

敵兵が一人ひっくり返った。鉄砲を取り替えて撃つと、また一人敵が倒れる。

木村隊の兵たちも又兵衛に「卑怯者」と詰《なじ》られ、彼の豪胆さを目の前にすると、堤の下に伏せてばかりはしておれなくなった。

彼らは勇気を奮い起こし、堤の上に這い上がると、耳元を弾丸が掠める。伏せたいのを我慢して狙いをつけ弾丸を放つと、今度は佐竹隊と対岸の上杉勢が堤の下に伏せてしまった。

対岸の鳴野では大坂方が又兵衛隊の銃撃に助けられて、上杉勢を押しており、大坂城からは援護射撃の砲声が響く。

こうなると俄然大坂方が勢いづく。

重成は救援してくれた又兵衛に礼を申《の》べるために又兵衛に近寄ると、彼の左の小指に紙が巻かれており、武具の脇腹のところから血が流れているのがわかった。多分対岸の上杉勢からの銃撃によるものであろう。

「傷を負われましたか」と重成が心配すると、「これはわが吉例よ」と又兵衛は強がる。

「ほんの掠《かす》り傷よ。それにしても秀頼公のご武運は強いわ」とつけ加えた。

（もし自分がこの鉄砲玉で命を落としてしまったら、大坂方は敗れる。幸い致命傷ではない。秀頼公は運が強い）

これは又兵衛独特の考えで、味方の一部の者は又兵衛のあくの強さに辟易した。

「おのれ一人で大坂方を背負っているつもりか」と誰も口に出しては言わないが、彼らの目はそれを物語っている。

「重成殿は先ほどの戦さでお疲れであろう。われらは新手ゆえ替わって戦おう。秀頼様はわしに『木村殿に替わってやれ』と命じられたのだ」

と又兵衛は説くが、重成は首を横に振る。

「例え秀頼様の命令でも、こんな激戦で替わろうとするならば、味方に混乱が生じて敵につけこまれよう」

又兵衛はだんだんとこの活きが良い若者が爽やかに思えてきた。

「又兵衛殿は老巧で、それがしは若年だ。このような戦さに出会えたことは幸いだ。『戦場を替われ』とは労りのある長老の言葉とは思われませぬわ」

又兵衛はますますこの意地っ張りの若者が好きになってきた。

「重成殿は堤の上にいる敵を撃って追ってゆきなされ。わしは堤の側面から敵を打ち払い、二人して柵を奪い返そう」

この若者に手柄を立てさせてやろうと、又兵衛は三十艘の小舟に兵を分乗させ、佐竹隊が守る柵を川の南側面から銃撃すると、木村隊は小舟を水田に入れて川の北から鉄砲を撃つ。

柵内の佐竹隊が驚き、騒ぎ始めると、重成は堤の上に登り長槍を持って突っこんだ。

銃弾が飛び交い家臣たちは重成を気づかう。

「これをお持ち下され」と、家臣の木村半四郎が一枚盾を差し出す。

「例え矢玉は逃れても、運命からは逃れられがたい」

と、重成は一枚盾を半四郎に返し、柵内へ踏みこむと、槍や刀の乱戦となり、兵力に勝る大坂方は第三の柵まで佐竹隊を追い落とした。

この時、先頭を駆けていた大井何右衛門が鉄砲に当って倒れた。

佐竹隊々長の渋江政光ら二百余りは柵内の奥で敵が侵入するのを槍を折敷《おりし》いて待ち構えていた。

お互い半刻ほど睨み合ったが、意を決した木村隊が柵内へ突っこむと、又兵衛隊も同時に堤の側面から柵内へ乗りこんだ。

二方向からの敵の攻撃に渋江隊は堪らず、混乱し敗走する。

「あの鳥毛の羽織を着ている敵を撃て」

重成が大声で叫ぶと、井上忠兵衛がたまたま十匁筒の鉄砲を手にしていたので、彼は柵の木枠に鉄砲をかけて狙いを定めると、弾丸は見事に渋江政光の胸板に命中した。

佐竹隊は隊長が撃たれると、驚愕し逃げ始める。

木村・又兵衛隊は逃げ惑う彼らを追う。

松浦弥右衛門という重成の家臣は、敵の首を取って城中に駆けこむと、「自分が一番首を取った」と右筆《ゆうひつ》・白井甚右衛門をつかまえ、帳面に自分の名前を書くよう主張したが、白井は筆を取るが記入しない。

松浦は怒って、「記入せよ」と白井を責めるが、白井は依然として記入しない。

その時、浅部清兵衛という同朋が首を持って白井のところへやってきた。

「これが戦場での一番首だ。徒立《かちだち》なので持ってくるのが遅れたのだ」

二人は一番首を巡って喧嘩し始めた。

「一番首は必ず異論が出るものなので、わしは二つの首を見てから記入することにしている。これは右筆の慣例なのだ。どちらが一番首か決めがたいので、とりあえず二人の名前を記入することにしよう」

白井がこう言うと二人はしぶしぶ頷いた。

勝ち戦さとなると木村隊は鼻息が荒くなり、逃げる佐竹隊を追う。

「その首は隊長の首だぞ。持ってゆけ」

重成の家臣が平塚に声をかけるが、

「冷え首ではないか。そんなものを獲《と》ってどうする」

と平塚は振り返りもせずに敵陣目がけて駆ける。

大将佐竹義宣《よしのぶ》は逃げてくる味方の中へ騎馬で乗り入れ制止するが、逃げてくる兵たちは死に物狂いで、大将が止めるのを振り切って逃亡した。

義宣はしかたなく対岸の上杉勢に加勢を頼むと、鴫野で戦っていた上杉景勝は佐竹の要請に水原親憲《すいばらちかのり》を派遣した。

水原隊七百名は大和川の中州に入り、対岸の今福堤へ渡河《とか》しようとするが、川が深くて渡れないので川の中州から銃撃し始めた。

後方から榊原康勝の軍が救援にかけつけ、「軍令なくして動くな」という家康の命令を無視し、腰につけた空穂に水が入り、溺れながらも渡河しようとする。

これを見た堀尾忠晴の隊も負けじと川に飛びこむ。

新手の敵が渡河するのを目にすると、木村、又兵衛隊は撤退を決め、柵内に戻ると柵を修繕し、周囲に竹盾を囲んだ。

重成は老臣大井何右衛門の姿が見えないのが気にかかり、一騎で土手の上を駆け、戦場にとって返すが、土手の上には敵味方の死骸が散乱している。

旗差し物を目印に、「大井何右衛門はいないか。重成が迎えにきたぞ」と大声で叫んで回ると、重なり合った死骸から一人の男が上体を持ち上げて重成の大声に手を振った。足に鉄砲玉を受けたのか、男は立とうするが立ち上がれない。

大井を見つけると、重成は馬から降りて駆けてゆく。

「迎えにきたぞ。さあ、わしの肩につかまれ」

銀の星を打った鉢金《はちがね》に、黄色の鍬形《くわがた》の前立てで、緋縅《ひおどし》の大鎧の重成は敵から目立つ。

たちまち鉄砲玉が彼の周囲を飛び交い、敵兵も大将首を狙って近づいてくる。

「敵がきます。それがしのことは棄て置いて早く柵へお戻り下され」

大井は重成の手を振りほどいた。

「わしはお主を迎えにきたのだ。ここで敵が寄せてきてお主を打ち棄てて退くようなら、初めから捜しにこぬわ」

重成はこう叫ぶと向かってくる敵をきっと睨みつけ、長槍を引っ摑んで駆け出そうとした時、木村隊三十騎が敵目がけて突っこんだ。

重成は部下に命じて大井を抱かせると、自ら三十騎の殿《しんがり》を務め堂々と柵内へ退く。それを目にした敵味方は、しばらくの間戦闘を中止して彼らが柵内に入るのを眺めていた。

この戦さで又兵衛隊のあげた敵の首百あまりと、木村隊の五十あまりの首はさっそく桜の馬場に並べられ、勇士には竹流し金や羽織が与えられた。

その中には一番首で争った松浦も浅部も入っていた。

今福では重成、又兵衛の活躍で大坂方が勝利したが、鴫野では敗れ、徳川方の包囲網は徐々に城に近づいてくる。

城の西側でも戦闘があり、大坂方は大敗した。

大坂城は北と東は河川、南は総構えの空堀と真田丸で守れると読んだ修理は、城の西側の海沿いに砦を築き、弱点を補強しようとした。

福島、土佐堀、阿波座、博労淵砦を西側に構築し、博労淵は豊臣家直臣である薄《すすき》田隼人《だはやと》に守らせることにした。

彼は小早川隆景の剣術指南・岩見重左衛門の子に生まれ、叔父の薄田七左衛門の養子となり、その後全国へ武者修行に出かけ、帰参後、薄田隼人と名乗った。

隆景が没すると牢人となったが、豊臣家に仕官し三千石を領した大坂方随一の豪傑だ。


博労淵は船場の西の要害の地で、ここが落ちれば西横堀川から東に続く船場が危くなる。

秀吉が大坂城を築城した際、武具や武器から食料、生活用品が大量に必要となり、彼は船場に平野や京都伏見から強制的に商人を移住させた。

ここは籠城戦を続けるのに、ぜひ守らねばならぬ大坂城の台所である。

この博労淵の砦の守将に修理が白羽の矢を立てたのが、怪力無双の薄田であった。

薄田は六尺を越える大男で、膂力《りょりょく》人に勝り、喧嘩では二、三人を纏めて相手にして、一度も負けたことがなく「鬼薄田」と呼ばれていた。

彼の周りには同類の無頼漢が集まり、城内では武術の稽古に精を出していた。

「秀頼公の身に大事あらん時は、城内ではわしを越える者はまず居ないだろう」

城内を肩を怒らして歩き回り、所構わず高言を吐いた。

彼が博労淵の砦を守ることが決まると、例の無頼漢どもが子分を七百人余り引きつれ、砦を竹盾で補強し井楼《せいろう》を構築すると、そこに「大白白」の軍旗を掲げた。

十一月二十八日は夜から篠突《しのつ》く大雨だった。「こんな日は敵も攻めてこぬだろう。平子頼むぞ」と、薄田は平子主膳に砦を任せ、腹心の家来を連れて小舟に乗りこんだ。

神崎の馴染みの遊女屋へゆくのだが、黙って持ち場を離れるのは軍律違反だ。大坂城周辺の町屋は大坂城に集まった牢人者で繁盛しており、薄田はその夜遊女屋で前後もなく酔い潰れてしまった。

敵が攻めてきたのは翌朝だった。平子らは不意の敵の攻撃に驚き、砦を棄てて逃げ出し、薄田不在中に一戦もせずに博労淵砦は落ちる。

薄田は一遍に評判を落とし、敵兵の首を素手でへし折る豪傑も城内では「橙《だいだい》武者」と嘲笑された。

橙は成りは大きいが酸味が強く正月の飾りにしか使えないことから、「見かけ倒し」を意味した。

博労淵をはじめ、西側の砦が次々と落とされると、城内では修理への非難が湧き起こり、修理は守りを縮小せざるを得なくなり、船場を放棄して三ノ丸に兵を撤収しようとする。

これには船場を守る弟の治房が反対した。

「守備が広いのはわれらにとっては不利である。天満・船場を焼き払い、東横堀川によって敵に備えるべきだ」

修理は自分から主張した方針を恥ずかし気もなく変更し、早い撤収を説く。

「わが隊はまだ船場で一戦もしていない。退きたい者は去れ。わし一人でも残る」

と、治房が言い張ると、塙団右衛門《ばんだんえもん》ら牢人衆も彼の意見に便乗して船場から去ろうとしない。

弟の頑固さを持て余した修理は一計を案じ、秀頼公のお召しとして治房を本丸へ呼びつけ、彼を本丸に押しこめると、彼の留守の隙を突いて船場の町屋に火を放った。

これは思わぬ事態を招き、町屋を燃やした火の粉が強風で煽られ、治房の本陣まで焼けてしまったのだ。

彼らは味方が放火したとは知らず敵襲と思いこみ、武器を棄てて慌てて三ノ丸へ駆けこむ。

徳川方もこの騒ぎを見逃さず、船場に入り逃げ惑う治房隊を追いかけ、東横堀川を越えてそのまま三ノ丸へ討ち入ろうとした。

横堀川には北から今《いま》橋・高麗《こうらい》橋・平野橋・思案《しあん》橋・本町《ほんまち》橋・農人《のうにん》橋・久宝寺《きゅうほうじ》橋・安堂寺《あんどうじ》橋・鰻谷《うなぎだに》橋と多数の橋が架かっている。

橋を壊さないと敵に三ノ丸への侵入を許すことになる。

猛火と迫ってくる敵兵と戦いながら、城兵たちは必死になって東横堀川に架かる橋を焼き落とそうとし、侵入する敵に向かって三ノ丸からも橋付近に大坂方の兵が援けに駆けつける。

兵を温存したい家康は、味方の兵が横堀川から三ノ丸へ侵入することを禁じた。

城外の砦と、船場を失い、このままでは籠城しかないと危惧した五人衆たちは、この硬直した局面を打開する手立てを考える。

信繁は敵を真田丸に誘《おび》き出すことで、再び戦火を起こそうとした。

真田丸の南には前田利常が一万二千人で布陣しており、井伊直孝が四千人、松平忠直が二万人で陣を張っている。

真田丸と彼らの陣地との間には小橋村があり、ここに篠山という小山があった。

前田兵たちが陣地を構築していると、篠山から真田兵が陣の構築作業中に銃撃を始め、そのため毎日三十～五十人の死者がでた。

「功を急いで戦さをしてはならぬ」

家康は秀吉が心血を注いで完成させた大坂城の堅固さを知っている。無理攻めで落とせる城ではない。自軍の損失をできるだけ減らし、圧力を加えることで和議に持っていきたい。和議になれば人材の払拭した豊臣家を潰すことは簡単だ。

真田丸に一番近くに布陣するのは前田利常軍で、彼は家臣に家康の厳命を守らせようとするが、再三に渡る真田の妨害に業を煮やした前田の将、奥村摂津守は、十一月十三日手勢を引き連れて、「篠山を取って手柄にしてやろう」と秘やかに篠山を目指す。

篠山に登って恐る恐る鯨波をあげたが、予想した真田からの銃撃がない。不思議に思い篠山を見て回るが、真田兵はどこにもいない。

するとその時、真田丸の塀から大声が降って湧いてきた。

「只今、篠山で鯨波をあげられたのは、加賀殿の軍勢と見たがいかがか。追鳥狩りにでもこられたのか。普段は雉子、兎の類は少しはいたが、各々方が大軍で城を囲み、昼夜大声を出して騒がれるので、皆どこかへ逃げ去り今は一匹、一羽もいない。どうぞお引き取り下されい」

　真田丸からどっと嘲笑が響く。

「但し、このまま手ぶらで帰る訳にはいきにくかろう。この出丸をひと攻め攻めて、御慰めされたらいかがかな。この砦を固めているのは、信州の住人真田安房守の次男左衛門佐と申す牢人である。捗々《はかばか》しい備えもござらぬが、田舎の斧鍛冶に鍛えさせた矢の根を少々用意しているので、各々方の重代の物具の強さを試されればいかがか」

　真田の兵たちは、太鼓を鳴らしてやんやと囃す。

　奥村隊は歯噛みして悔しがり、空堀に飛びこみ柵を打ち破り、土塁をよじ登ろうとした。

　この時真田丸からは矢、鉄砲が雨のように飛んできた。

　堀の中でまごついている者は矢や鉄砲の餌になり、土塁に取りついた者は上から射られて落ちてくる。堀に残った者は人を盾にして、矢や鉄砲を防いでいる。

「信濃山家の狩人が雉子狩りにてかくこそうて、猪狩りには、とこそうて」と、真田丸から兵たちが盛んに囃し立てる。

　真田丸へ助けにやってきた大坂方の兵たちも大声で彼らを嘲笑する。

　奥村隊は味方の援助もなく孤立して、土塁の下で身動きできなかったが、その内真田丸からの銃撃が止むと、這う這うの体で自陣に戻った。

彼らは軍律違反と見苦しい戦いぶりに敵味方の物笑いとなり、立腹した利常は奥村を勘当する。

これは前哨戦のようなものであった。

夜霧が真田丸を包む頃、又兵衛が真田丸へやってきた。

「明日総攻撃があるぞ。東軍の動きが今までになく慌ただしい」

「そのようですな。軍使が家康のいる四天王寺と住吉とを往復しております。南条の内応と同時に攻め寄せる腹でしょう」

南条忠成《ただなり》は太閤が取り立てた者で、谷町口を守っていたが、彼の守り口の土塀の柱が五寸ばかり切られているのを不審に思った根来《ねごろ》の鉄砲衆の智徳院が調べてみると、敵からの矢文が見つかった。

南条はすぐ城内兵に捕えられ、替わりに又兵衛隊が入った。

この日が南条が徳川方に内応する日だった。

十二月三日の夜中から前田利常隊の家老本多政重が五千人の兵を率いて真田丸へ向かう。

霧と闇の中を大軍が進むが、篠山は今度も無人だった。

政重が率いる隊は一枚岩ではない。彼は本多正信の次男で、家康・秀忠に仕えていたが、秀忠の乳母の子息を喧嘩で殺してしまった。

逐電した彼は宇喜多家に仕え、関ヶ原合戦では西軍で活躍し、敗戦後福島正則、前田利長、上杉景勝と次々と主人を変え、前田利長に乞われ家老として招かれた。

家康の懐刀と呼ばれる本多正信の息子を家老に置いておくことは前田家にとって家康の心証をよくするが、心血を注いで利家と一緒に加賀百万石を築き上げた前田家生え抜きの家臣たちは、よそからきた政重に反発を覚えた。

山崎閑斎《かんさい》、横山長知《ながちか》ら重臣たちは政重を出し抜き、先を争って真田丸へ進む。

これを見た井伊隊と松平忠直隊も、「前田隊に後れをとるな」と八丁目口や谷町口へと動き始めた。

真田丸は不気味に静まり返っている。

「火縄の火を隠せ。やつらはまだわれらがここにきていることを知らぬ。よく眠っておるわ」

払暁《ふつぎよう》になっても霧はまだ濃い。

前田隊が堀の斜面を滑り降りてゆくと、兵たちは悲鳴をあげた。

見ると先を走っていた数名が足を押さえて屈みこんでいる。

「どうした」

足元を見ると、足で折れた刀を踏み抜いている。目をこらすと、堀のいたるところに槍の穂先や先の尖った竹串や折れた刀が地面から顔を出している。

「鉄菱も撒かれているぞ。足元に注意して歩け」

彼らは四つん這いになり、手探り、足探りで一歩一歩土塁の方へ進む。

大気が乳白色に染まり始めると、霧も薄れてきて堀の内で蠢《うごめ》く敵の姿がぼんやりと見え出した。

今日の戦さが初めての大助は、彼らが土塁の方へ近づいてくるのを目にすると、じっとしておれない。

「父上、鉄砲の御下知を」

気が逸る大助は信繁を促す。

「まだ撃つな。もっと敵を引きつけてからだ」

九度山以来の重臣たちは、それぞれ別の櫓に籠もり、信繁からの下知を待つ。

伝令は四角兵衛である。

四角兵衛も昌幸の戦さに参陣しており、真田の戦い方を知っている。

「無駄玉は撃つな。大助様もよく父上の戦さぶりを見ておくことだ」

九度山から四角兵衛は大助の世話をしているので、年の離れた弟のような気がしている。

四角兵衛の言葉に素直に頷く大助を横目で見ながら、信繁は視線を前方に移す。

黒々とした敵の大軍が堀際に溢れ、堀の中で鉄菱や槍などを撤去している味方をせっつきながら、次々と堀へ降りてくる。

「よいか。いつもの通り落ちついてよく狙って撃て。相手を人と思うな。案山子《かかし》と思え。情けは棄てよ」

真田丸に籠もる兵たちは寄せ集めなので、九度山からきている猟師たちが、彼らに鉄砲の撃ち方を教えている。

堀内での安全な通路が確保できると、堀際で待期していた兵たちは堀へ飛びこみ、堀の中の柵も破り、土塁の壁をよじ登り始めた。

真田丸の兵たちは鉄砲や弓矢を手にして今か今かと信繁の指示を待つ。

「まだだ」

堀の内側にある武者走りにもびっしりと鉄砲隊が犇《ひし》めいている。彼らは蟻のような大軍がぎっしりと堀を埋め、土塁を這い上がってくるのを見ると、身体から汗が吹き出てきた。

「よし、放て」

真田丸から一斉に一千挺もの銃声が轟《とどろ》く。

この時、真田丸の西後方の城壁を守っていた石川康勝の兵が誤って火薬桶の中へ火縄を落としてしまった。

櫓は焼け、城内は大騒ぎになり、消火のために石川の守り口へ城兵たちが集まってきた。

これを見た松平忠直、井伊直孝、藤堂らの諸隊は南条の内応が始まったと思い、競って城際へ攻め寄せる。

敵は竹束や鉄盾などの用意もせずに、自らの陣の目の前に聳える南総構えの城壁を目指し、土塁の上の柵を引き倒すと空堀に飛び降りた。

城方は総攻めが始まったと思い、木村、又兵衛、長宗我部、明石隊や大野修理らも城南へ駆けつけた。

南総構えの全面に渡って城方から激しい銃撃戦が始まる。

真田丸は空堀が敵で埋まっており、銃撃の煙で視界が曇るが、塀から下に向けて撃つのでおもしろいように当たる。

高野山の猟師や国侍は狙いが確かで、彼らに指導された者たちの腕も上がっている。

土塁に張りついている者や、堀の中を逃げ回っている者は鉄砲や矢で倒され、生き残った者は弾丸や矢を避けようと死体を盾にしている。

櫓に登って指揮している信繁は、この光景はまさに父から耳にした長篠の戦いだと思う。

三段の柵を敷いて待ち構える織田・徳川連合軍に、何度も突撃を繰り返す武田軍。まさに長篠の再現であった。

こうなってくると味方の興奮は収らない。普段大人しそうに見える若者まで、青筋を立てて、「殺せ、殺せ」と連呼しながら鉄砲を撃つ。

敵兵が倒れる度に、「当たったぞ」と大声で叫ぶ。

真田丸全体が熱気を帯びてきた。

そんな雰囲気の中で、信繁は冷静に戦さの流れを眺めている。

傍らにいる大助は鉄砲を手にして、大物の獲物を狙う。

真田丸の正面の堀の中に集まっていた敵は、足場の不利を悟ると左右に散るが、丸馬出しの真田丸には死角はない。

総構えの八丁目口の空堀に蝟集している井伊隊にまで真田丸の銃撃が届く。

土塁に取りつき、登ろうとしていた敵は撃ち倒されるが、続いて堀から降りてきた新手の兵たちは真田丸からの銃弾をかわして土塁の縁《へり》に取りつき、第二の柵を破ろうとする。

「よし、また獲物が足元に集まってきたぞ。素人でも当たるほど的は大きいぞ。よく狙ってし損じるなよ」

伝令役の四角兵衛は信繁の下知を大声で伝える。

鉄砲を撃つ者は誰もがその腕を競い合うようになる。

「これで五人倒した」

「わしは八人だ」

「また当たった。これで十人目だ」

お互いに戦績を自慢し合う。

霧は一気に晴れて、太陽も雲から顔を出すと、戦場の視界が急に開けた。

前方だけを見て進んできた敵兵は、真田丸の堀際に立つと驚いた。

小高い丘である篠山から真田丸を見ると、ちっぽけな出丸だと思っていたが、篠山から一旦坂を下って再び坂を登ると、目の前に真田丸が聳え立つ。

堀は五メートルはある深さで、対岸まで十間はある。出丸の土塁はそこから築かれており、土塁の高さも三間はあり、その土塁の上を板塀が取り囲み、所々に櫓が建っている。

「これは下手な城より堅固な構えだ」

堀際から下を見るとその高さに足の震えが止らなくなるが、次々とくる後続部隊に押されるような格好で、堀際から下へ滑り落ちるように堀へ降りる。

堀底から板塀を見上げると、土塁の勾配も急でまるで絶壁の崖のようで、とても登れそうもない。

予想が甘かったことを悔むが、今更退き返す訳にもいかない。

巨大な土塁の途中に第三の柵があり、その後ろを犬走りが土塁の周囲を横切っている。

犬走りにも鉄砲隊が配備されており、上から下へ向けて撃つのでおもしろいように当たる。

(進むも地獄、退くのも地獄とはこのようなものか)

土塁の縁に取りついた敵兵は、土塁に這いつくばるような格好でいないと、狙い撃ちにあう。

銃弾が飛び交う中、味方の援護を待つしか方法はなく、土塁を登ることはできない。

信繁の真田丸に籠もる兵の中には、もう四十年も昔になるが、長篠合戦に参陣した者もいたし、彼らからその戦さぶりを耳にしている者もいる。

真田丸に向かって前方にある第一の柵を破って堀に飛びこみ、土塁の前にある第二の柵の前にいる敵の顔が、彼らにとってはあの憎い織田、徳川の連合軍のように思えてきた。

「今度はわれらが長篠の仇討ちだ。これは土屋昌続《まさつぐ》様からのお返しだ」

彼らは長篠で受けた敵からの一方的な銃弾の嵐を再現した。

犬走りと板塀と櫓からの硝煙で一瞬何も見えなくなるが、しばらくすると霧が晴れたように視界が戻り、堀の内には折り重なるように敵兵たちが倒れていた。

敵が血を流して倒れているのを目にすると、味方の戦意が高揚し、彼らの目が血走ってきた。

「今度は内藤昌豊《まさとよ》様の分だ」

信繁は味方の士気を更に高める。

鉄砲の一斉射撃が始まると、堀の空地が倒れこんでいる敵で埋まるぐらいになった。

生き残った敵兵は伏せて銃撃をするが、下から狙うので正確さを欠く。

総攻めが急だったので、彼らのほとんどが竹束や鉄盾などの仕寄道具を用意せずに、堀へ飛び込んできたのだ。

「おい、敵が土塁をよじ登ってくるぞ。犬走りから撃て」

堀と土塁が半円型なので、どの角度からでも鉄砲が狙える。

「これは山県昌景《やまがたまさかげ》様の分だ」

空気を震わす轟音と硝煙の幕が垂れ、それが晴れると土塁の斜面からは敵兵の姿が消えていた。

「敵は続々とやってくるぞ。この分ではまだまだくるぞ。鉄砲玉を大切に使え」

信繁の下知が飛ぶ。

敵兵は真田丸からの銃撃に晒されながらも、色とりどりの差し物を背中にした兵たちが次々と堀の中へ降りてくる。

どの顔にも今日手柄をあげようとする必死さが漂っている。旗印から前田隊だとわかる。

「次はだれの仇を討つので」

「次は馬場信春様の分ぞ」

堀の内にいる兵たちが退ろうとしても、次々と新手の兵たちが堀に降りてくるので、堀際で兵たちは混乱して進むことも退くこともできない。

混乱して揉み合っているところを一斉射撃すると、敵はおもしろいように倒れる。

「また当たったぞ」

真田丸からは太鼓と陣鐘が鳴り、喚声があがった。

前田利常は篠山に本陣を進めて、この様子を見ていたが、味方の不甲斐ない戦さぶりに立腹して撤退の伝令を走らせるが、真田丸からの銃撃が激しくて、伝令役も堀に近づけない。

堀へ降りていった前田隊の侍大将たちも、土塁の縁に身を隠し、自分たちが銃撃を避けるのが精一杯だ。

前田の兵の中にも鉄砲で倒された一族の死体を堀から外へ運ぼうとして、鉄砲玉に当たって動けなくなる者もいた。

「父の助右衛門は堀にいて鉄砲で撃たれた。わしはその息子の四郎兵衛と申す。父が殺されて、わしもおめおめ生き延びようとは思わぬ。わしを撃て！」

敵兵が堀際に立って「ここを狙え」と自分の胸を叩きながら大声で叫ぶ。

真田丸の兵たちは不便に思い、彼を撃つことを止めようとしたが、「敵に情をかけるな、一人でも多く殺してやれ」と言うが早いか、鉄砲足軽が彼を狙って銃撃すると、四郎兵衛は「あっ」と叫んで堀の中へ落ちた。

真田丸からは大きなため息が漏れた。

堀の中へ入っている敵は土塁の縁にへばりついて動けぬ者、死体を盾に伏せて応援を待つ者、後ろからの隊に押されて堀の中へ進んでくる者、退こうとして後続の兵たちと衝突して揉みあう者。

彼らは格好の標的となる。

撤退する前田隊の中に、傷ついた主人を背負って、堀から脱出しようとする男がおり、その男の周囲に銃弾が飛び交うが、男は悠然として動かない。

「お前は何という名の者か。どこの手の者だ」

敵兵のあまりの勇敢さに城兵が大声で名前を問うと、「わしは前田様の家臣である平野称次右衛門の郎党で、五左衛門と申す」と答えた。

信繁は郎党の忠義ぶりに感心して、その男を撃つことを禁じた。

一時、真田丸から銃声が止み、彼の姿が堀の上に現れると、真田丸からは喚声が湧く。

南総構えに突っこんでいった井伊直孝隊や越前の松平忠直隊も、真田丸からの側面からの銃撃で死傷者が続出していた。

激しい真田丸からの攻撃に、前田利常は再三堀からの撤退を下知するが、誰も手柄を立てることで頭が一杯で、命令を無視する。

それでも目の前で味方が銃撃で次々と倒されていく姿を目のあたりにすると、堀際まできたものの、足がすくんで前に出ず、堀の中へ降りるのを躊躇する者で堀際は人で溢れた。

これを目にした信繁は、四角兵衛を呼ぶ。

「四角兵衛、犬走りであれをやれ」

四角兵衛には「あれ」で通じた。

彼は嬉しそうな顔をして櫓を駆け降りると、頭に鉢巻を巻き、鎧の上に浴衣をひっかけ、犬走りへと走る。

その後ろを同じ格好をした若者が続いた。

櫓からは笛と太鼓が祭囃子の音色を奏でる。

ひょっとこの面をつけた四角兵衛が、その後ろから獅子の面をつけた若者たちが犬走りから走り出てくると、壁塗り踊りが始まった。

彼らのひょうけた踊りに真田丸からは手拍子が湧きおこり、大声で囃したてる。

大柄の四角兵衛はよく目立つ。腰を振りながら、高い塀の上を歩いて壁を塗っている様子に、真田丸から大きな歓声が沸きあがる。

何が起こったのかわからずぽかんと見ていた敵兵は、自分たちが卑怯者だと馬鹿にされたことに気付くと、堀際で突っ立っていた者たちは、われ先にと堀の斜面を滑り降り、堀の中を土塁へ向かって進んでくると、櫓や板塀目がけて銃撃し始めた。

これを見ると、信繁は四角兵衛たちに櫓に戻るよう命じ、鉄砲隊に下知した。

「よし、獲物が餌に食いついてきたぞ。今日の褒美は酒だ」

信繁が部下を鼓舞すると、「おう」という勇ましい返事が戻ってきた。

再び長篠合戦の再現が始まった。

夜明けから始まった戦闘は昼を回っても激しさを増し、思わぬ兵たちの消耗に不利を悟った家康は撤退を決意したが、戦闘状態にいる兵たちはこの命令をきかない。

大助は初陣で暴れ回りたくて、うずうずしながらこの戦さを見ている。

城外へ駆け出したい気持ちが、傍らにいる信繁にも伝わってくる。

(わしの初陣の上田合戦の時は、父の側にいて、いつ父の出撃の許しが出るか、待ち遠しかったものだ)

ちらっと大助に付き添う青柳千弥と三井豊前の顔を見ると、彼らは頷く。

幸いなことに、前方に格好の獲物が目についた。真田丸の正面の松倉重政や寺沢広高隊は竹束や鉄盾に身を隠したまま、前進してこない。

「大助、お前の初陣だ。あれなるやつらを斬り崩してこい。伊木殿、伜をよろしくお願いする」

大助はもう十四歳だ。背丈はすでに信繁を越えて、薄い口髭が生え、声変わりしている。

「真田の男として、思う存分戦って参れ」

青柳千弥、三井豊前ら高野山からの家臣が大助の初陣を助ける。

真田丸の西門がさっと開くと、大助ら五百の部隊が砂煙をあげながら松倉、寺沢らの陣へ突っこんでゆく。

「六文銭」の旗印の一団は放たれた一本の矢のように松倉、寺沢の軍を真っ二つに割り、敵の殿《しんがり》まで突き抜けた「六文銭」の部隊はそこで反転すると、再びまた一つになった敵を二つに割って真田丸に戻ってきた。

大助の腰には血まみれの三つの首がぶらさがっており、久しぶりの戦さに家臣の顔が輝いている。

敵も必死になっていた。堀の中で鉄砲で倒れる者の背中を踏んでは次々と堀に飛びこんでくる。

松平直政は十四歳だが、結城秀康の三男で父譲りの勇敢さを持っていた。堀際へ馬印を立て、鉄砲玉が足元に飛び交うも悠然と床几に腰を降ろし、自軍を指揮する。家臣たちも「死して死骸を晒すとも、武名は汚さじ」と空堀へ駆け降りる。

午前四時頃から始まった総攻めは、六時を過ぎると徳川方の死傷者が続出したので、家康は再三撤退を命じるが、彼らは戦場から退こうとはしない。

業を煮やした家康は安藤帯刀《たてわき》に撤退の伝令を命じた。

彼は幼少時より家康に仕え、姉川の戦さから長篠の戦いまで常に家康につき従った戦さ巧者で、家康の信頼も厚く、小牧長久手の戦いでは敵将池田恒興や森長可を討ち取る手柄を立てた。

雨のように鉄砲玉が降り注ぐ中、彼は戦場を駆け各陣に下知して回った。

午後四時頃になって、徳川軍はやっと撤退し始めたが、死者は一万人を越えていた。そのほとんどが真田丸の攻撃で戦死したので、一躍「真田」の名が敵味方の間で評判となる。

十二月六日には家康は本陣を南の住吉から北の茶臼山に移すと、さんざん痛い目にあった信繁の切り崩しを図る。

長い竹竿に笠を突き立て、真田丸へ使者としてやってきたのは叔父真田信尹《のぶただ》であった。

彼は武田滅亡後、家康に仕えており、彼が真田丸に入ってきた時信繁は一瞬父が生きてここにきたのかと思った。

それほど信尹は声も体つきも昌幸とよく似ていた。

しげしげと信繁を見つめる信尹の両眼には涙が浮かんでいた。

「お前はわが真田の武名を天下に知らしめてくれた。兄昌幸が生きておればどのように喜んだであろう」

敵味方に分かれても真田の血は繋がっている。信尹の声は信繁に長い間忘れていた上田を思い出させた。

「実は話というのはお前のことだ。家康殿がお前の武名を聞き、『ぜひわが陣営に誘え』ときつく言われてのう。わしはお前の性質を知っているので『それは無理です』と断ったのだが、家康殿は承知されぬのだ」

「どのような条件でわたしを釣ろうとされているのでしょうか」

「『信州で十万石』と言われた。本多正純の誓詞も用意することになっておる」

「……」

信繁には領地など念頭にはない。この戦さでいかに武名をあげて潔い最期を遂げるか。それだけだ。

その信繁の心底を見透かしたように、

「やはり決意は固そうだな」

と信尹は呟く。

「わたしは牢人して高野山で食うや食わずの暮らしをしており、高野山で朽ち果てる運命でしたが、それを秀頼様から召し出され、曲輪の大将として軍の采配まで任されております。まことに幸せ者です。それ故ここを出ることはできませぬ」

「兄も『表裏比興者《ひょうりひっきょうのもの》』と世間では評されたが、自分の信念は決して曲げぬ男であった。常に真田家のためを思い行動してきた。お前も兄とそっくりだ。幸いお前の兄信之が本家を継ぎ徳川方についておる。お前は次男だ。自分の思った通り生きるのも良いだろう」

信尹はぼそりと呟く。

「父も今際《いまわ》の際《きわ》に叔父上と同じことを口にしました」

「そうか…」

信尹は昌幸のことを思い出したのか声が湿った。

「家康殿はなかなかしつこい方でのう。もう一度わしの使いが伺うやも知れぬが、その時は遠慮なく断ってくれ」

信尹は慣れぬ徳川方で苦労が多いのか、疲れて見えた。

再び信尹からの使者がきたのはその二日後で、「信濃一国を下賜する」とこの前より条件は良くなっていた。

使者の口上を聞くと信繁は語気を荒げた。

「武士たる者、一旦決めた志を変更することはしない。例え天下の三分の一を賜わろうとも断る。叔父上には『二度とこられるな』と申せ」

使者は信繁の取りつく島もない様子に、そそくさと帰っていった。

十二月四日の総攻めの失敗にも懲りず、徳川方は南総構えで局地戦を続けている。

そんな時木村重成がひょっこりと真田丸へ顔を出した。

「それがしの持ち場に攻めてくる徳川方の中に『六文銭』の旗の紋が見られる。あなたの御一門だろうと思うのだが…」

信繁は兄は病気と称して戦いに出張ってきていないと聞いている。

「多分兄の息子だと思いますが」

「そうだろうと思った。真っ先に駆けてくる二人が非常に若くて勇敢なので、城方の噂になっております。家来の先頭をきって弓矢や鉄砲玉をものともせず、柵にとりついて打ち倒そうとしておられる。怖《お》じる様子も全く見られない。一度われらの櫓に登って彼らを見て欲しい」

「いや、見るまでもなく『六文銭』の旗といい、向こう見ずの若さといい、明らかにわたしの甥です。若者の兄の方は河内守といって十八歳、もう一人は外記といい十七歳になっているはずだが」

信繁には彼らが幼い頃の記憶しかない。

重成は信繁の複雑な心境を思う。

「二人は何色の鎧を着られているのか。わが家臣に命じて『彼らに鉄砲を撃つな』と命じたいのだが」

「可哀想ですが、木村殿の家臣に命じて二人とも討ち取って下され。そうすれば二人とも若くして木村殿の持ち場で討死したとなれば、真田の武名が後世に残るでしょう。われら真田一族の喜び、これに過ぎるものはありませぬ」

重成は信繁を労る。

「いや、そうではござらぬ。一族が敵、味方に分かれての戦さにどうして後日お咎めがありましょう。この戦さは必ず和睦となりましょう。その際、めでたく甥御に御対面なさって下され。そこもとの御心底お察し申し上げる」

これだけを伝えると、重成は持ち場へ帰ると、「間違ってもあの二人の若者は鉄砲で撃つな。くれぐれも過ちのないようにせよ」と家臣たちに念を押した。

信繁はこの話を漏れ聞くとそっと目頭を押さえた。

「織田有楽斎と修理とが家康と和睦の交渉をやっているらしい」

又兵衛は耳が早い。

「元々有楽斎は本気で家康と戦う気があるのかどうか疑わしい。信長公の弟とは思えぬ卑怯者だ」

又兵衛は口から唾を飛ばしながら怒ると、赤鬼のような形相になる。

信繁は口を挟まず黙って又兵衛の怒りの嵐が収まるのを待つ。

「本能寺の折には信長公の長男、信忠殿に討死を勧めておきながら自分はさっさと逃げ出し、関ヶ原では東軍につき、徳川の禄を食《は》みながら、姪の淀殿に乞われると、のこのこ大坂城へやってきた。全く節操のないこと甚だしい男だ」

ここで一息つくと酒を一気に飲み干した。

「その息子頼長は父親よりもっと酷い。あの時、頼長は持ち場にいなかった。本来なら軍律に照らして打ち首ものだが、淀殿の取り成しで許したのが間違いだった」

あの時とは南総構えに徳川方の総攻めがあった翌日の夕方に死人、手負いが数千人もでるほどの喧嘩騒動があった。

頼長隊が仲に入って調停しようとしたが、徳川方の藤堂隊はこの隙を見逃さず、全力をあげて南総構えへ攻め寄せてくると、城内の兵たちは騒ぐのを止め、城外の藤堂隊目がけて討って出た。

城内の女や子供まで城内から石や瓦を投げて味方を助けた。

急を聞きつけて長宗我部隊が駆けつけ、さんざんに鉄砲を撃ちかけると、ぞくぞくと城内の諸将たちが集まりだした。

一万もの城兵が城外まで出ていって藤堂隊と戦い、頼長隊もそれに加わったが、肝心の大将である頼長は不在で、病と称し床で伏せっていた。

「女、子供まで必死に戦っているというのに、持ち場の大将が仮病を使って戦さ場に顔を見せぬとは、呆れ果てたやつめ」

諸将たちは憤慨し、この時から織田父子を内応者として疑い、彼らを見る目が変わる。

一方修理は淀殿の機嫌を取りながら、その淀殿に無断で家康と和睦の下準備を行っている。

又兵衛から見れば、修理と織田父子は同じ穴の狢《むじな》と映る。

家康は厳寒の中、大坂城を包囲するが、城の守りが厳しく攻撃も手詰まりになっていた。

『日本教会史』を書いたジョアン・ロドリゲスはポルトガル人で、彼は日本語や日本文化に興味を持ち、少年の時に日本へ渡りイエズス会に入った。

その後日本語の通訳などを経て、豊臣秀吉や徳川家康をはじめとする支配者との折衝にあたるほどの地位に上った。

日本管区の経営にも深くかかわっていたが、イエズス会内部の陰謀にあってマカオに追放された。

この頃から日本の教会の歴史を纏めた、『日本教会史』の編纂に没頭し、日本へ戻ることを願ったが、叶えられずマカオで没した。

家康の苦悩ぶりをその『日本教会史』はこう伝える。

「将軍は二十万の兵を率いて大坂に至り、城を囲み、数回攻撃したが、いつも利を失い、味方の被害が少なくなかった。（中略）

逃亡する者が多数にのぼり、また攻城や城兵突出の際、戦死した兵員が三万余に及んだという。

将軍は形勢の非なるを見、諸将が変心し、老年の己に従うより若い秀頼に従おうとする気をおこすことを恐れ、ついに和を講ずることに決めた」

一方、大坂城内でも内地戦では勝利したものの、南総構えには町屋が広がっており、その住人たちも養わねばならず、食糧、火薬をも乏しくなっていた。これは家康が行った街道封鎖や淀川の交通を止めたことが効果を現してきていたのだ。

「修理めはあらぬことを秀頼様に吹きこみ、和睦を結ぶよう説得しておるが、秀頼様はそれを頑として受け入れられぬ。それは良いが、秀頼様は淀殿のことを心配されておられるようだ」

又兵衛は秀頼に呼ばれることが多くなっており、直接彼から話を聞く機会が増えた。

「秀頼様は母親思いの方だ。何か事があれば母親が冑を着て、戦う気でいるのを心配なされてのう」

又兵衛は秀頼の心痛を思ったのか、ため息を吐く。

「そうですね。誰にとっても母親というのは特別なものですからね」

信繁も遠く上田の大輪寺に眠る母親のことを思った。

昌幸が九度山で没したことを聞き、気落ちしたのか彼の後を追うように、その二年後に亡くなった。

上田の大輪寺に葬られたと兄から聞いたのは、ちょうど昨年のことだ。

「わしなどは父も母も幼い頃死んでしまったので、どんな人だったか覚えてはおらぬ。昔、何やら暖かい胸の中で眠っていたことだけは覚えておるわ」

又兵衛は母親のことを思い出したのか、黙りこんでいる信繁を励ます。

「淀殿は天守から徳川の旌旗が四方にはためいており、味方が意気消沈している様子をご覧になり、しきりにため息をついて、周りの侍女たちに愚痴をこぼされていると か…」

信繁が城中の噂話を口にすると、「そうよ。秀頼様も淀殿の気持ちを心配されておるのよ」と又兵衛は相槌を打った。

「そうですか。母一人子一人の境遇ですからな。殿下も心配で墓の中でおちおち眠っておられませぬな」

「秀頼様も淀殿も必死で籠城しておるというのに、あの修理めは秀頼様に和睦の話をしたというのだ」

又兵衛は賢し気な修理の顔を思い出したのか、唾を吐く。

「それで秀頼様はどのように修理に申されたのですか」

信繁も戦意が萎えることを危惧する。

「心配はいらぬわ。秀頼様はあくまで戦う気でおられるわ」

又兵衛は明るく笑い飛ばした。

「『もしもの場合にはわしも城外へ討って出て、軍配を振り、武名を末代に残そうと思う。合戦は人数の多少に依るのではなく、士卒の心を一つにすることにある』と申されてな。これを聞いたわしは思わず涙をこぼしそうになったわ」

「そうでしたか。それを聞いてそれがしも安堵しました」

又兵衛は秀頼の言葉にまだ感動しているのか、「君君たれば臣臣たりだ。この主君のために誰が命など惜しもうや。家康の総攻めが待ち遠しいわ。華やかなな討死をすることこそわが願いなり」

と詩吟を唸るような調子で自己陶酔気味に話した。

又兵衛は秀頼に好意を持っているし、信繁も秀頼が好ましくは思うが、取り巻きが良くないことを危惧する。

十二月九日、徳川方は北を流れる天満川を堰止め、尼ケ崎へ流すように堰を完成させると、天満川が枯渇し始め、城外からは鯨波と大砲声が時刻を決めて響き、いつ総攻めが始まるのかと城兵は眠ることができない。

城方が大砲音に慣れてくると、徳川方は今度は城目がけて大砲を撃ちこんできた。北の備前島から放たれた大砲玉は狙ったように淀殿の居間に飛びこみ、彼女の側に侍る女房七、八人が肉片となり、女童は泣き叫ぶ。

この一発で今まで強気だった淀殿は恐怖に駆られ、修理に和睦を命じるが、秀頼は頑としてそれを受けつけない。

和睦についての軍議が千畳敷広間で開かれ、五人衆もこの場に呼ばれる。

「今、徳川方から和睦の申し入れがきておる。認めるか否か。皆の素直な意見を聞きたい。各々の心底憚《はばか》りなく申されよ」

修理がこう切り出すと、又兵衛が発言する。

「この大坂城は太閤殿下が心血を注いで築かれた堅城だ。皆が心を一つに守って戦えば必ず勝つ。何年かかろうが決して落城はしない。徳川方も遠国からやってきたが、この厳寒で城外で震えている。彼らは苦し紛れに和睦を勧めているのだ。その手に乗ってはいかん」

又兵衛の主張が通り、軍議は戦さを続けるということになると、どうしても和睦したい修理は又兵衛の不在時に秀頼に囁《ささや》く。

「牢人衆が戦さを続けることを言い張るのは、和睦になれば彼らは再び牢人に戻り、飯が食えなくなるのを恐れているのです」

牢人衆の忠節を信ずる秀頼は再び軍議を開かせた。

又兵衛は佞臣《ねいしん》を睨む。

「太閤恩顧の大名は誰一人として味方せず、城内の兵糧や火薬には限りがあります。さらに城中の諸将は徳川方からの誘いもあり、誰が裏切るか疑心暗鬼になっている。こんなことでは天下の名城に籠もっていても守り抜くことは困難だ。真田殿を総大将として全軍の指揮を任じて欲しい。諸将の心が一つになれば、敵兵が例え百万こようが恐れることはない」

これを聞くと有楽斎が鼻で笑う。

「和議を渋っておるのは、牢人衆は飯の食い上げを心配しておるからなのか」

と、露骨に皮肉った。

「馬鹿な」

牢人衆たちは大声で叫び出すと、それまで黙って軍議のやり取りを聞いていた信繁が床几から立ち上がった。

「それなら和睦を受け入れようではないか。牢人衆は元の暮らしに戻るだけで何も失うものはない。われらには飯のことはどうでも良い。ただ家康相手に華々しく合戦をすることのみを考えているだけだ。ただ徳川から言ってきたこの和睦の中身をよくよく考慮されたい。老獪な家康のことだ。何か裏があるに違いない」

有楽斎も修理も意外に思った。牢人衆たちはもっと強硬に和睦に反対してくると考えていたからだ。

「秀頼様のために力を合わせて戦っている牢人衆のために、これだけはあなたに言っておきたい」

信繁は有楽斎に面と向かって今まで押さえていたものを吐き出した。

「そもそも籠城する際、城内にいる士卒は心を一つにしなければ、敵を防ぐことはかなわないのに、一部の者は持ち場を守ることをなおざりにしておる。こんな不埒者がおるようでは戦さになりませぬ」

「誰だ。そんな不届き者は」

有楽斎の声が上ずった。

「あなたの息子の頼長殿でござる。持ち場に立てる旗は最初は目立つ白色であったが、もう三度も色を変えられた。邪推するに、徳川方に見知られ、後で難癖を付けられるのを恐れたためと見える」

「馬鹿な。息子はそんな弱腰ではないわ」

有楽斎は怒鳴るが自信がなさそうだ。

「それでは言わせてもらうが、十二月五日の藤堂隊が頼長殿の持ち場へ攻め寄せてきた際、何故彼は不在であったのか、その訳を申されよ」

「『風邪で伏せっていた』と聞いておるが」

有楽斎は言い淀み、声は小さくなる。

「頼長殿は秀頼様の御一門で南総構えの大将の身。女、子供も総出で戦ったというのに、その大将が敵が攻めてきた時、風邪で不在とは聞いて呆れるわ」

「『高熱で唸っていた』ということだ」

「高熱ですか。わたしの聞いたところでは、寝所に遊女を集め、盛んに酒盛りをやっていたとのこと。親子ではこうも話が違うものか」

「無礼だぞ。牢人の分際で有ること無いことを申して。真田丸で少し名をあげたからといって調子に乗るな」

有楽斎は痛いところを突かれ、かんかんになって怒った。

「叔父上、まあそうかっかとなさるまい。真田も大坂城の将来を憂えて言ったこと。

悪気があって言っているのではありますまい。われらのために言ってくれておるのです。頼長のことは城中で知らぬ者はいないですぞ」

秀頼が釘を刺すと、有楽斎は黙ってしまうが、修理はなお和睦に応じようとしない秀頼を説得しようとした。

「和睦を結ぶことをそう重大にお考えなさるな。家康も老人です。彼が死ねば自然と政権はわが方に転がりこんでくるでしょう」

修理は七十三歳にもなった家康の寿命を持ち出す。

「それは片桐且元が予に申した諫言と同じではないか。あの時お主は徳川と戦うことを主張し、和睦を勧める片桐を不忠者と罵り、彼を城外へ放逐しておきながら、今になって片桐が勧めたのと同じことを予に言うのか」

秀頼は修理の身勝手を怒った。

困り果てた修理は淀殿に泣きつく。

「淀殿と秀頼公が親子で自害して兵の助命をするか、和睦して今後の機会を待つか、二つに一つしかわれらには方策がありませぬ」

淀殿は自分は死んでも息子を殺すことは避けたいので、息子の和睦の説得役を買って出た。

涙ながらに訴える母の姿に、秀頼は母を人質にしないことと、将兵が咎めを受けないことを条件に和睦を認め、ついに十二月二十日、和睦が成った。

一、本城だけ残して、二ノ丸、三ノ丸、総構えを壊す。

二、淀殿が徳川方に人質として下るには及ばない。

三、大野治長と織田有楽斎は人質を差し出すこと。

四、今度籠城の諸牢人たちは、今まで通りで何の咎めもない。

五、秀頼の知行は前々通りである。

誓書の監視役として秀頼は、重成を家康の本陣である茶臼山へやると、茶臼山周辺は徳川の諸将ら数万もの人馬で溢れており、彼らは大坂城からの使者を興味深げに眺めた。

茶臼山の入口までくると、家康の家臣たちは軍装のままで槍衾《やりぶすま》を作って威嚇し、彼らは自分たちが勝者であると振る舞おうとした。

重成は若いが落ち着いており、何食わぬ表情で槍衾の道を登ってゆく。

茶臼山の上には仮普請の板葺きの質素な建物が建っている。

本多正純に案内されてその建物の中に入ると、広間には上座に小太りの老人が座っており、その左右に徳川家の主な重臣たちが陣羽織姿で並んでいた。

重成は正式の裃姿だ。徳川方は自分たちの勝者ぶりを殊更に大坂方に見せつける腹らしい。

重成は居並ぶ家臣たちに一言の挨拶もしないで、上座に座る家康のところまで進む。

「若造めが、われらに挨拶もせぬとは礼儀を知らぬやつめ」

「生意気なやつだ」

家臣たちは若造に無視されて怒り、広間は一時喧騒に包まれたが、家康はそれを止めもしないで黙っている。彼自身、重要な儀式なのでもっと大物がくるかと思っていたのだ。

大切な誓紙を交換する役目にしては、重成は若過ぎた。

小刀で小指を刺すと、家康は誓紙に無造作に血判を押す。

家康から渡された誓紙を見た重成は、「折角押してもらった誓紙の血判の血が薄くてよく見えませせぬが…」と再び押し直すよう家康に要求すると、家臣たちはこれを聞き色めき立つ。

「負けた大坂方が家康様に文句をつけるのか。生意気なやつが」

席を立ち、刀に手をかける者もいる。

重成は何食わぬ顔で家康を見詰めており、まるで耳が聴こえない者のようだ。

家康は老獪だ。

「皆の者、静まれ。御使者の申される通りである。わしも年を取って血が薄くなっているのであろう。さあもう一度押し直そう」

再び手渡された血判を見た重成は、今度は丁重に家康に礼を述べ、上座から戻りかけてふと足を止めると、居並ぶ家臣に向かって丁寧に声をかけた。

「今日は主君である秀頼公の名代として参上しました。先ほどは誠に家臣一同様には失礼な態度を取りました。なにとぞお許し下され」

と、深々と一礼し、茶臼山を後にした。

「立派な若者だ。何やら春風が吹いたような」

三河の田舎者にしては家康は優雅なことを言った。

「秀頼は良い家臣を持っておるわ」

家康は久々に主君に忠義を尽くす若者を見て、思わずため息を吐く。

和睦の誓紙を交した翌日十二月二十三日より、総構えの破壊工事が始められた。

二十四日に修理と有楽斎は、和睦の礼を述べるために茶臼山へゆき家康と会う。

彼らの目には和睦が結ばれたことで、家康は殊の外機嫌が良いように映った。

「孫婿と大事に至らず和睦を結べたことは喜ばしい限りじゃ」

眼を細めて頰を緩めるとまことに好々爺のように見える。

「わしは修理を見直したわ。つい先頃まで若輩者じゃと思っていたが、お主が軍配を振っての大坂城の戦さぶりにわしは感じ入ったぞ」

滅多に笑みを見せない家康は溢れんばかりの笑顔で修理を持ち上げる。

「それにお主の秀頼への忠節ぶりを徳川家の者どもは大層感激しておるわ」

これだけ家康から褒められれば修理も悪い気がしない。

「正純、ここへこい」

彼は徳川家随一の知恵者と自負している正純を呼ぶと、家康は修理に、「肩衣を脱げ」と命じた。

「正純、お主は秀頼公への心入った奉公をこの修理に見習え」

思わぬ家康の言に、正純は目を白黒させた。

（修理は大坂城を裏切った佞臣ではないか。何でこんなやつの肩衣など着れるか）

家康の顔色を窺いながらも正純は修理の肩衣を身につけると、家康は頰を緩める。

「これで修理も冥利に尽きるであろう」

大坂城では自分の和睦への努力を認められず腐っていた修理は、家康こそは自分の働きを正当に評価してくれたと感激し、思わず胸が詰まるが、笑みで顔を崩した家康の細い目の奥には、冷たい光が宿っていた。

「やはり家康めは狸親爺よ。向こうから仕かけてきた和睦には思わぬ落とし穴があったわ」

又兵衛は悔し気に怒鳴る。

「総構えと空堀は徳川方が壊すが、二ノ丸、三ノ丸はわが方が壊すことになっていたはずだが…」

信繁も家康の悪どいやり方に腹を立てる。

二十三日から始まった工事は昼夜兼行で進められ、二十五日の午前までには南総構えはすっかり消えてしまった。

二ノ丸、三ノ丸の大坂方の破壊工事が遅いので、「お手伝いしましょう」と言って、徳川方は二ノ丸、三ノ丸や塀や櫓まで打ち崩し、内堀まで埋め始めたのだ。

修理は普請奉行に抗議したが、埒が明かず、徳川方は三ノ丸の空堀を埋めてしまうと、今度は二ノ丸の堀を埋めにかかる。

二ノ丸は深い堀なので土手の土を崩しただけでは足りず、千貫櫓《せんがんやぐら》や二ノ丸に建っていた有楽斎や修理の屋敷まで壊して堀に埋めた。

それでも足らぬ分は、近くの算用曲輪《さんようくるわ》の土を半分ほど掘って二ノ丸の堀へ運んだ。一ヶ月後の正月二十四日頃になって、大坂城は本丸と本丸の堀だけを残してすっかり壊平されてしまい、家康が命じたように、「三歳の子が上がり下がりできる」ような見苦しい姿となってしまったのだ。

「あの時、淀殿が反対しても実行すべきだった。あれが家康の首を取る最後の機会だった」

信繁が又兵衛に愚痴をこぼす。

「だが失敗しておれば和睦が崩れたが、裸城にされてしまった今となれば、和睦が崩れた方が良かったかも知れぬ。三ノ丸、総構えと空堀とがあれば、まだ一、二年は十分戦えたであろう。敗因はわれら牢人衆を除き、大坂方に良将がいなかったことだ。戦さを知らぬ修理や有楽斎が指揮するようでは、あの老獪な狸親爺には歯が立たぬわ」

又兵衛は、「豊臣一門と、淀殿が要らぬ口出しをしたことが、この事態を招いた」と嘆く。

和睦が結ばれた日、家康の本陣にも隙ができる。そこを信繁は突こうと思ったのだ。茶臼山の家康さえ倒せば、徳川傘下の諸将に混乱が生じ、徳川を見限る者もでてくるであろう。

修理はこの計画を知ると驚愕し、淀殿に告げた。

「牢人衆どもは折角成った和睦を壊す気か。秀頼の身に何か降りかかるようなことがあればどうするのじゃ」

淀殿はわが子可愛さで最後の逆転の機会を逸した。

「戦術にしゃしゃり出る女主人と、彼女を補佐する戦さ音痴どもが権力を握っているところにこの城の救い難さがあった。わしかお主に戦さを任してくれておれば、こうもむざむざ敗れはしなかったものを。わしはこのような無様な戦さぶりを見たことも聞いたこともないわ」

又兵衛は崩された櫓や石垣の残骸を見ながら悔しがる。

「結局はわれら牢人衆は戦さに素人の修理に頼らざるを得なかったということだ。わしやお主が一個の独立した大名で何万もの家臣を持って徳川と戦っておれば、この戦さも変わっておったろう。牢人であるということは辛いことだ」

信繁は、徳川方は必ずもう一度豊臣家の息の根を止めにくると思う。

（裸城となった大坂城にはもう籠もれない。今度の戦さは家康の得意とする野戦であ

る。徳川の大軍とどう戦うか。勝算はない。狙うは家康の首のみだ）

どちらも同じことを考えていたとわかると、二人は顔を見合わせて哄笑した。

「今度こそ華々しい戦さができよう。それまでしばらくは骨休みじゃ」

又兵衛は千畳敷の広間で、どこからか酒壺と味噌を探してくると、一盃やり始める。

信繁は書机に向かって座ると、知人に宛てて遺言ともなりかねぬ手紙を書く。

手紙の相手は信繁のすぐ上の姉で、彼女は兄信之の家老を務めている小山田茂誠《しげまさ》に嫁している。

幼少時より信繁はこの姉が一番好きだった。父に叱られた時、親身になって父に取りなしてくれたのもこの姉だった。

上杉に人質に行く時も姉が見送ってくれたのも忘れがたい思い出だ。

彼女とは九度山配流から十四年も会っていない。

手紙を書きながら無精にこの姉に会いたくなってきた。

和睦が成ると信繁は息子の大助を伴い、兄の名代で徳川方として出張ってきている甥を訪ねるために、城東の鴫野村にある真田陣屋に向かった。伴は樋口四角兵衛一人だ。

櫓や塀は取り壊していたが、守備兵たちは軍装を解いていない。

「『真田の若殿がきた』と矢沢様か木村殿に取り次げ」

四角兵衛は初めて戦場にきたらしい若造を怒鳴りつけると、彼は怪訝そうな顔で建物に消えたが、しばらくすると陣羽織姿の若い武将が建物から出てくる。

二十歳ぐらいの背丈の高い若者で、顔立ちは母親譲りで、目元は若い頃の信之によく似ている。

「お前は信吉か。あまりに変わっておるので、誰かわからなかったわ」

若者は頬を緩め、しげしげと白髪混じりの信繁を眺めた。

「叔父上でしたか。しばらくぶりです。さあ中へ入って下され」

「どんな男になったのかと思っていたが、中々立派な若武者だ。大坂城では南総構えに攻め寄せる六文銭の部隊の噂で持ちきりだったぞ。そちが指揮しておったのか。面構えも随分と真田の男らしくなったわ」

信吉は照れた。

「大助、お前は信吉殿を見るのは初めてであったな。何せわしが信吉殿を見たのは関ヶ原合戦の際、沼田城で会って以来だからな。あの時お前の母親はわれらを城の中へ入れてくれなかったわ」

沼田城で締め出しをくった時、苦渋に満ちた昌幸の顔は、今でも忘れられない。

「お爺様は城内に入れぬそなたの母上に酷く憤慨されたが、上田へ戻る道すがら今度は反対にお前の母親を褒めだした。『われらを一歩たりとも沼田城へ入れなかった息子の嫁は日本一の嫁だ。これで徳川家は信之を大事に扱うだろう』と申されてな」

信吉は薄ぼんやりと祖父の膝に座った記憶があった。温かい膝だったように思う。

「母上は優しいが厳しいところもある人です。父上に替わり出陣するわれらに母上はこう申しました。『兄と弟二人もいるのだから、一人ぐらい討死して真田家として忠節を尽くせ』と」

それを耳にすると信繁は大きく頷く。

(父が兄嫁を褒めたのはこれだったのか)

信繁が上座につくと、弟の信政がやってきた。兄と似て背丈が高い。大助も彼らと並んで座る。

しばらくすると懐かしい顔ぶれが集まってきた。

「若殿、息災で何よりだ。聞きましたぞ、出丸での活躍を。これで大殿が生きておられたら涙を流して喜ばれたであろう」

矢沢頼康は年寄って少し体も縮んだように見えるが、相変わらず声は大きい。

彼は信繁が上杉に人質にいった時、信繁の警護役として一緒にいった仲で、上田合戦では上田城に群がる徳川軍を散々と蹴散らした。

彼は病の信之に替わり、大坂城攻めでは若い信吉、信政を補佐している。

木村土佐は信繁を見ると笑顔はすぐに涙顔に変わった。

彼は上田合戦の時、囲碁に興じる昌幸に討って出る時期を知らせ、碁盤を引っくり返した時に見せた昌幸の破顔した顔は今も脳裏に蘇る。

木村に続き、半田筑後、大熊伯者もやってくる。

酒が出ると無礼講だ。主君と家臣の垣根も取り除かれる。大坂方と徳川方とに分かれていても、真田家としての絆は強い。

彼らは大声でお互いの戦さぶりを褒め始めた。

「若殿、出丸とは考えましたな。相手に餌をちらつかせて、敵が餌に食いつくまで辛抱強く待つ。餌に食いつくと同時に叩く。大殿が信濃での戦さでよく使った手だ。上田城へ攻めてきた徳川軍相手の時はそれが上手く当たったわ。やはり血は争えぬものよ」

矢沢は信繁の戦さぶりを褒めた。

「但馬よ。若殿は止せ。わしももう四十八歳にもなった。白髪の男を捕まえていつまでも若殿はないぞ。それに若殿なら本家の若者がそれそこに座っておるわ」

「そうでしたな。若殿…、いや信繁様ははや四十八歳か。年は取りたくないわ。わしももう六十一歳か。白髪の老人となるはずよ」

矢沢の言葉で座が盛り上がった。

「ところで兄上の病の様子はいかがか」

「風邪を引かれて熱があったので大事を取られておりますので」

信吉には父信之の配慮がわかっていた。

二度も煮え湯を飲まされた家康は、まだ心より真田家を許してはいないので、もし信之が出陣すれば、大坂城攻めの先鋒を信之に命じ、真田丸に籠もる信繁と兄弟対決をさせたであろう。

信吉はそれが避けられたことに安堵する。

「叔父上も出丸を構えられ、攻撃が集中して御苦労されたでしょう。和睦になったから良かったものの戦さが長びけば危いところでした」

信吉が信繁の身を案じた。

「そうだな。天下の諸将が出張ってきた戦さだ。大軍に攻められたら、われら五千人ではどうして守り切れよう。しかしそう簡単には真田丸は落ちない。数万人の敵兵を道連れにしてやろうと思っておったわ」と、信繁は自分の戦さぶりに自信を覗かせた。

酒が回ってくると誰かが大声で泣き始めた。

「誰だ。めでたい席で泣くのは」

皆が泣き声の方へ首を向けると、酒で真っ赤な顔をした四角兵衛がしゃくり上げている。

「四角兵衛は泣き上戸だったのか。いかつい形相をして男が人前で泣くな」

但馬が叱ると四角兵衛はますます激しくしゃくり上げ出した。

「もうこれからは四角兵衛には酒をやらぬようにしよう。折角楽しい席が湿っぽくなるわ」

「何が楽しい酒だ。和睦は一時的なものだ。家康は秀頼様を攻め殺すまで戦さを続ける腹だ。明日にも再び戦さが始まり、われら真田の者は敵、味方に分かれて戦うことになろう。呑気に酒など飲んでおれるか」

四角兵衛は珍しく荒れた。

「若殿、弱りましたな。四角兵衛は戦場では頼もしい猛者ですが、酒の席では恐ろしく手の焼ける泣き上戸ですな」

この但馬の言い種《ぐさ》がおもしろかったので、一同哄笑した。

四角兵衛は荒れるだけ荒れると、鼾《いびき》をかき出した。

三月に入ると姉から便りが届いたので、信繁はさっそく返事を認める。

「お目にかかってお話を承りたく存じます。さだめなき浮世ですから、一日先のことはわかりません。わたしなどは浮世に生きている者とおぼしめし下さいますな」

真田丸での活躍で城中での評判が上がり、秀頼の寵《ちょう》が逆に城中の諸将の妬みを買い、静寂さを取り戻した城中においても、信繁は彼らへの気遣いで心安まる暇がない。

そんな日常を送りながら、彼は討死の覚悟を固めていると、ある日ひょっこりと原貞胤《さだたね》が信繁を訪ねてきた。

「よくわしが松平忠直のところで仕えていることがわかったな」

顔や身形は変わっても、貞胤の人懐こい様子は変わっていない。

「越前松平家の旗印をつけて、お主はわしの出丸の前を駆け回っていたではないか。お主の猪のような体つきは一目でわかったわ」

「そうか。鼠のように駆け回るわしに比べて、お主が羨ましいわ。武田家では重臣であったが、武田家が滅んでよりわしは松平家では黒母衣衆《くろほろしゅう》として働いておる」

貞胤は同情するような目で信繁を見た。

「お主も何年も見ぬ内に随分と年を取ったのう。わしはお主より十歳も上だ。もう老人よ。老人には戦さは疲れ、使い走りは尚更堪えるわ」

貞胤は他家での気苦労も多いのか、老いが目立つ。

「まあ久しぶりで一盃やろう。お主のために今日は飛びきり旨い酒を用意してある。それにしてもよくわしのところへこれたなあ」

信繁は貞胤の立場を思う。

「忠直様のお許しが出たのだ。殿はお主の出丸でさんざん痛い目にあい、真田憎しで固まっておられたが、和睦が結ばれてからは気が落ちつかれたようだ。何しろ父の結城秀康様に似て気の荒い大将でわしも気疲れするわ」

「そうか、わしも上杉や豊臣家で人質として仕えていたので、他家で仕える者の苦労はわかる」

「詰まらん愚痴を聞かせた。今日は大いに語り明かそう。そのつもりで参った」

「本日はわしの息子の舞いを披露しよう。大助これへ」

九度山で生まれた大助は貞胤を知らない。

「爽やかな良い子息ではないか。何歳になる」

大助が「十四歳です」と答えると、貞胤は黙ってじっと大助を見つめ、少し経ってから口を開いた。

「若いのう。若い頃のお主の父とそっくりな目をしておる」

貞胤の目は充血している。

やがて信繁の小鼓に合わせて大助が曲舞《くせまい》を舞う。

「思へばこの世は常の住み家にあらず、草葉に置く白露、水に宿る月よりなおあやし。

金谷に花を詠じ、栄花は先立って無常の風に誘はるる。

南楼の月を寿ぶ輩も、月に先立って有為の雲にかくれり。

人間五十年、化天のうちを比ぶれば、夢幻の如くなり。

一度生を享《う》け、滅せぬもののあるべきか、これを菩提の種と思い定めざらんは、口惜しかりき次第ぞ」

大助が敦盛を舞い終わると、今度は茶でもてなす。

貞胤は大助の運命を若くして討死した敦盛に重ね、思わず目が潤んだ。

「今日は、お主と会えて嬉しかった。本来なら討死するところを和睦となり、幸いなことに今日まで命を長らえることができた。わしは出丸の大将として思う存分戦えたことが一生の思い出だ。これでいつ死んでも悔いはない」

信繁はしみじみとした口調となる。

「和睦は一時的であり、再び戦さが起こるだろう。今度は徳川も豊臣の息の根を止めようとするだろう。わしは討死を覚悟しておる。あの冑を知っておるか」

信繁の指差す先には床の間があり、その上に鹿の角を打った冑が置かれていた。

「あれはお主の父の昌幸殿が着けていた冑ではないか」

貞胤は真田家代々の冑を覚えていた。

「わしはあれを着けて討死するつもりだ。もしあの冑をつけた首を見たら、わしだと思って供養してくれ」

貞胤は黙って頷く。

「君のために討死するのは武士の習いだが、わしは倅大助に華々しい武功を立てさせてやりたかったが、生まれてから今までずっと牢人暮らしであったので、その機会もなかった。苔として埋もれることが父として、不憫でならぬ」

信繁の声は湿り、途絶えがちとなり、頬が涙で濡れた。

傍らで聞いていた貞胤も、思わずもらい泣きした。

「武士ほど儚いものはない。戦場では誰が先に死ぬかわからぬ。われらはお互いに冥途で出会えるであろう」

信繁は涙を手で払うと中座したが、しばらくすると白河原毛の逞しい馬を曳いてきた。

鞍には六文銭を金で摺り出しており、信繁はこれに乗ると軽く駆けた。

「もし続けて合戦が起これば、大坂城は裸城なので今度は野戦となろう。わしは天王寺をこの馬で駆け、馬の息が続く限り徳川の大軍を蹂躙《じゅうりん》して、討死しようと思ってこの馬を秘蔵しておる」

信繁は馬から降りると再び床に座り、貞胤と向き合った。

「これが今生の別れだ。今日は心ゆくまで飲み明かそう」と言うと、信繁は酒を貞胤の盃に注ぐ。

宴は夜半まで続いた。

大坂夏の陣　道明寺・誉田の戦い

家康が駿河へ帰ると、大坂方の牢人たちは早速壊された総構えの塀や柵を作り直し、埋められた堀を掘り返し始めた。

これを聞いた家康は頰を緩め、大坂方を再び攻める口実にしようとする。

「『新規召抱えの牢人たちの追放』か『秀頼が大和か伊勢へ移る』かどちらかを承知しない限り、恭順とは見なさない」と、表明した。

これは和睦の「牢人の追放も秀頼の国替えも必要はない」という条件と異なり、「約束など無視しても豊臣家を壊す」という、家康の強い意志の表れだ。

家康の豹変ぶりに驚いた大坂方は兵糧、火薬を用意し始め、大坂城は急に慌ただしくなる。

決戦を覚悟している者たちの中で、修理一人はまだ再戦を回避しようとし、盛んに家康の元に和睦の使者をやり、四月四日には軍議を開いた。

千畳敷広間には重臣たちと牢人衆の代表が顔を揃え、秀頼を上座に迎える。

「この城は名城と言えども、関東のために二ノ丸、三ノ丸の堀、石垣まで破却された上は籠城もできませぬ。戦おうにも関東の大軍には敵《かな》いがたい。この上は家康が言うように大和の国へ移り、時のくるのを待つより方法がありませぬ。家康も高齢ゆえ、余命も長くはないでしょう。家康が死ねば、故太閤の御恩を受けた大名たちがわれらに味方しましょう」

修理の意向は年配の重臣たちと一致するが、若手らは戦いも辞さぬ覚悟だ。

「この城を開城して大和に移り、小身となってしまえば最早生き甲斐はない。大坂を立ち退いて、もし他国で秀頼様が不慮の出来事で亡くなるようなことがあれば、故太閤殿下は草葉の陰でいかばかり口惜しく思われるでしょうか。開城など有るまじきことです。もし家康が攻めてくるのなら、関東の大軍をこの城で引き受けて華々しく戦い、叶わざる時は城を枕に切腹してこそ後世の聞こえもよろしかろう」

木村重成は勇ましい若手の旗頭だ。

牢人衆も木村に呼応すると、今度は又兵衛が彼らを代表して床几から立ち上がった。

「今、城を立ち退くことは家康の思う壺である。昨年から大坂方への彼のやり方を見ていると、秀頼様を滅ぼすことだけを考えているとしか思えぬ。昨年の和睦では総堀を埋めるだけという条件であったのに、二ノ丸、三ノ丸まで破却し、こちらが抗議しても責任者が不在で聞かぬ振りをした。『この城を開いて他国に移り、牢人を追放せよ』とは、秀頼様の勢いを弱めて戦わずして豊臣家を滅ぼそうとする家康の策略である」

又兵衛は秀頼が自分を注視しているのを認めると、さらに声を張り上げる。

「もし秀頼様が大和の国へ移られ、『牢人を解き放つ』と決められても、われらはこの城に残り、関東軍に向かって一合戦しようと思う。三万人がこの城に籠もり、残りの七万人は伏見城に向かうと見せかけて京都の二条城を攻め落とそうと存ず」

「わしら牢人たちは関ケ原合戦以降、家康めに辛い目を見させられた。われら一族の怨みも晴らせずに、このままずごすごとこの地を去る訳にもゆかぬ。叶わぬまでも、家康めにひと泡吹かせてやらねば腹が収まらぬわ」

信繁はこの日を夢見ながら九度山で朽ち果てた父の無念さを思った。

せっかく和睦まで漕ぎつけた修理は、軍議が開戦の方向へ進んできたことを危惧し、秀頼に助けを求めようとしたが、秀頼も若手や牢人衆の熱気に煽られたのか、珍しく声を荒げる。

「父太閤が粉骨して天下を治め、諸大名の国力を結集して築いた大坂城を明け渡し、大和へ移るなど思いもよらぬことだ。また新規召し抱えの牢人たちは決して追放しないつもりだ。もし家康がわれらの態度に不満で攻めてくるなら、運を天に任せて徳川相手に一戦しよう」

若手や牢人衆たちが思わず歓声をあげると、秀頼の親衛隊である七手組の筆頭の速《はや》水守久《みもりひさ》が秀頼に同調した。

「秀頼様がそのように決心なされれば、ここに集まった者は誰一人として奮い立たぬ者はないでしょう。敵は今度も南に迂回して天王寺口から攻め寄せてくるでしょう。われらは八丁目口を出て、全軍を二分して敵の先陣を討ち破り、大将の首を取ってごらんにいれましょう」

修理が反対の意見を言おうとして立ち上がった時、織田頼長が発言した。

「わしに全軍の指揮を任して欲しい」

それを聞くと、速水ら七手組頭や若手の木村重成、薄田らは露骨に嫌な顔を彼に向けた。

彼らはこの前の頼長の敵方に内通したような戦いぶりを目にしているので、「今さらどの面を下げてそんなことが言えるのか」と頼長に言いたいところだが、頼長は秀頼の血縁だ。

年配の速水が婉曲に頼長のこの前の気のない戦いぶりを皮肉ると、「わしは信長の甥だ。わしが大坂城の采配を振るのがなぜ悪いのか。それが叶わなければわしはここから去る」と頼長は激高したものの、織田有楽斎父子はその夜こっそりと城から姿を消した。

翌日、秀頼は城兵を鼓舞するために、生まれて初めて城外へ出た。戦場となる地形を巡視するためである。

その噂を聞きつけた河内一円の村人たちが、秀頼の姿を一目見ようと街道に群がってくる。

汗ばむ陽気の中を秀頼の一行が現れた。

秀頼の前を又兵衛と木村重成の両隊が行軍する。故太閤が戦場で掲げた金瓢《きんぴょう》の馬印が太陽に煌めく。

秀頼の後を郡良列《こおりよしつら》ら旗本衆が続き、毛利勝永が秀頼の冑を捧げ持つ。

隊列は整然と進み、隊装はきらびやかで、太閤が生存の時を思い出して泣き伏す村人たちもいた。

明石全登《たけのり》、細川興秋《おきあき》、毛利元隆、木村重成、藤掛定方、三浦義世、生駒正純、真田

大助、黒川貞胤、伊木遠雄《とおかつ》などが旗本衆に続き、その後を長宗我部盛親、真田信繁の両隊が行軍し、後衛には修理の弟大野治房が務める。

彼らは大手門を出ると南の阿倍野を目指し、そこから住吉の浜に着いた。帰りは味方の本陣となるであろう茶臼山に登り地形を調べると、去年の戦さで焼け落ちた四天王寺跡に寄り、戦勝を祈願した。その後平野から岡山を経て城へ戻った。城ではその夜全員に酒や飯が振る舞われ、彼らは気勢をあげる。

四月九日は昼から軍議が延々と夜まで続き、修理は早く屋敷で手足を伸ばして横になりたかった。

本丸での酒肴で尿意を催した彼は、桜門の脇に寄って用を足そうと、いささか酔った足取りで潜り門を通った瞬間、何者かが突然斬りつけてきた。

左肩を切られた修理は、太刀を抜いて相手に斬りかかろうとするが、気は焦り、手足が震えていうことが聞かない。

伴の者が騒ぐと、相手はそのまま東へ逃げたので、この辺の地理に詳しい岡山久右衛門が刺客の後を追い、刺客の先回りをしようと脇道を駆けた。

すると案の定、篝火の明かりが黄色の小紋紬の袷を着た痩せた刺客の横顔を照らす。

岡山は腕の立つ男なので、足音を立てずに刺客に近づき彼にひと太刀浴びせると、刺客は岡山から逃れようと元きた道を駆けた。

ちょうどその時、修理を背負った平山内匠に出くわした。

平山は修理を脇へ置くとひと太刀で刺客を倒し、地面に座りこんだ修理は、「止めを刺せ」と大声で叫ぶ。

動かなくなった刺客の顔を修理の家臣たちは松明を近づけて調べるが、見知らぬ顔だ。

翌日、その死体を二ノ丸の広場に晒すと、見知っている者がいて、それは服部平七という者だとわかり、その者は大野治房の家臣の成田勘兵衛の部下で忍びの者であった。

修理は家臣に命じて成田を問い正そうとしたが、成田は自らの屋敷に火を放って自殺してしまっていたので、結局事件は闇に包まれた。

城内には言われなき要求を突きつけてくる家康に、一戦も辞さずという雰囲気が漂っている中で、和睦を説く修理は一人浮いた存在になっていた。

主戦論者から見れば、修理は家康によって牙を抜かれた猫のように映り、兄ではあるが、「和睦を主張する修理がいては、城内の士気にかかわる」と弟の治房が家臣を使って修理を襲わせたという噂はまことしやかに広まった。

主戦論者の突き上げに遭って、修理はついに和睦を諦め、徳川との一戦は避けられないものとなる。

決戦のため徳川軍は関東を発ち、家康は二条城に、秀忠は伏見に到着した。総勢約十五万人、迎え討つ大坂方は約五万五千人。

大坂方には野戦しか戦法が残されていないので、勝利は期しがたく、諸将の念頭には華々しく戦い、後世に名を残すことしかなかった。

大坂方は紀州の浅野軍が和歌山を発ったという情報を耳にするや、彼らを迎え討つため大野治房を大将として、大野道犬《どうけん》、塙団右衛門《ばんだんえもん》、岡部則綱《のりつな》、御宿勘兵衛《みしゆくかんべえ》、長岡正近ら三千人が、四月二十八日に大坂城を出発した。

岡部則綱は今川家の朝比奈信直に仕えていた後、いろいろな大名を渡り歩いた男で、加藤嘉明の家臣であった時に塙団右衛門と知り合った。

一方の塙は遠州の大須賀衆であったが、加藤嘉明の家臣となり、朝鮮出兵での活躍が認められ、関ヶ原合戦では千石の鉄砲大将を務めるほど出世したが、大将という立場にありながら、戦場の独特の雰囲気を嗅ぐと彼は昔の一人働きの癖が抜けず、兵の指揮を放り出して槍を手にして敵陣に突っこんだ。

敵将の首を上げるが、嘉明は彼を罵った。

「職務を放り出して一人で槍働きをやるとはいったいお前は何たるやつだ。お前は大将の器ではないわ」

罵声を浴びせられた塙は嘉明に愛想をつかし、加藤家を去ると、怒った嘉明は塙を「奉公構《ほうこうかま》え」にした。

「どこの大名も彼を召し抱えることは相ならぬ」ということだ。

その後、「奉公構え」で職を得られず、行き先を失った彼は京の妙心寺の雲水になり飢えを凌いでいたが、大坂方に乞われて入城した。

冬の陣では目立った活躍はなかったが、和睦で戦さが終わろうとする直前に、船場にいた蜂須賀至鎮《はちすかよししげ》軍の陣所を夜襲した。

その時彼はかねてから用意していた「夜討ちの大将・塙団右衛門直之」と書いた木札を敵陣にばら蒔くことを忘れなかった。

この札によって「夜討ちの大将・塙団右衛門」の名は徳川方に一躍広がった。

この夜討ちを塙が抜け駆けしたことで、岡部は塙に含むところがあった。

軍議では先陣が塙、中軍が岡部、そして後軍が平塚左馬助と決まっていたが、岡部はどうしても一番槍を狙っていたので、岡部は夜が明ける前に塙に無断で城を出た。日が昇ってきて岡部の抜け駆けを知った塙は歯ぎしりして怒り、「岡部を追い抜け」と必死で馬を駆る。

二人は後続を放ったらかして紀州街道を一目散に駆け、堺を過ぎると貝塚へ向かう。

後続部隊の大将は治房である。彼は途中で岸和田城を攻め落とそうとしたが、城を守る小出吉英《こいでよしふさ》は城を厳しく固め、一歩も城から出ずに籠城に徹しようとしたので、治房は宮田時定を城の押さえとし、堺まで駆けると堺の町に火を放った。

煌々と堺の町を焼き尽くす数条もの火柱が夜空を染める。

塙はその火を横目に見ながら先を進む。

一方浅野軍は貝塚より南の佐野の市場にいた。彼らは大坂方は二万の大軍と信じていたので、浅野右近、浅野左衛門佐、上田宗箇《そうこ》、亀田高綱《たかつな》ら重臣たちは大軍を前にして一堂に集まり軍議を開いた。

左衛門佐は「佐野で防戦する」ことを主張するが、七千石の家老である亀田高綱はあくまで慎重だった。

「緒戦は必勝を要する。佐野は平地であり、大軍と戦うには向かぬ地だ。後方一里のところにある樫井《かしい》村は熊野街道と樫井川との交わる地点で、両側に水田が広がり街道は狭い。安松村の北にある蟻通《ありとおし》明神の松林を前にすれば、兵の姿を隠すことができ、松林の前は深い泥地でそこを八町畷《はっちょうなわて》という細い道が走っている。少勢で大軍を打ち破るには絶好の地だ」と、佐野の市場より南で戦うことを主張した。

紀州街道を大坂から南の紀州に向かうと、まず佐野の市場が北に位置し、それから蟻通明神を通過する。

そこから南にいったところに安松村があり、長滝村は安松村のやや東南にあり、紀州街道からは少し逸れる。

佐野の市場から南の安松村までは紀州街道沿いに池が散在し、街道は細く雨が降るとぬかるんで大軍が進むのを阻むような場所だ。

安松村を過ぎると平地が続き、南へ流れる樫井川に沿って樫井村が広がり、樫井川は樫井村からさらに南へ走ったところにある祇園神社のところで大きく西に向きを変えて泉州灘へ流れこむ。

亀田は元柴田勝家の家臣で大隅《おおすみ》と呼ばれ、賤ヶ岳《しずがたけ》の合戦で高名を馳せたが、柴田滅亡後浅野長政に武勇で招かれた男だ。

「退却は卑怯だ。わしはここを退かぬ。進んで死ぬのみだ。退きたければお主はここから去れ」

浅野家の一門衆である左衛門佐はよそ者で広言を吐く亀田を嫌っていた。

左衛門佐は亀田を「卑怯者」と貶《けな》した。

「わしは『今度の合戦で人に遅れを取れば討死する』と長晟《ながあきら》様に誓紙を提出しておる。わしは明日樫井村で討死するか、一番槍かであろう。ここを退却しないお主はわれらの目の前で敗れるだろう」

亀田の歯に衣を着せぬ調子に、左衛門佐はさっと顔色を変え、「よそ者が何を偉そうに大口を叩く」と言うや、刀を抜こうとした。

亀田も床几から立ち上がり応戦しようとしたので、驚いた右近は二人の間に立ち塞がる。

「ここは殿に決裁を仰ごう」

右近が前田越前を本陣へ差し向けたところ、「樫井村で防げ」と長晟は実績のある亀田の案を支持したので、亀田は佐野の市場から約半里ほど南へ下がった安松村に本陣を布き、蟻通明神の松林から南の安松村までの間に伏兵を敷いた。

右近は安松村から南東に半里も離れていない長滝村に退いて夜討ちの合図を待つ。

左衛門佐は暁に、しぶしぶ佐野の市場から約一里ほど南に下がった樫井村に陣を張った。

　夜半からの雨は夜明けには止み、辺り一面には濃い霧が立ちこめている。

　一方、大坂方の塙と岡部の二人は罵り合いながら先陣争いをして安松村の北までくると、案内役の淡輪《たんのわ》重政が張り合う二人を止まらせ、二人は逸る心を押さえながらも後続部隊を待つことにする。

　夜が明けると山口兵内・平吉兄弟は偵察に出る。彼らは元々が紀州の地侍であり、浅野家が紀州を領国にした時、その配下に入ったが、この度は大坂方に加担しているのである。

「貝塚と樫井の間に小さな坂が二ヶ所あり、その窪みに敵の伏兵が潜んでおりそうです。後続部隊を待って進むべきです」という報告に、塙と岡部の二人は首を横に振る。

　二人はこの献策を無視し、僅か二、三百の兵を連れて樫井へ駆けるが、後続部隊は貝塚に着いたところだ。

　物見が予想した通り二人の率いる部隊は蟻通明神の松林で亀田の伏兵に一斉射撃にあい、二、三十人が倒された。

　亀田隊は計画通り安松村にある本陣へ兵を退くと、塙と岡部隊は八町畷に沿って進み、樫井村へと誘いこまれた。

樫井村には上田宗箇が陣取っている。彼は丹羽長秀《にわながひで》の家臣で、越前で一万石の大名であったが、丹羽長秀の子長重が減封されると、彼は秀吉に仕え九州征伐、朝鮮出兵に従い武功を重ねた。

関ヶ原合戦では西軍に与して敗れると牢人するが、その後蜂須賀家政に請われ客将となり、姻戚の浅野幸長の家臣となった男だ。

武将としても有名だが、茶人としても古田織部《ふるたおりべ》の弟子として上田宗箇流という武家茶道の流派を始めた人物としても名高い。

樫井川の河原で浅野兵との戦闘が始まると、岡部はここで負傷して戦線を離脱するほどの乱戦となる。

上田・亀田隊が小勢の塙の兵にぶつかる。塙の家臣坂田庄三郎は大男で、上田が彼に槍を突き入れた時、その槍が折れたので、小柄だが気の荒い上田は庄三郎に組みついた。

庄三郎は片手で上田を引き倒し膝の下に彼を押さえつけると、上田は微動だにすることができなくなる。

主人の危機を目にした上田の家臣、横関新三郎が主人を助けようと、庄三郎の冑を摑んで彼を引き倒そうとするが、庄三郎はひょいと新三郎をひっくり返すと膝の下に押さえつけた。

二人の首を掻こうと脇差に手をかけようとすると、下にいる新三郎は必死に庄三郎の脇差を握って放さない。

そうしている内に上田の家臣、横井平左衛門が駆けてきて、彼の草摺《くさずり》を摑み上げて庄三郎の股に斬りつけた。二人は庄三郎の膝の力が抜けた時、重圧を跳ね返して立ち上がり、新三郎が庄三郎に立ち向かっていく。「その首は横井に取らすべし」と上田が大声で叫んだ時には、横井が庄三郎の首をあげていた。

手島筵《てしまむしろ》と金の御幣《ごへい》の指物を背負い、「塙団右衛門」と大きな文字で書かれた白い幟を身につけている塙は敵からは目立つ。

敵兵の多胡助左衛門《たごすけざえもん》は弓の名手で、部下に下知している塙を狙って矢を放つと、その矢は鞍の上に立ち上がっている塙の脇腹を射抜き、塙は真っ逆さまに落馬したが、槍を杖に立ち上がると首を取ろうと群がってきた敵兵を追っ払い、脇腹に刺さった矢を引き抜いた。

そして彼は再び馬に乗り西の浜を目指すと、そこにも亀田が率いる部隊がいた。

手負いの大将首を狙い群がる敵兵たちに塙は槍を振るうと、たちまちの内に四人を討ち取った。

その時、塙の目の前に白先の蓑毛の具足羽織姿の男が現れた。

「われこそは亀田大隅だ。塙団右衛門殿とお見うけいたす。いざ勝負」

亀田は槍を扱《しご》くと塙に挑んできた。

「よき相手かな」

双方数十回槍を合わすも勝負がつかない。

長びく戦闘を嫌い、塙は再び浜から樫井村へ引き返すと、今度は黒具足に黒母衣をつけた小兵が塙を見つけ、

「わしは上田宗箇だ。塙殿勝負だ」

と大声で叫びながら寄せてくる。

塙は馬上の上田を力任せに引き寄せ、彼の首を脇に挟むと樫井村の出口までそのまま駆けた。

上田は足をばたつかせ、塙の腕の内でもがく。これを目にした家臣が主人を取り戻そうと慌てて後を追う。

さすがの塙も戦い詰めで疲れていた。
十七、八歳頃と思われる上田の小姓が塙の鎧に取りついて塙を馬から後ろへ引き倒

すと、立ち上がった塙は小姓の頭を十回ばかり槍の柄で叩きつけた。その隙に上田が塙の背中から斬りつけ、塙がよろけたところを郎党が群がり塙は首を取られてしまった。この時塙は四十九歳であった。

塙は樫井村で討死したが、塙は死んでも目立つことを忘れなかった。

塙ぐらいの身分の者では、家康はわざわざ首実検をしない。しかも暑気のため首は腐敗して凄い悪臭を放っている。

塙討死の夜、井伊直孝の陣屋がうるさく、家康はその騒ぎで目が覚めた。

直孝は徳川四天王の一人である井伊直政の息子で、剛毅で武骨で寡黙なところは父譲りで夜叉掃部《やしゃかもん》と陰口を叩かれていた。

翌朝、眠い目を擦りながら家康は直孝を本陣へ呼び、騒ぎの原因を問い正したところ、

「わが陣屋にいた遊女が癪を起こして失神しましたので、薬師を呼び薬を与えたところ、ようやく気がつきました。その女が妙なことを口走りまして…」

と直孝は言い渋った。

「どんなことを申したのか」

気になった家康が先を急かすと、「実は塙の死霊がその女に乗り移ったらしいので

す。女は『わしも一手の大将である。どうして首実検をしないのか。このまま首実検をしないでおくと、わしが祟り関東方は勝利できないであろう』と男言葉で激しい口調で喋《しゃべ》るのです。皆気味悪がって、それを鎮めるために大騒ぎしておったのです」と直孝は告げた。

「塙の死霊がその女に乗り移ったと申すのか。塙もその女が言うように一角《ひとかど》の侍だ。よし首が腐っておっても塙の首実検をしてやろう。女に乗り移った塙の死霊にそう申せ」

首は異臭を放っていたが、その日に家康は死化粧した塙の首と対面した。

直孝が陣屋で塙の首が家康の前で首実検されたことを告げると、女の態度が急に変わった。

「家康殿はさすがに名将である。自分も首実検をして頂き、死後の良い思い出となった。徳川家の御利運は間違いないであろう」

女はこう言うと眠ってしまった。

直孝が女の様子を家康に告げると家康は、

「その女は昔、塙と深い関係にあった者に違いない。女の身元を調べてみよ」と命じると、家康の読みが当たっていた。

直孝が女を厳しく詮議すると、女は塙が不憫をかけて世話をしてやった女だとわかった。

「塙様は大坂方の一角の大将です。その首実検がなされないとは死んだ塙様が浮かばれませぬ。塙様の名誉のためにあのような振る舞いをしたのです」

女は、「首実検されぬ塙の無念さに憤りを覚えた」と正直に白状した。

直孝は塙を思う女の心根に打たれた。


樫井合戦の後四月三十日、大坂城では軍議が開かれた。

七手組頭たちは「天王寺口で徳川軍を迎え撃つ」ことを主張する。

「秀忠軍は伏見城から、家康軍は二条城からこちらへ向かってくる。敵は河内口と大和口から二手に分かれてこよう。小勢で大軍を防ぐには地の利が必要だ。わが精鋭を結集して大和から河内への入口である国分の狭隘地《きょうあいち》を固めれば、敵が長く伸びきったところを叩くことができる。そうすれば十中八、九はわれらが勝つことができよう。敵の先方を敗れば後続の部隊は奈良郡山へ退却し、再び襲来するまでには数日を要するだろう。その時にはまた良策もでてこよう」

又兵衛がこう言うと、牢人衆たちはこぞってこの案に賛成した。

数々の戦さ経験のある又兵衛の戦術は豊臣の直臣たちも支持し、木村重成も修理に決断を求めた。

修理はこの策を秀頼の裁断を仰ぐために中座したが、戻ってくると、「大和口で敵を叩く作戦が決定した」ことを告げた。

後藤又兵衛、薄田兼相《すすきだかねすけ》、井上時利《ときとし》、山川賢信《かねのぶ》、北川宣勝《のぶかつ》、山本公雄《きみたけ》、槇島重利《まきしましげとし》、明石全登ら兵約六千四百人が前隊。

真田信繁、毛利勝永《かつなが》、福島正守《まさもり》(正則の弟)、渡辺糺《ただす》、小倉行春《ゆきはる》、大谷吉久、細川興秋、宮田時定ら兵一万二千人が後隊。軍監は伊木遠雄。

五月一日に前隊は大坂城を発って平野郷に宿営する。

大和口から河内へ入ろうとする徳川軍は、先鋒が水野勝成隊の三千八百。次鋒は本多忠政隊の五千。第三陣は松平忠明隊で兵四千。第四陣は伊達政宗隊の兵一万。それに第五陣として松平忠輝が一万二千の兵を率いての総勢三万五千である。

大和口の徳川軍は、「三日の腰兵糧だけで十分で、お前たちは奈良街道を進み、国分に布陣せよ」と家康に命じられていた。

家康と秀忠軍は生駒山地の西の山裾を走る東高野街道を進み、大和口軍と合流して天王寺を目指す予定である。

家康はすでに北河内の星田《ほしだ》に本陣を構えており、「又兵衛が玉造門を出た」と聞くと、家康は又兵衛のいる平野へ使者をやった。

家康は勝利を確信していたが、万全を期して敵方の又兵衛に接触しようとした。使者として、又兵衛が牢人していた頃の知り合いを捜してきた。京都相国寺の楊西《ようさい》堂《どう》という僧侶である。

又兵衛は平野の大念仏寺にいる。ここは広大な敷地の中に三十余りの堂宇《どうう》がある融《ゆう》通《ずう》念仏の場所として有名な寺院だ。

楊西堂が面会を許されて本堂に入った時、又兵衛は大柄な身体を窮屈そうにして板敷きの床で座禅を組んでいた。

人の足音にうっすらと目を開いた又兵衛は、楊西堂がそこに立っているのを見た。楊西堂は彼の目の輝きを見て驚いた。それは「奉公構え」で仕官することが叶わず、京都の荒れ寺で落ちぶれた生活を送っていた頃の目の色ではなく、それは高僧が悟りを開いた目であった。

それを見ると、楊西堂は家康の伝言を告げることが虚しく思えた。

「大御所は『関東に味方すれば又兵衛殿の生国播磨一国を進ぜる』との御沙汰でござる」と告げ、「これは友人として申すが、負けるとわかった合戦から又兵衛殿に身を引いて欲しい」と楊西堂は自分の思いもつけ加えた。

座禅の姿勢を崩さず黙って聞いていた又兵衛は「播磨一国」と聞くと素直に喜んだ。

「そうか、家康はそれほどわしのことを買ってくれておるのか。『天下の勝敗は自分一人の去就に負っている』と言われているような気がして誠に名誉ではある。本当に有難いことだ。家康の言葉は冥土の土産として貰っておこう」

楊西堂の方へ顔を向けると、又兵衛は大きく息を吐いた。

「お主も知っているように、今や落城の時期が迫っている。今さら弱きを捨て強きにつくようなことはできぬ。わしが生きておれば一日で破られるはずの大坂城も十日は支えることができよう。わしが死んだと聞こえれば、百日は守られる大坂城も一日の内に敗れてしまうだろう」

これを聞くと楊西堂は苦笑した。

（心境は高僧並みの男で豪傑で一本気なところは魅力的だが、自分を誇り過ぎる癖は人に嫌われるわ）

楊西堂が去るのと入れ違いに天王寺から信繁と毛利勝永がやってきた。

二人がやってきたことを聞きつけると、又兵衛は喜んで二人を本堂へ通す。

「最期の名残に又兵衛殿の顔を見にきました。上等の酒も用意しておりますぞ」

酒好きの又兵衛は、勝永から酒と聞いて相好を崩した。

勝永は年は信繁より十歳ほど若いが、年に似ず戦さ巧者であり、彼は十七歳も年上の又兵衛を父親のように慕っていた。

又兵衛の方も何かと戦さについて知りたがる勝永を、わが子同然のように思い、自分が知りうる限りの知識を伝授してやろうとした。

「何をされておりましたのか。家臣の者を摑まえて聞いたところ、座禅を組まれておられたと伺いましたが、お邪魔でしたかな」

勝永は遠慮気味に尋ねた。

「いやいや。そう気を使わずともよいわ。座禅といっても坊主の真似事のようなものよ。悟りを開くほどの高僧ならいざ知らず、一日坊主ならず一夜坊主では何も悟ることはできぬわ。明日の出陣を目の前にして、無の境地で臨もうとしておったが、次々と煩悩が浮かんできてな。結局は酒を飲んで酔って眠ろうとしていたところじゃ。ほんによいところにこられたものよ」

又兵衛は苦笑した。

「又兵衛殿のように何度も死を覚悟なされたほどの方でも、そのようなものですか。

それを伺い、それがしも安堵しました。それがしなど大坂城へきてからが初陣のようなもので、入城してからも目立った戦さ働きもなく腐っておりました。明日の戦さこそ後世に名を残すほどの華々しい戦さぶりをしてやろうと考えておりますと気が高ぶり、今夜は眠れそうもないと諦めておったところです」

勝永がおのれの心境を素直に吐露すると、又兵衛は頷いた。

「誰しも戦さを目の前にすると、気が立ってくるものよ。わしが参陣した朝鮮の戦場では、日頃豪傑ぶっておる者でも、日本から遠く離れた異国にやってきたというだけのことで気落ちして、何かにすがりつきたくなって夜中に急に叫び始めたり、泣き喚いたり、挙句の果てに陣屋を飛び出してそのまま戻ってこなかった者たちもいた。

人間は誰しも死から逃れられぬし、死を目の前にすると動揺して狼狽《うろた》えるのが普通だ。ただわれらはそれを我慢しているだけだ。生まれつき勇敢な者はいない。生きるか死ぬかの極限を何度も体験してくると、死と対峙することに慣れてきて、死というものを目前にしても、それを真面目に考えることをしなくなるのかも知れぬ。

わしもそこまで死ぬことを真剣に考えたことはないが、ただ無駄死だけは避けたい。どうせ死ぬなら華々しく後世に名を刻みたいというのがわしの今の心境よ」

淡々と死について語る又兵衛の言葉には、千鈞《せんきん》の重みがある。

「そのお気持ち、それがしにもよくわかります。自分の名誉のこともありますが、それがしは父の無念を晴らしてやりたくて大坂城へ入城しました。九度山の山中で十一年間もこの日がくるのを夢見て朽ち果てねばならなかった父の心中を察すると、憎い家康めにひと泡吹かせてやりたく、そのことで今も頭の中は一杯です」

信繁は父の位牌を傍らに置くと、父が生前好きだった酒を位牌にかけてやる。

「昌幸殿と一緒に戦おうというお覚悟か」

又兵衛は昌幸の位牌に目を向けると、位牌に向かって両手を合わせた。

「真田殿は父親思いの人だからのう。わしも名護屋城でお主の父親にお目にかかったが、信玄公仕込みの戦国の世の申し子のようなお方であったわ。わしはそのような人を父にもったお主が羨ましいわ」

「又兵衛殿は、黒田如水様にわが子同然に可愛がられたと耳にしましたが…」

勝永が又兵衛の盃に酒をつぎながら声をかける。

「そうよのう。今から考えてみると、如水様はわしの父親のような人であったわ。わしは戦さの駆け引きのことから、武人としての心得まで如水様から叩き込まれた。真田殿が父親の無念を晴らすために戦おうとされるのなら、わしは極楽浄土におられる如水様に、わしの戦さぶりを見てもらうために戦おうと思う」

又兵衛の言葉に勝永も信繁も黙って頷く。

「さて、勝永殿は誰のために戦おうとしておられるのか」

又兵衛が勝永に視線を向けた。

「そうですな。それがしには御両所のようにはっきりとした恩人はおりませぬが、それがしが大坂城に入城できて、このように戦えるのはそれがしの妻のお陰です。妻の励ましがなければ、それがしは土佐の配所で朽ち果てておりましたでしょう」

「その話はわしもまだ聞いたことがない。差し障りがなければここで披露してほしいが…」

信繁も又兵衛も勝永の妻の話に興味が湧いた。

二人から勧められた勝永は盃を傍らに置くと、「お恥ずかしい話ですが」と前置きをすると、訥々と語り始める。

「それがしの父親は毛利勝信と申し、太閤殿下がまだ長浜の城主になられる前からの古参で、殿下が天下を取られると豊前小倉で六万石の大名に取り立てられました。その恩を返すべく、関ヶ原合戦では三成様方の西軍につき、領土は没収され、それがしは父とともに土佐へ流されたのです。

土佐は長宗我部盛親様の領国でしたが、彼も西軍についたので領国を奪われ、替わって山内一豊殿が土佐に入国されました。父は配所で亡くなり、関東と大坂方の戦雲が近づいてくると、山内家からそれがしへの監視が厳しくなってきました。

大坂方へ味方したいそれがしは、大いに迷いました。もしそれがしが大坂城へ奔ると、この地に残る妻子に難儀がかかると思ったからです」

「苦しいところだな。わしなど一家総出で筑前を出奔したが、配所からではそれができぬからのう」

又兵衛も信繁も勝永の心情に同情した。

「それでそれがしは思い切って正直に自分の心を涙ながらに打ち開けたところ、妻は微笑して頷きました」

「それで奥方はどのように申されたのか」

信繁は先を急かす。

「妻はそれがしに、『胸中の思いをよく打ち開けてくれた』と言ってくれ、『武人の妻として、そのようなことを何で嫌おうや。この夜明けに出航して、大坂城へ入城して下さい。あなたの武名が上がることを願っております。足手まといにならぬよう、わたしは子供と一緒にここに残ります。あなたの御運が強ければ、やがて再会も叶いましょう』。そう言って妻は明るくそれがしを見送ってくれました。今ここにおれるのも妻のお陰です」

　勝永の目は潤んでいる。

「これはよいお話を拝聴したわ。久しぶりに心が洗われる思いだ。今夜は酒の力を借りずとも、ぐっすりと眠れそうだ」

　目を真っ赤に腫らした又兵衛が信繁の方を振り返ると、信繁の目にも涙が浮かんでいた。

「勝永殿、ここから外をごらんあれ。月が煌々と輝いておるわ。勝永殿の奥方もあの月を眺めながら、お主のことを思っておられよう」

　又兵衛の声が湿っている。本堂の火灯窓から青澄んだ月の光が、本堂の床まで射しこんでいた。

　持参した酒も残り少なくなると、信繁はそろそろここを引き上げようとした。

「話は尽きませぬが、明日も早いことですので、そろそろおいとましましょう」

　信繁はまだ又兵衛と話したそうにしている勝永の肩を軽く叩く。

「われらは今夜半に道明寺で集合し、夜明け前に国分で出会い、前、後隊が一緒になって関東軍を隘路で迎え討ちましょうぞ。地の理を活かせば必ず勝てましょう。大将首を取るか、われらが死ぬか、二つに一つです。われらは死ぬ時も一緒ですぞ」

勝永は一人でも駆け出してしまいそうな又兵衛に釘を差す。

信繁と又兵衛はお互いに顔を見交すと、再びこうやって酒を酌み交わすことはないだろうと思い、黙って盃に最後の酒を注いだ。

「われらが着くまで待っていて下されよ」

と、勝永が念を押す。

「必ずお主たちがくるまで待つ。約束だ」

又兵衛は目をしばたたせて頷く。

平野への帰り道、勝永が信繁の方へ馬を寄せてきた。

「あの老人は一人で国分へ突っこむ気かも知れませぬ。死に急ぎしなければよいが……」

「それは有りうるぞ。何せあの御人は一人で大坂方を背負っておると自負している人だ。今さら先のことを心配しても始まらんわ。その時はその時だ。最後の一人となっても暴れ回るまでよ」

勝永には華々しく戦い、後世に名を残さんとする信繁の心意気が伝わってきた。

六日午前零時、霧が濃く夜空には月も星も見えない。

総白の旗に黒半月の馬印を靡かせながら、又兵衛隊は平野から長尾街道を通り国分を目指す。

又兵衛は死ぬ気だ。

前隊はまとまりがなく、各隊は自分勝手に国分を目指すつもりなので、又兵衛は彼らを当てにもしていない。

彼らの動向を気にせずに平野の大念仏寺を発った。

黒糸縅《くろいとおどし》の鎧に同じ毛の頭形《ずなり》の冑の前立物は獅噛《しかみ》だ。熊の皮の尻鞘の太刀を腰に佩《は》き、黒い陣羽織を身につけている堂々とした姿に、部下たちは全幅の信頼を寄せていた。

夜が明ける頃には国分の西にある藤井寺村に着き後方を見るが、後続の真田・毛利隊の影も見えない。

又兵衛は彼らを待つため、誉田《こんだ》八幡宮に寄ると、道明寺で休憩した。

大和と河内の国境は生駒、葛城、金剛山の連山によって遮断されており、ここを越えるには、北では「暗峠《くらがりとうげ》」、南では「亀の瀬《かめのせ》」と「関屋《せきや》」越えと呼ばれる峠を抜けることになる。

この峠は大和から流れる大和川と生駒山地との隘部を通って国分村に出る。

国分村は大和から峠を越えたところの河内の村で、北西には石川と片山村が、南西には玉手、圓明《えんみょう》村に隣接する。

紀州の岩湧山から北へ流れる石川が国分村の西を流れ、その石川を渡ると西側が道明寺、さらにその西には藤井寺村があり、南西に誉田八幡宮のある誉田村が位置している。

ここら一帯には古墳の群れが散在しており、古墳には樹木が生い繁って小山のように見える。

（後続部隊は夜半からの濃霧で道を迷ったのかも知れぬ）

道明寺で軍を休めた又兵衛は敵の進軍が気にかかり、国分へ偵察部隊を放った。

徳川軍は大軍なので「亀の瀬」、「関屋」越えに相当時間がかかると又兵衛は読んでいる。

偵察部隊は石川を渡り、玉手村を南から北西に取り囲んでいる丘陵群の端にある小山に登った。その北端を地元の人は「小松山」と呼んでいた。

霧が晴れてくると山頂からは西は道明寺、誉田の古墳群がまるで小山が連なっているように見えた。

目を東に転ずると、山越えの峠から国分の村にかけてぎっしりと極彩色の旗印が靡き、鎧をつけた兵や足軽たちの群れが村に犇めいていた。

　これを見た偵察隊は腰を抜かさんばかりに驚いた。万を越す部隊が国分に陣取っており、大和川の上流に沿って走る峠の道には蟻の行列のような大軍がこちらへ近づいている。

「国分には敵兵が溢れております」

　偵察隊が今見てきたことを告げると、「そうか」と又兵衛は落ちついていた。

（後続部隊を待っている暇はない。小松山がまだ敵の手に渡っていないのは僥倖だ。単独で小松山を取ろう）

　又兵衛は決心した。

（この隘路で大軍を押さえなければならぬ。一旦彼らが広い河内平野に雪崩れこめば、小勢の大坂方はもう防ぎようがない）

　徳川軍が小松山を占拠しなかったのは大和口の諸将である水野勝成の判断であった。

　戦さの前日に国分に到着した彼は、夕方ではあったが伴を連れて小松山に登り山頂から遠方を眺めると、北は大坂城から平野を経て天王寺まで、近くは石川越しに道明寺から誉田八幡宮が見透すことができ、はるか西には難波津《なにわつ》の海面が暮れなずむ夕陽に朱に染まっていた。

諸将が水野に小松山を占領することを勧めると、「小松山に陣を構えると敵襲を支えることができぬ。われらは大軍なのでお互いの連絡が取りやすい平地の国分に布陣するのがよい。大坂方は小松山に目をつけ、この山を取りにくるだろう。彼らにこの山をくれてやり、敵をこの山に誘いこんで四方の山麓から包みこんで一挙に撃破しよう」と水野は主張した。

諸将はしぶしぶ軍監である水野の策に従い、水野隊は元より、本多忠政、松平忠明、伊達政宗らの兵は国分で駐留した。

第五隊の松平忠輝の一万二千の兵はまだ大和にいた。

家康は大和口軍の軍監に「鬼日向」という異名をとる水野を指名しており、「お主は軍監であるので、昔のように自ら先頭に立って戦ってはならぬ」と一人で槍働きをしかねない水野に釘を刺すことを忘れなかった。

又兵衛は山田外記と古沢満興に先陣を命じて小松山へ向かわせ、彼自身も彼らに続く。

小松山が大坂方に占拠されたと知ると、先陣を務める松倉重政と奥田忠次隊は、田の畦道を通り小松山へ登ろうとする。

松倉、奥田、桑山元晴らは道案内として先陣を命じられている大和衆である。

「関東軍に先を越させては恥だ」

彼らは小松山の北にある片山村から小松山の山頂を目指す。

又兵衛は小松山の北端が敵の攻め口になるだろうと思い、ここに山田と古沢を配置させておいた。

奥田の家臣の岡本加助は一番槍を狙って気が急く。

桑山元晴が「水野隊の到着を待て」と諫めたが、「無駄に時を過ごしてはなりませぬ」と言うや桑山の忠告を無視して一人で山へ駆け上がろうとした。

敵が小松山へ這い登ってくるのを見た山田と古沢は、山頂から銃撃を始めると、弾丸は岡本の眉間に当たり岡本は倒れ、これを見ると彼らは身を伏せながら山を登る。

山田、古沢らは登ってくる大和衆らを狙い激しく銃撃すると、敵は間断なく飛んでくる弾丸に堪らず山の下まで逃げる。

松倉の家臣、天野半之助は殿《しんがり》を務め、敵が味方を追って片山村まで降りてきたのを防戦していると、彼は大坂方が意外と小勢であることに気づいた。

これを知ると大和衆は勢いづき、守りの薄い小松山の南の方へ迂回し、松倉隊は再び兵を小松山へと取って返す。

彼らは又兵衛隊の左翼を攻撃し、鉄砲頭の平尾久左衛門ら兵二百人を討ち取ると、又兵衛隊も負けてはいない。

すぐに反撃すると松倉隊は全滅しかけたが、堀隊が援軍にきてくれ助かった。

又兵衛隊の奮戦は目覚ましく、小松山に登ってくる敵を六回まで山の下へ押し返したが、数で劣る又兵衛隊の戦いぶりもいよいよ限界に近づいた。

水野が総攻撃を命じると、水野隊をはじめ、本多・松平忠明の隊、それに伊達隊が三方から小松山を包囲し、別々に小松山を登り始めたので、又兵衛は三方から攻め寄せられ山頂で孤立することを恐れ、一旦平地へ降りて残兵を集めて討死しようとした。

「死にたくない者は今からここを去れ」

大声で又兵衛は叫ぶが、誰も去る者はいない。兵の顔には死への決意が漲《みなぎ》った。

又兵衛は敵兵の手薄な西側から小松山を駆け降りると、その側面を丹羽隊が突くが、彼らを追い散らし又兵衛隊は片山村の麦畠まで退却した。

麦畠に集まった兵たちを折敷かせると、しばらく静寂が蘇る。

日は中天にかかり、午前中の霧は完全に晴れていた。

午前からの戦闘詰めで、半分にも満たなくなった兵たちは空腹と喉の渇きを覚えた。彼らは畦を流れる小川の水を両手で掬って喉の渇きを癒す。

敵は小松山から降りてくると、山裾から矢を放ち、鯨波をあげて相手を威嚇した。

小松山の山麓には先発隊の山田と古沢隊が取り残されて、又兵衛の本隊と合流することができない。

又兵衛は退却できずにいる彼らを助けようとして、先頭に立ち、馬を駆けようとした時、敵の銃弾が彼の腰骨を貫いた。

思わず落馬した又兵衛は槍を杖代わりにして立ち上がるが、激痛に思わずしゃがみこむ。

それでも敵が攻めかかってくるのを討ってやろうと槍を振り回しているところへ、金方平左衛門《かねかたへいざえもん》がやってきた。

「鉄砲で腰をやられた。今は尻餅をついて働くことができぬのが残念だ」と言うと、口に溢れた泡を噛んだ。

「それがしの肩につかまり下され」

平左衛門は又兵衛の肩に手をかけ抱き上げようとするが、彼は大男なので金方一人では動かすことができない。

金方の腕を振りほどくと彼が見ている前で又兵衛は冑を脱ぎ始めた。

「敵の手にかけるな。わしの首を刎ねて捨てよ」

又兵衛の胸には無念というより、十分戦ったという満足感が広がっていた。

金方は溢れる涙を拭おうともせず彼の後ろへ回って刀を抜くが、手が震えて思うように動かない。

「早くやれ。敵がくる」

又兵衛は斬りやすいように首を前へ突き出した。

この時、又兵衛の脳裏には大念仏寺で会った信繁と勝永の顔が過《よ》ぎった。

「道明寺で待ち合わせて、国分へは一緒に出陣しよう」と今にも泣き出さんばかりに懇願する勝永の顔が現れてくると、今度はこれが見納めだと静かに別離を惜しむ信繁の顔が浮かんできた。

(約束を守れずに済まぬ)

「ご免下され」

ひと太刀で又兵衛の猪首は泥田に落ちた。

金方は又兵衛の首を旗に包むと、西の石川の方へ駆けてゆき、河原近くに低くなっている田を見つけると彼は両手で穴を掘り、一礼するとそこへ又兵衛の首を埋めた。

「又兵衛討死」と聞いた部下たちは道明寺方面へ退いたが、又兵衛の後を追って次々と敵中に突進して討死する者が続出した。

六時間余りの戦闘で、小松山から石川にかけて累々と敵、味方の死骸が転がっていた。

午後からの空は霧が晴れて、透けるような青空に太陽が眩しかった。


石川には小橋が一つだけ架かっている。

逃げる又兵衛隊を追って水野隊はじめ徳川軍が道明寺河原へ向かってきた。

この時薄田兼相、山川賢信、北川宣勝、井上時利、明石全登、槇島重利、細川興秋、小倉行春、山本公雄ら諸隊が遅れて道明寺河原に着くと、又兵衛隊の残兵たちは山川、北川隊に逃げこんだ。

道明寺河原にはぞくぞくと徳川軍が詰めかけてきて、三千六百の大坂方に対して二万を越す大軍だ。

道明寺河原から西には道明寺天満宮や誉田八幡宮をはじめ、古墳が散在している。

その中でも誉田八幡宮の北で後円部が隣接する応神天皇陵は広大で国府台地の南端にある。

薄田は今日こそ冬の陣の恥を雪《そそ》ぐ絶好の機会だと思い気負っていた。

薄田の出で立ちは敵からよく目立つ。皺革包《しわかわつつみ》の鎧を身につけ、星冑《ほしかぶと》の緒を締め、十文字の槍を片手に、黒い逞しい馬に黒鞍を置いて紅の鞦《しりがい》が燃え立つばかりに日に輝いており、三尺六寸の太刀も大男の薄田には小さく見えた。

前方を眺めると白地に竹に雀の旌旗と、四半の鐘の馬印が見える。

(伊達政宗の軍か。何と軍装の華やかなことよ)

感心して眺めていると、金籠の馬印が目に飛びこんできた。

(松平忠明の隊か。奥平信昌の伜だな)

それに続いて紺地に永楽の紋の旗に、二階傘の上に鳥毛がついた中に金の切裂《きりさき》が加わった馬印がこちらへ近づいてくる。

(水野勝成の軍か。相手にとって不足はないわ)

薄田は思わず馬上で武者震いした。

第一陣の徳永・遠藤隊が徳川の大軍の中へ突っこんでいったが、しばらくすると大軍に揉み消されてしまった。

「わしに続け。やつらを踏み潰してやろう」

白地の旗の薄田隊が敵兵を真っ二つに割って進んでいくと、三蓋笠を突き通した紋がついた旗と、赤地に櫛松《くしまつ》の紋がついた旗が迫ってくる。

稲葉通吉と西尾忠政の徳川軍の出現に、薄田隊の脇にいた井上時利、増田盛次ら大坂方二、三百騎が突っこむ。

これを見た別の徳川軍の部隊が彼らに討ちかかろうとした時、薄田は長槍を片手に携え先頭を切って彼らに切りこんだ。

長槍を振り回すと、徳川軍の騎馬の武者数人が一度に馬上から姿を消す。

敵は小勢の薄田隊の勢いを止められず、先頭に立つ彼を取り囲むが誰も彼の前へ飛びこまない。

敵は鉄砲隊を前面に出し薄田を狙わせ、轟音が響くと彼の馬は悲し気に嘶き胴体から血を流し、薄田と一緒に倒れた。

井上・増田隊を討ち破った徳川の兵たちは、今度は薄田隊に向かってくる。

素早く立ち上がると、薄田はここで討死を覚悟した。

彼は徒立《かちだち》で徳川の大軍の中に駆け入り、長槍を振り回すが、さすがの長槍も鎧を突いたり、叩いたりしていると、根元から折れてしまった。

しかたなく今度は太刀を抜いて向かってくる敵を斬り回す。

元々力士並みの体格と膂力《りょりょく》を備えているので、太刀で相手の鎧ごと斬り裂いた。

数十人を鎧の上から斬り続けていると、名刀も刃こぼれして斬れなくなったので、太刀を棄てて折れた長槍の柄で戦う。

相手の冑を上から柄で叩くと、敵は口から泡を吐いて倒れた。

敵兵たちは阿修羅のように恐しい形相で暴れ回る薄田を取り囲むが、尻ごみして誰も近づこうとはしない。

段々の旗で朱の瓢箪に根元に金の暖簾をつけた馬印の部隊が大坂方に側面から駆け入る。

本多忠政の部隊だ。

忠政は徳川四天王の一人、本多忠勝の息子だけに戦さ巧者である。

大坂方が動揺したところへ今度は松平忠明隊が鯨波をあげてかかってきた。

大坂方は堪らず西へ敗走し、応神天皇陵とその南の誉田八幡宮まで逃げた。

薄田の家臣も退却を嫌がる彼を引きずるようにして誉田へ退くと、水野隊はなおも逃げる敵を追いかける。

応神天皇陵は小山のようになっており、周囲には陵を取り囲むように濠と堤がある。大坂方はここに陣を構え、態勢を整える。

追ってくる水野隊に槇島隊が先陣を切ると、山川・北川隊も続く。

伊達隊は他の隊が大坂方と戦っているのを後方で傍観していた。

「味方が高名の手柄を立てているのを見物しているだけとはいかにも無念だ」と、家臣たちは政宗に聞こえよがしに大声を出して悔しがる。

茂庭石見《もにわいわみ》は我慢できなくなり、「わしが味方の居眠りを醒ましてやる」と言い棄て、政宗に無断で自分の手勢を率いて馬を駆ると、片倉小十郎がそれに続いた。

彼は智勇兼ね備えた父の景綱が病で参陣できないので片倉隊を率いていたのだ。

応神天皇陵から薄田隊は片倉隊目がけて攻め下り、敵を追い散らすが、薄田隊が引くと片倉隊は再び攻め寄せる。

三度まで激しくぶつかり合い、双方三十騎ほど討たれるが、討死を覚悟した薄田はここから一歩も引かない。

片倉隊も水野隊も小者には見向きもせず、華々しい出で立ちをした大男の薄田の大将首を狙う。

彼は膂力人に勝れているので、敵が近づくとたちまち相手を斬り倒し、敵が組みついてくると、鎧を握って鞍の前に引きつけて首を掻き落とした。

水野隊の河村重長が馬の上にいる薄田目がけて槍を突くが、それを躱《かわ》した薄田は槍で河村の冑を叩いた拍子に落馬しそうになった。

河村はすかさず薄田の足を摑むと馬から引きずり降そうとしたが、薄田は足を持ち上げ、河村の体を自分の方へ寄せ首を掻き取ろうとした。

そこへ同僚の中川島之介が薄田の馬に槍を突き立てると、馬は前足を折り曲げ、薄田は前のめりに地面へ転倒したが、それでも薄田は河村の首を脇に挟んで離さない。中川が近づくと、薄田は河村に馬乗りになって、片手で中川を引き寄せ、二人とも膝で押さえつけた。

その時、水野勝成の小姓の寺島助九郎が太刀を振り回して薄田の足に斬りつけると、思わずのけ反った薄田を、太刀を手にした河村と中川が同時に胸と胴を刺した。さすがの天下一の豪傑も体力の限界には勝てなかった。

竹内街道を信繁は急ぐが、夜はもう明け切っており、又兵衛との約束の時刻には大幅に遅れていた。

平野から河内松原を通り、南に巴引野を迂回して藤井寺に向かうと、東の方面から喚声や銃声が響き、それが強くなったり弱まったりした。

徒立《かちだて》の兵たちも全員が駆け足で急ぎ、午前十一時頃に藤井寺村に着くと、毛利勝永の軍はすでにそこに到着しており、手傷を負った後藤隊と薄田隊の残兵が地面に横たわっていて、約束の時刻に間に合わなかった真田軍を恨めし気に睨む。

「済まぬ。遅れた」

「濃霧のために…」と言おうとしたが、信繁はその言葉を飲みこんだ。毛利や他の隊はすでに到着しているのだ。

又兵衛隊の残兵の惨めな姿を見て、信繁はすでに又兵衛が討死したことを知った。

「これからすぐ前方に溢れる敵陣に駆け入るつもりだ」と、信繁が言うと勝永は首を横に振る。

「後藤殿も薄田殿も討死された。その上真田殿まで何故死に急がれます。死ぬのはここではありませぬ。秀頼様の御前で華々しく死にましょう。ここはひとまず敗軍を纏《まと》めるのが先です」

勝永は年は若いが落ちついている。

「わかった、目の前にいる敵を叩こう」

信繁は誉田村にいる雲霞のような大軍を見ると、又兵衛を見殺しにしたという罪悪感が薄らぎ、闘志が湧いてきた。

このとき水野隊に敗れた渡辺糺隊が真田隊のところまで退却してくる。

「それがしはすでに傷を被り、兵の大半は討たれ、もうこれ以上戦えぬ。真田殿の駆け引きの妨げとなるので傍らについており、横から討つという姿勢で敵を牽制しましょう」

腕から血を滴らせながら渡辺糺が信繁に告げる。

彼は隊の先頭に立って槍を振り回し、水野勝成と直接槍を交え、もう少しで彼を倒すところだったが、苦戦していた水野隊が勢いを盛り返すと立場が逆になり、渡辺は深手を負ったのだ。

誉田付近で伊達隊と交戦していた北川・山川隊も真田隊を見つけると地獄に仏を見たかのように退却してきた。

信繁は誉田八幡宮を迂回すると八幡宮の南に布陣し、伊達隊と対峙する。

真田隊の軍装は鎧から旌旗、指物に至るまで、目の覚めるような赤一色の赤備えだ。

敵からも味方からもよく目立つ。

誉田八幡宮の東にいた伊達の片倉隊が赤備えの軍が自分たちの方へ向き直ったのに気づき、攻撃態勢を取る。

伊達には「騎馬鉄砲」という独特の戦法がある。

伊達家の二男、三男の壮力の者を集めて、彼らに選りすぐりの駿馬を与え、馬上からの鉄砲の特訓を行う。

騎馬を敵陣目がけて乗り入れ、一斉に鉄砲を放つと、その腕前は当たらない弾丸がないほどすばらしい。これを「騎馬鉄砲」と呼んだ。

そして敵の備えが乱れたところに馬が駆け入り、敵兵を馬蹄にかける。

片倉隊は楔《くさび》を打ちこむような格好でこちらへ動き始め、信繁は彼らが片手に鉄砲を持っているのを目にすると、一瞬にして敵の戦法を理解した。

(怯めば負ける。相手をできる限り近づけて、鉄砲を一発撃ち終えた時が勝負時だ)

「折敷け」

信繁が大声で叫ぶと、青柳千弥、三井豊前、高梨妥女ら九度山以来の家臣たちが信繁の命令を各隊に伝える。特に大男の樋口四角兵衛の大声は戦場でよく通る。

三千の兵は槍を片手に横一列に拡がると、小山の堤や松林の陰や泥田の畦に伏せた。

伏せている場所は古墳の周辺では土地が盛り上がっているので、真田隊は高みから片倉隊を見下ろす格好となる。

伏せていると馬蹄の響きが大きくなってくる。立ち上がって敵を迎えるのと、伏せて迎えるのとでは恐怖心が異なる。

敵の接近する姿を目にすると気は焦るし、この場から逃げ出したくなる。

「まだだ。もう少し引きつけるぞ」

信繁の伝令役で走り回る四角兵衛はまるで子守り歌を歌うように兵たちをあやす。

彼の胴間声は愛嬌があり、兵たちの緊張感が解《ほぐ》れる。

敵軍から一斉に鉄砲音が響くと、「キーン」という鋭い音が耳元や足元を掠める。

隣りで伏せている者の絶叫が耳に入る。

伝令役の四角兵衛の足元にも弾丸が飛び交う。

敵の一斉射撃で火薬の光は雷のようで、硝煙は雲か霞のように戦場を覆う。

信繁は馬で伏せている兵に大声で叫びながら駆けた。

「ここが一番大事な時だ。片足が一歩でも下がれば全滅するぞ。我慢して伏せよ。まだ立ち上がるな」

松の木立や畦を盾としている兵たちは、手にした槍を握り締め、じっと恐怖に堪える。一人も退がる者はいない。

十町ばかりに敵が迫ってきた。

「冑をつけ緒を締めよ」

武装すると兵たちの怯えは収まり、相手に向かっていこうとする戦意が高まる。

敵が二町ばかりに近づいてきた。

「槍を取って穂先を敵に向けよ」

いよいよ戦闘態勢を取ると、兵たちの目の輝きが魂が入ったように増し、目が座ってきた。

隣りの兵が敵の鉄砲で倒れても誰も動揺しない。

敵が一発目の鉄砲を撃ち尽くすと、硝煙も薄れてくる。

敵の騎馬は一町ばかりの距離になり、敵兵の引き攣《つ》った表情まではっきりとわかる。

「よし、かかれ」

信繁が叫び軍配を振ると、伏せていた真田隊は喚声をあげると一斉に立ち上がり、騎馬隊の前面に出た。

急に平地に兵が現れたので馬が驚き、人を避けようとして棒立ちになったり、斜めに駆け出したりして、騎馬の動きが混乱した。

真田隊は槍衾を作り、馬上の兵や馬を突く。

今までの戦い方と異なる敵の動きに、伊達の騎馬隊はますます統制が乱れた。

その隙を逃さず、真田隊の一部と、真田隊に混じった山川・北川隊が側面から騎馬で襲いかかった。

大将の片倉まで下馬して刀を振るが、彼は真田兵に引き倒され、馬乗りされて首を討たれそうになったが、従者が駆けつけ命拾いするほどの激戦であった。

伊達隊の被害は激しく、死者が続出した。

勢いに乗る真田隊は七、八町も逃げる伊達隊を追い、伊達隊は誉田村まで退いた。

こうなると本陣にいる政宗も黙ってはいない。味方の不甲斐なさに腹を立てた政宗本隊が、追いかける真田隊に突っこんできた。

一万もの人数なので三千足らずの真田隊は大軍の伊達本隊に飲みこまれ、七、八町も西へ追い返されるが、小勢の真田隊は押されながらも散り散りにならず、真ん丸の陣型を保つ。

伊達本隊が急追撃で隊型が縦に伸びきった時、真田隊はそれまでの真ん丸の陣型から左右に分かれ、各々が伊達本隊の側面を突く。

死を覚悟した真田兵たちは口々に念仏を唱えながら伊達兵に斬りかかる。必死の形相の突撃隊の先頭には大男の四角兵衛がいた。

「皆の者、ここで死ぬぞ」

彼の独特の胴間声は銃声に混じってもよく響く。

信繁の息子大助も、周囲を青柳、三井、高梨らの面々に守られながら敵の首を腰にぶらさげている。

伊達本隊は誉田八幡宮から東の誉田村まで退却する。

伊達本隊が攻め寄せてこないのを知ると、信繁は引き揚げの鐘を打たせ、真田隊も四角兵衛を殿に、ゆっくりと誉田八幡宮を通り、西の藤井寺まで兵を退く。

ここで毛利勝永の軍と合流し、彼らは誉田八幡宮と応神天皇陵とを挟んで徳川軍と対峙した。

午前からの小松山の戦闘から始まって、午後にかけての誉田の合戦で両軍とも疲れ切っており、対峙して戦さのきっかけを待つところへ、午後二時半頃大坂城から修理の伝令がくる。

「八尾・若江方向でわが軍が敗れた。寄せ手が城へ押し寄せてきている。至急城へ引き揚げよ」

大坂方の諸将はこの時を逃せば、帰城できる機会はないと思った。

大和口侵入の徳川軍本隊の総大将、松平忠輝の軍が、午後になってやっと国分から片山村に着いた。

一柳《ひとつやなぎ》直盛は大坂方の旗が揺れ動いているのを見て、本多忠政に報告し、「敵は退却しようとしています。今討ち出せば大坂方を崩せましょう」と追撃することを勧めた。

忠政もその動きを察知していたので、「この軍の大将である松平忠輝様は伊達政宗殿の娘婿だ。軍監水野殿を介して政宗殿に出撃するように伝えよ」と忠政は言った。

政宗は歴戦の強者だ。一柳と水野は二人で政宗の陣へやってきた時、政宗は一重羽織に編笠をつけて、小姓二、三人を連れて自陣を見回っていた。

ちょうど松平忠輝も冑を身につけたままの姿で、花井主水、松平大隅、山田隼人、松平筑後といった武将を連れて政宗を訪れていた。

「今から大坂方を追撃したい」

遅れて戦場にやってきた忠輝は何の手柄もなくて焦っており、義理の父親である政宗に「一緒に出撃するよう」にと懇願していた。

片倉小十郎は真田隊との戦闘で曲がってしまった太刀を忠輝に見せ、「乱戦で自分も馬から降りて戦っている内に倒され、もう少しで首を取られるところを部下に助けられました」と小勢の真田隊の奮戦ぶりを述べると、伊達隊がいかに勇敢に戦い彼らを追い払ったかを強調した。

「よし、今度はわしが先陣を切って真田隊に突っこもう。引き揚げようとする敵を討たぬ手はあるまい。ぜひとも退却する大坂方を追い、真田の首を取ろう。手を貸してくれ、親父殿」

　忠輝は政宗も手古《てこ》ずるほど闘争心が激しい若者だ。

「殿、良将は日が暮れてからの合戦はしないものですぞ」

　家臣の花井主水が血気に逸る忠輝を諫《いさ》める。

　忠輝が片山村に遅れてきた時、予め政宗は花井を呼んで忠輝が独走せぬよう手を打っていた。

　引き揚げる敵を討つことは容易《たやす》いが、多大な被害を出して真田隊と戦った伊達隊としては、いくら娘婿とはいえ、手柄を横取りされたくないし、恩賞が出ない戦さに本気で働くつもりもない。

　政宗が動く気がないと知ると、「伊達殿が協力できぬとあれば、わが隊のみで真田を討ち取る」と忠輝は息巻き、伊達の陣から出ようとすると、彼の前に家臣の花井が座りこんだ。

「殿があくまで単独で出撃なされると言われるのなら、われら家臣の首を刎ねてからにして下され」

　忠輝は花井をぐっと睨みつけ、太刀に手をかけようとすると、忠輝と花井の間に片倉が割って入り、花井ら家臣を陣屋の外へ連れ出した。

忠輝は太刀を何度も地面に突き刺すと、「宝の山に入り、空手で帰るというのはこのことだ」と思わず悔し涙を流した。

そんな娘婿の姿を、政宗は冷《さ》めた目で見ている。

真田隊からは攻め寄せてこない徳川軍を嘲笑《あざわら》うように鉄砲音が鳴り響き、扇や旗が盛んに振られたが、徳川軍が鳴りを潜めているのを見ると、鎧を脱ぎ下帯一丁姿の足軽たちが、「こちらへこい」と手招きする。

政宗の本陣を飛び出した忠輝は、本多忠政、松平忠明、水野勝成の陣へ直接出向いて出撃を説くが、「今日の戦さでくたびれ申した。それでもたってと申されるなら政宗殿を口説いて下され。政宗殿が出撃しようとなさるなら、われらは喜んで同行しましょう」と政宗の出撃を盾に取って動かない。

しかたがなく忠輝が伊達本陣の片倉隊に立ち寄ると、兵たちは酒を飲んで寝汚《いぎたな》く地面に転がっている。

片倉を呼ぶと赤い顔をした片倉が現れ、「今日の戦さで疲労困憊です。大和で手に入れた酒で酔ってしまいこの始末です。とても今から出撃などできませぬ」と返事する。

結局忠輝自らの出撃はなかった。

一方大坂方では誰が殿《しんがり》を務めるかで揉めていた。

敵兵を目の前にして退却することは難しいことなので、誰もこれをやり遂げて自分の手柄にしたい。

全兵力を二分して、くじ引きで殿を決めようと誰かが言い出すと、「くじ引きには及ばぬ。それがしが一人で殿を務めよう」と信繁が言い放った。

「真田殿が殿と申されるのなら、われらも残って討死しよう」

誰もが殿を譲らないので、年配の明石全登が宥め役に回る。

「真田殿が望まれるのなら、後に残ってもらおう。敵が追いかけてくるなら追っ払ってもらい、敵がわれらの前方から攻め寄せてくれば、われらが敵を蹴散らして入城しよう」

皆を納得させ、明石が率先して軍を退却させる。

彼らが五、六町行ったところで真田隊に「撤退するよう」に伝えたが、「敵が間近いので、もし敵が追撃してきたら味方が困るだろう。もう二、三町前軍が退いたなら引き取る」と信繁から言ってきた。

「調子に乗りやがって。われらが真田の顔を立ててやると、やつめ自分一人で大坂方を背負っているつもりか。こうなればわれらも勝手に戦おうではないか。自分たちも一角の武将だ。真田ばかりが猛将ではないわ」

諸将たちは青筋を立てて憤る。

「まあまあ、落ちつけ。真田殿の言い過ぎは確かだが、武勇を好むのは武将として当たり前のことではないか。憎むほどのことではあるまい。何事も秀頼様のためにわれらは働かねばならぬ身だ。ここは早く大坂城へ戻ることこそ大切だ。先を急ごう」

明石は皆を宥め城へ向かう。

前軍が見えなくなると、真田隊も陣払いを済ませた。片山村から誉田村にかけて三万あまりの徳川軍の色とりどりの旗を馬印が並んでいるが、追尾しようとする動きはない。

信繁は徳川軍に向かって槍を天に向かって高々と突き上げると、大声で叫んだ。

「関東勢百万も候へ、男は一人もなく候」

真田隊からは哄笑が湧き上がり、信繁が隊列に戻ると、真田隊は悠々と退いていく。

赤備えの武具が夕陽に当たり、きらきらと輝く。まるで赤蛇がゆっくりと地面を這っている姿のようで、あたかも後ろにも目を持っているかのようにいつ後方から敵がきても反撃できる隙のない陣型に、徳川軍からは思わずため息が漏れる。

真田隊は平野へ出て、岡山、天王寺を通ると茶臼山へと退いていった。

大坂夏の陣　天王寺合戦

大坂方は眠れぬ朝を迎えた。

茶臼山には真田信繁が布陣し、その先手には息子の大助が立ち、大谷大学や渡辺糺、福島正向、正鎮といった武将が茶臼山を背にして南に陣取った。

茶臼山の東にある四天王寺の南門には毛利勝永が守備し、その前面には息子の勝家が陣を構え、その左右に木村・後藤隊の残存兵が徳川軍に備えている。

そこには重成の姿はなかった。

昨夜に茶臼山まで戻ってきた信繁は、無残な姿で城へ引き揚げてくる木村隊を目にし、重成の安否を気遣った。

木村隊は国分へ向かう信繁らとは別部隊として、生駒山の十三峠を越えてくる徳川軍に備えるために若江村へ発ったのだ。

「木村殿はどこにおられるのだ。無事に城へ戻られたのか」

信繁が木村隊の兵と思しき者を摑まえて聞きただすと、その男は首を横に振り、

「殿は若江村で討死されました」と言うと、急に嗚咽を漏らした。

「あの重成殿が討死されたと申すか。信じられぬ」

信繁は昨夜彼と口を交わしたばかりだった。

信繁は大坂城から出陣する折、木村隊のところへ寄って、彼に一言礼を申べようとした。

冬の陣の戦さで、敵方にいた信繁の甥が勇敢に重成の守り口に攻め寄せてくるのを、見るに見かねた重成が甥を見逃してくれたのだった。

金銀一枚雑《まじ》りの小札《こざね》の鎧に、鍬形を打った星冑で、白い母衣をかけて三間柄の槍を持ち、逞しい黒馬に洗懸地の鞍を置き、鞦《しりがい》は紅の燃えたつばかりの重成は、若さに溢れ、堂々としていた。

信繁が近づいてくるのを目にすると、彼は微笑した。

「いよいよだな、真田殿。これでお主とは見納めとなろう。これまでの戦さではいろいろと世話になった。戦さ場は別々だが、お互い華々しい戦さをやろう」

目尻はきりりと上がり、彼の今日の戦さに賭ける決意が大柄な身体全体から伝わっ

てくる。

（どこから見ても天晴な雄々しい大将だ）

重成の晴れ姿を一目見ようと、夜半にもかかわらず、大手門には女官たちが列を成し、本丸や二ノ丸の廊下からも女たちの嬌声が響く。

（重成殿は大坂方の華の武将だ）

信繁はそんな重成の姿を、眩し気に眺める。

重成の母親は宮内卿局といい、秀頼の乳母であるところから、重成の秀頼に尽そうという心意気は城中の武将の中でもひときわ抜きんでていた。

冬の陣の戦さの折、信繁は重成の秀頼を思う心に感動したことを思い出した。

秀頼が重成の奮戦ぶりに感じ入り、彼の武勇を褒め、感状と正宗の脇差を重成に与えようとするところを、信繁はたまたま目にしたことがあったのだ。

信繁は、その時重成が口にした言葉を忘れることができなかった。

「今福合戦の武功は重成の武勇ではありませぬ。御預りした兵たちが捨身で戦ってくれたお陰です。また援軍してもらった後藤又兵衛殿や七手組の番頭らの粉骨の賜物です。感状は頂けませぬ。なぜならそれがしは二者に仕える気は更々なく、感状を持って他家に仕えようとは思ってもおりませぬ。もしそれがしが武功拙く討死しましたら、重成は死んでも黄泉までも秀頼様の先手を務め、閻魔大王に訴える際以外は感状は必要ではありませぬ」

秀頼はもちろん、信繁やその周囲にいる者で、この重成の心ばえに感動しない者はいなかった。

感情家の又兵衛は感極まったのか、人目もはばからず、大声を張りあげて泣いた。

信繁も彼に釣られてもらい泣きをした。

重成の部下たちもそんな彼を慕っていた。

泣き崩れているその男の肩を軽く叩くと信繁は、「木村殿の最期をもう少し詳しく話してくれ」と優しく促した。

男は土埃と血で汚れた手で涙を拭うと、若江村の戦さの様子をぽつりぽつりと話し始めた。

「われらは生駒山の十三峠を通って大坂城へやってくる徳川軍を阻むため、若江村へ出向きました。若江村には十三街道が東西に走り、その街道を大和川の二つの支流が南から北へと横切っております。若江村は東の玉串川と西の長瀬川とに挟まれたところなので、土地が低く泥の深い水田が多く、敵が大坂城へ進んでくるには、この十三街道と南の立石峠越えの立石街道の二つしかございませぬ」

その男はここまで喋ると一息ついた。ここまで走ってきたせいか、息があがっている。

「立石街道には八尾村に向かった長宗我部隊が布陣し、わが隊は十三街道が玉串川に届く川の小堤（若江堤）の下に本陣を張っておりましたところ、徳川軍が十三街道をこちらに目がけて進んできました」

「徳川のどの隊だ」

「赤地に金字で八幡大菩薩と書かれた旗差物が揺れておりました」

「井伊直孝隊か」

徳川四天王と呼ばれた井伊直政の息子だ。

「われらも負けじと玉串川の西の小堤の上に中白の旗と銀の瓢箪の馬印を立てました。敵が迫ってきたので、われらは小堤の上に鉄砲隊を配置して、沼田の細い畦道を通ってくる敵を待ち構えていました。雲霞のような敵が玉串川の小堤に向けて盛んに銃撃をするので、われらは後方へ退却したのです」

「隙を見せて敵を誘ったのだな」

信繁は数で劣る木村隊の戦いぶりが目に見えるようで、重成の心境を思いやる。

「そうです。敵の右翼隊は小堤の上で一旦進軍を止めましたが、われらの退がるのを見て調子に乗った敵の左翼隊がわれらの本陣まで迫ってきました。その時、木村様の馬廻衆が敵の側面から突っこみました」

信繁は今福合戦での重成の命知らずな馬廻衆の活躍ぶりを耳にしている。

「敵兵は横槍を入れた馬廻衆のため、われらの本陣まで斬りこめず、敵左翼の大将の側近たちが次々と討ち取られると、今度はわれらの本陣の先手が敵の大将の周りに群がり、その大将が落馬したところを、わが兵たちがその男の首を掻き取りました」

「それで重成殿は、そのまま退却して城へ引き返されなかったのか」

信繁はここが数に劣る木村隊の引き際だと直感した。

「いえ、木村様は馬廻衆が止めるのも聞かず、討死を覚悟されたご様子で、十文字槍を片手に持つと、馬を駆って敵の真っ只中に突っこんでゆかれたのです」

それを聞くと信繁の目は潤む。彼は重成の気の強さが恨めしかった。

何も死に急ぐことはない。敵に後ろを見せてでも大坂城へ引き返してきて、今日この場で重成と一緒に戦いたかった。

「木村様も怪力無双の大男ですが、敵右翼の大将も大柄な男で、二人は数十回も槍を交えたが、なかなか勝負がつきませぬ。しかし木村様は朝から戦いづめで、相手は新手です。相手の男は十文字槍を横殴りに回して、木村様が背中に背負っておられる母衣に引っかけました。木村様は自分の槍を地面に突き刺して、力をこめて落馬せぬよう踏んばられておりましたが、相手の腕力が上回っていたのでしょう。木村様は後ろ向きに泥田へ落とされると、相手の男の郎党が木村様に群がり、とうとう首を掻き取られてしまったのです」

ここまで話をすると、その男の涙声は号泣に変わった。

信繁は頰に伝わる涙を拭い、重成の無念さを胸にしまいこむと、天に向かって誓った。

（重成殿、お主の無念さ、きっとわしが晴らしてやるぞ）

南東の秀忠軍のいる岡山方面に対しては、大野治房が総大将を務め、第一陣は布施《ふせ》伝右衛門と新宮行朝《しんぐうゆきとも》、岡部則綱《おかべのりつな》が、第二陣は御宿政友《みしゆくまさとも》と山川賢信《かねのぶ》、北川宣勝《のぶかつ》らが陣を構える。

七手組は四天王寺と元の総構えの外堀との間にいて遊軍の働きを期待されていた。

約五万の大坂方に対して、攻める徳川軍はその三倍の兵力だ。主戦場となる天王寺の南には、色とりどりの徳川軍の旌旗と、人馬が河内平野をぎっしりと埋め尽くしている。

信繁は雲霞のような徳川の大軍を目の前にして感無量だ。恐怖は全くなかった。あのまま九度山で朽ち果てるところを、こうした大舞台で戦える機会を与えられたことに感謝した。

それは運もあるし、何よりも父、昌幸の高名に負っていた。

(父がこの場に立てばどう思うだろう)

信繁の脳裏にふと父の面影が過《よぎ》った。

今日の戦さの打ち合わせのために、大野修理が茶臼山へやってきた。

(各々が後世に名を残すべく、家康の首を狙って奮戦するだけではないか。何を今さら…)

諸将たちはこの期に及んで何のために修理がきたのかと、煩わしげに彼を見た。

信繁は家康本陣へ奇襲をかけ、家康の首を討つことができれば奇蹟が起こるかも知れないと、その僅かな機会に賭けていた。

敵をできるだけ味方の陣まで引きつけ、敵の伸び切ったところを狙い、手薄になった家康の本陣に駆け入る。

信繁のこの戦術を毛利や他の諸将は支持したが、そのためには秀頼が天王寺まで出陣し、兵たちを鼓舞することが必要だ。

信繁が秀頼の出馬を要請すると、修理は、「わしが命を張って約束しよう」と言い放ち、諸将たちに改めてこの作戦に齟齬《そご》をきたさぬよう念を押した。

「敵が押し寄せてきても真田殿が布陣している茶臼山と、左前方に見える小高い丘である岡山とを結ぶ線から前には進軍しないことと、抜け駆けを禁ずる。また諸将は連絡を密にして、個々としてではなく全体として動くように。八尾、若江、道明寺で失った兵は二千足らずで、われらにはまだ五万もの精鋭がおる。戦いは時の運だ。必死で戦えば天もわれらに味方しよう。狙うは家康の首一つ。秀頼様もおっつけここまで出馬なされよう。秀頼様のためにも今日は奮戦して欲しい」

修理が諸将を見渡すと、どの顔にも今日が最期だという決意と、後世に高名を残そうという強い思いが浮かんでいた。

「明石殿、よろしく頼むぞ。家康の首はお主の働きにかかっておる」

修理は黙って彼の命令に耳を傾けていた明石の肩を軽く叩く。

明石隊三百人がこの作戦の成功の鍵を握っていたのだ。

城の西の船場に明石隊が潜み、徳川軍が天王寺へ攻め寄せ、戦線が伸び切った頃合いを見定めて、明石隊が茶臼山の南を大きく迂回し、家康の本陣の背後で合図の狼煙を上げる。

その時真田隊が家康本陣に斬りこむと、家康は真田隊を討つために旗本衆を前方に出す。

そこに隙が生じて家康の本陣の守りが薄くなり、それに乗じて明石隊が突くという戦術だ。

明石隊は大坂方の隠し玉だった。

一方家康は強気だ。彼は羽織だけの軽装だ。

（わが国内の大名がわしに従っており、大坂城を取り囲んでおる。豊臣恩顧の大名の牙も抜き取った。この戦さ、どう転んでも負ける気はせぬわ）

五月七日、家康は夜明け前に枚岡を出発し、道明寺の戦さ場を巡察すると、平野郷で秀忠隊と合流し、自分は茶臼山へ、秀忠には、「岡山へ行け」と命じ、激戦が予想される天王寺口から秀忠を遠ざけた。

岡山口の先鋒は前田利常隊が、天王寺口の先鋒は本多忠朝《ただとも》に命じた。

彼は徳川四天王の一人本多忠勝の二男だ。

忠朝は苦渋に満ちた気持ちでこの命令を聞いた。

関ヶ原合戦では父忠勝と一緒に島津義弘隊と戦い、家康から褒美として太刀を与えられる働きぶりだったが、冬の陣では家康の思わぬ不興を買う。

彼の攻め口は玉造口であったが、ここには東に川と泥田があり、おまけに濠が深いので、武功が得やすい攻め口への変更を申し出ると、これが家康の逆鱗《げきりん》に触れた。

「馬鹿者め、昔の若輩の者たちは攻め口が難しいとか、強い敵がいる陣を頻《しき》りに望んだものだ。今の若い者は敵陣が険阻《けんそ》であったり、剛敵《ごうてき》を嫌う。あやつはそんな輩と同じで父に似ない不届きを申すやつよ」と、家康は吐き棄てるように言う。

家康の立腹ぶりを漏れ聞いた忠朝は、自分が誇り高い武勇の家風を汚した思いがし、心がずっと晴れなかったが、汚名を晴らす機会が翌年にやってきた。

先陣を申し渡された忠朝は雀躍《じゃくやく》し、出発に際して家老の深津杢之助を呼ぶ。

「大切な話だ。よく聞いてくれ」と、前置きすると、彼は家の大事を切り出した。

「わしがこの戦さで戦死した時のことを申しておく。武士は家を出る時は妻子のことを忘れるのが常であるが、伜政勝はいまだ二歳で家督相続は許されまい。そこで甥の甲斐守を婿に取り、大多喜五万石を治めるようにしてくれ。わしの跡目はわが本多家の血が連綿と続くようお前が婿を補佐して欲しい。そのため今回はその方を国元に残してゆく」

主君の討死してでも去年の恥辱を晴らそうとする思いは深津にはよくわかるが、大多喜五万石は父忠勝からの預りもので崩す訳にはいかない。

家の存続と討死との苦悩に揺れる主君の姿に、「わかり申した。御心易く出陣なされるように。後のことはそれがしにお任せあれ」

この深津の言葉に忠朝の心は軽くなった。

忠朝が布陣したところは茶臼山の南で、左に小高い丘があり、右は深田だ。忠朝はとにかく敵との最前線に立とうとし、気がつくと味方の陣より随分と前に出ていた。ここからは四天王寺に陣を構える毛利隊の動きがよく見える。

「お主の陣は前へ張り出し過ぎておる。陣を引け」

軍監の安藤直次が家康に命じられて、忠朝の陣へ駆けこんできた。

一番乗りを狙う忠朝は命令に従うつもりは全くない。

「一旦ここまで張り出しながら、敵の目前で陣を引くと返って味方の士気に関わる。わが陣が張り出し過ぎと申されるなら、他の陣を進められよ」

安藤は討死するつもりでいる忠朝の心を知ると、それ以上何も言わずに本陣へ戻った。

忠朝の陣が前に出ているのを見ると、左翼の松平忠直も陣を前に進める。

忠朝同様、松平忠直の心境も悲愴であった。彼は冬の陣では真田丸攻めで多くの犠牲を出す奮戦ぶりをしたのに、家康は不機嫌だったが、昨日の八尾、若江の忠直の消極的な戦さぶりに、家康は再び機嫌を損ねた。

「今朝、井伊直孝や藤堂高虎らが苦戦していたのに、越前の者どもは昼寝でもしておったのか。明日の先鋒は前田利常だ」

家康は忠直の家老、本多富正《とみまさ》に雷を落とした。

二十一歳の忠直は父結城秀康譲りで気が荒い。第一線から外されたと知ると、憤慨甚しく、「この上は領国を返上して高野山へ入るか、切腹して果てよう」と決意した。

老臣の吉田修理好寛《よしひろ》は、「討死を覚悟されておられるのなら、後日の責任など気にかけず、前田利常に先立って大坂城へ一番乗りをして今日の恥を雪《そそ》がればよろしいではありませぬか」と主君を励ます。

先手を申し出た吉田を先頭にして、忠直の越前隊は前田隊を追い抜いて前進すると、目の前には小さな丘があり、空が白んでくると茶臼山が見えた。

茶臼山全体に赤い旌旗が翻っており、まるで真っ赤な躑躅《つつじ》が咲き誇っているようだ。

「げえっ、前方はまた真田の赤備えだ。嫌なやつと当たったわ」

越前隊に動揺が広がり、冬の陣で酷い目にあった後遺症が疼く。

半里ぐらいの距離で両軍は対峙した。

「よし、今から腹ごしらえをする。腹が減っては戦さはできぬ」

忠直は家臣に膳を運ばせると立ったまま湯漬を掻きこんだ。

「われらは腹一杯食ったので、これで討死しても餓鬼道に落ちることはない。死出の山を越えるとすぐに閻魔大王と面会できようぞ」

馬上から右手を見ると、本多忠朝隊が天王寺へ向かって進軍している。

一方、毛利勝永隊は四天王寺南門で本多隊の来襲に備えた。

「日頃の稽古はこの時であるぞ。よく相手に狙いを定めてから撃て」と勝永は、家臣たちの焦る心を押さえた。

忠朝は足軽を駆けさせると、家老の小野勘解由がそれを見て嗤う。

「あの陣立てではすぐ突き崩されてしまいましょう」

忠朝が口の悪い家老を無視していると、それでも煩わしく言うので、「わしの下知次第で大いに働くわ」と不満気に怒鳴ると、「口嘴《くちばし》の黄色い御人に戦さのことなどわかろうや」と大声で忠朝を嘲《あざけ》る。

忠朝は三十三歳になっており、年齢でとやかく言われるほど若くはない。小野を睨みつけると、今度は武骨者の加藤忠左衛門が忠朝の馬の前にきた。

「あの足軽の備えは戦さの軍ではなく、わが領国の大多喜の鹿狩りの勢子《せこ》ですわ」と嗤う。「主君をつかまえて口嘴が黄色いとは何事だ」と、忠朝が長槍を手にすると小野は、「唯今から討死してお目にかけまする」と言って敵陣へ駆けこんだ。

加藤はその場に突っ立っていたので、怪力の忠朝は槍の柄で加藤を突くと加藤は落馬し、腹立ち紛れに、「唯今死んでお目にかけまする」と言い残すと、敵陣へ向かった。

鉄砲の轟音が響き、硝煙が本多隊を包む。

朱の提灯の指物の大男が敵陣に飛びこむと、その男は忠朝の目の前で敵の侍頭の首を取った。

「あの一番首をあげた男は誰だ」

「窪田伝十郎です」

この本多隊の突撃を契機に、毛利隊の前に布陣する渡辺糺と竹田栄翁の陣から銃撃が始まった。

ちょうど正午頃である。

毛利勝永は打ち合わせのために信繁のいる茶臼山にいた。

「馬鹿めが、抜け駆けをしおって」

舌打ちした勝永は信繁に自分の配下の規則破りを詫び、銃撃中止の伝令を走らせた。

竹田も渡辺も豊臣家の家臣だ。勝永など単なる牢人だと思っており、彼らは勝永の命令に全く耳を貸そうともせず、銃撃はますます激しくなる。

本多隊も窪田を先頭に数十人が槍を引っ提げて敵陣へ駆け入る。

「おいこら。槍はまだ早い。鉄砲隊と代われ」

軍奉行は軍配を振り、槍隊を下げようとするが、彼らの勢いは止まらない。

敵が寄せてくるのを見ると、四千の勝永隊もこうなっては待ってはいられなくなる。

鉄砲隊が一斉に銃撃を始めると、本多の槍隊は次々と倒され、彼らは本隊の方へ逃げるところを、勝永の子の勝政が敵の右翼に突っこむと、これを見た竹田、渡辺隊が敵の左翼に突入した。

彼らは本多隊の左右に布陣する秋田実季《さねすえ》、真田信吉・信政の陣を破り、第二陣の小笠原秀政、榊原康勝、諏訪忠澄の陣にまで雪崩れこんだので、中央の本多の本隊が取り残された格好となる。

勝永本隊がその忠朝の本陣に襲いかかった。

忠朝は味方の不甲斐ない敗走ぶりを目にすると、先頭を切って「百里」という名馬を駆って敵陣へ駆け出したので、慌てた家臣が主君を追う。

先駆けした家老の小野勘解由は敵の首を三つも腰にぶら下げていたが、大勢の敵兵の槍衾に囲まれていた。

「勘解由を殺すな」という忠朝の叫び声に、二十人ほどの味方が彼の方へ駆け寄るが、彼は槍で突かれ針鼠のようになっていた。

「本多出雲守はここじゃ」と、忠朝は叫び勘解由の方へ駆ける。

緋縅の鎧に水色の本の字と立葵の旗と銀の三団子の馬印は敵からよく目立った。

「あいつが出雲守だ。それ大将を討ち取れ」

敵兵が忠朝を取り囲むが、忠朝は「百里」に乗り、左手に槍を、右手に太刀を持って群がる敵兵を斬りたて七、八人を倒す。

取り巻いていた敵兵は次々と彼に襲いかかるが、満身創痍の彼は敵を寄せつけない。

その時、一発の銃声が響くと、忠朝は馬から真っ逆さまに落ちたが、彼は再び馬に乗ると狙撃者に駆け寄り、一太刀で斬り伏せた。

さらに逃げ腰になった敵を五、六人倒すと、逃亡する敵を追い小溝を飛び越えようとして倒れた。

大屋作左衛門は主君の首を奪われぬように忠朝の身体の上に覆い被さり、刀を振り回して敵を寄せつけない。

毛利勝永隊の雨宮伝左衛門は後ろから大屋に近づくと、一太刀で大屋の首を刎ねるが、大屋は死んでも忠朝の身体から手を放さなかった。

雨宮は忠朝の首を手にすると、中川弥次右衛門が差物を取る。

「殿が討たれたぞ」という、大声を耳にすると、本多隊は退却し始めたが、日高太郎右衛門は死骸の傍らにいる「百里」を見つけると駆け寄った。

冑の立物といい、三団子の旗は主君の忠朝のものだ。近よって死骸をよく見ると、それは首のない忠朝の姿であった。

日高は「百里」の鞍の上に忠朝の死骸を置くと、後方に引いてゆく。

本陣にいる家康は、泣きながら主君の討死の様子を語る日高に黙って頷いた。

忠朝の首を討った勝永隊の雨宮はよほど急いでいたらしく、鼻が欠けた忠朝の首が沼の中に放りこまれているのを、本多の家臣が見つけてそれを沼から拾い上げた。

勝永隊は第一陣を破ると、第二陣に斬りこむ。

第二陣の小笠原秀政は忠朝同様、この戦さに討死する覚悟であった。

彼は先の若江の戦いで遅参したことを家康から叱咤されたのだ。

秀政は忠朝と親戚に当たり、二人は、「明日の戦さにはお互い火の出るような働きをして、武門の面目を保とう」と約束していた。

竹田・浅井長房隊が小笠原・保科隊を襲い、小笠原隊らが大坂方と互角に戦っているところに、大野治長隊が側面攻撃をする。

それでも必死で支えていたところを勝永隊が左方から襲ってきたので、小笠原隊は支えきれず総崩れした。

秀政と二人の息子忠脩《ただなが》と忠政《ただまさ》とは槍で襲ってくる敵に立ち向かうが、忠脩は首を取られ、歩けなくなった秀政は家臣が背負って退却した。

秀政はその夜息を引き取ったが、次男の忠政は敵に池の中へ突き落とされて、あわや首を取られそうになったところを家臣によって救われる。

彼らの横に布陣していた仙石忠政、諏訪忠恒、榊原康勝らは潰走してしまった。

勝永隊は徳川の二陣まで突き崩すと、後方に陣構えする家康の本陣を目指す。

第三陣は徳川の譜代で固めている。

酒井家次を筆頭に松平康長、内藤忠興らの隊である。

勝永隊が突っこむと彼らは簡単に総崩れした。

勝永の子の勝家は十四歳の若武者で、勝永本隊の右翼隊を任され、今日が初戦だ。敵の侍大将を槍で討ち取ると、嬉しくて堪らず、その首を父のところへ見せにきた。

「見事だ」

勝永は息子の誇らし気な顔を見ると、頬を緩めて頷き、「今日はわれら最期の戦さだ。今度からは敵の首は討ち捨てにせよ」と嗜めた。

勝家は父の言葉を聞くと勇気が湧き、再び新しい敵を目指して馬首を返した。

「惜しい若者だが…」

その爽やかな後姿を見て、勝永は呟いた。

「徳川軍を懐深く誘いこむ」という信繁の策は味方の抜けがけで破れたが、この上は真田隊だけで家康の本陣を目指そうとする。

予想に反して、兵において劣る大坂方が、大軍の徳川軍を押している。

（秀頼様が天王寺へ出馬され、金の瓢箪の馬印が味方の本陣にあがれば味方の士気が盛り上がり、この戦いは勝てる）

何度も大坂城を振り返るが、依然として秀頼の金の瓢箪の馬印は見えない。

（勝永隊が家康の本陣に迫った今、討って出る絶好の機会なのだが…）

何度も城へ伝令を走らすが、秀頼は出馬しない。

信繁は十五歳になった息子大助を呼んだ。背丈はすでに父を越え、口元に薄っすらと口髭が生えている。

「その方城中へ戻り、秀頼様の出馬を申し上げてくれ」

今日は父と一緒に討死しようと覚悟を決めていた大助は、予期せぬ父の申し出に一瞬口をつむり、「父上と一緒に死にたい」と言ってそれを拒んだ。

「生まれてからわたしは父母の懐で育ち、十五歳になるまで片時も父母の側から離れてはおりませぬ。去年大坂城へ入った時に母とは別れ、その後お互いに命長らえて会いたいのはやまやまですが、父の御最期を見棄ててまで生き延びようとは思いませぬ。もし父上が討死されるなら、御死骸に並んで討死します。城へ入ることはお断りします」

大助は断固反対する。

「わしの兄の子息や叔父が徳川方に参陣しておるので、修理殿はこのわしを疑っておるのだろう。お前が秀頼様のお側へゆき、秀頼様と生死を供にして、わしが二心ないことを明らかにして欲しいのだ」

これを聞くと大助は信繁の袖に取りついて泣いた。

「殿、大助様の父への思い、この樋口四角兵衛堪りませぬ」

四角兵衛が号泣すると、青柳千弥、高梨妥女らの高野山からの家臣たちも思わずもらい泣きする。

「武家の家に生まれた身ならば忠義を第一と思い、父母を忘れ自分の身も忘れても、秀頼様の御供をしてくれ。味方も今日一日の命だ。また再び会うことはあるまい。わしが討死をすれば秀頼様も自害なされるであろうが、お前も一緒に自害せよ。死ねばやがて冥土にて会えよう。さあもう行け。これ以上は未練になる」

信繁が促すと、

「父上がそのようにおっしゃるなら城へ参りましょう。来世では必ずお会いしとうございます」

と大助は涙ながらに訴えた。

信繁が大助のために逞しい馬を用意させると、大助はそれに跨がり、ゆっくりと馬を進める。

高梨は大助付きの家老で、これが見納めだと思うと、彼の目は潤み、青柳らは目頭を押さえて立ち去る大助を見送る。

大助は彼ら一人一人に別れを告げながら馬を歩ませる。

「それがしが城までお送りしましょう。いや一緒に行かせて下され。ここにはすぐに戻ってきますので」

と四角兵衛が許しを乞うと、「よかろう。頼むぞ。四角兵衛」と信繁は頷く。

四角兵衛は頰の涙を拭うと、全身で嬉しさを表した。

「若、それがしと参りましょう。若がまだ幼い頃、九度山ではそれがしが何度も若の馬の轡《くつわ》を取りましたな。覚えておられますか」

大助は泣き笑いのような顔をして頷いた。

四角兵衛は九度山で大助が生まれてからずっと一緒で、大助の面倒も彼がみたので、まるで年の離れた弟のように大助を可愛がった。

「覚えておるとも。わしの馬術と刀の腕は四角兵衛に鍛えられたのだ。見慣れたお主とも今日でお別れだ。今までよく世話になった。礼を申す」

大助は四角兵衛に一礼すると、「父上をよろしく頼む」とつけ加えた。

四角兵衛は危うく泣きそうになり、歯を食いしばった。

大助は馬を止めては茶臼山にいる信繁を振り返り、振り返りしながら馬を進めた。

見送る信繁も黙ったままだ。

二人の姿はやがて芥子粒のようになると、視界から消えてしまった。

五千の精鋭の真田隊は、茶臼山から坂を一気に駆け下り、目の前にいる越前隊に突っこんだ。

一万三千人の兵を擁する越前隊は、茶臼山の坂下から懸命に坂を登ってくる。

越前隊は、白旗の勝永隊と、赤旗の真田隊が入れ替わろうとして混雑している隙をついた。

越前隊の先鋒は吉田修理で、「死ねや、死ねや」を連呼し、「かかれ、かかれ」と大声で叫ぶが、真田隊も負けてはいない。

緋縅の鎧、鹿の角の前立に白熊付の冑を被り、河原毛の馬に乗った信繁を真ん中に囲んだ真田隊が、越前隊を押し返す。

真田隊が越前隊の右備えを破ると、勝永隊と呼応して越前隊の後方にある家康の本陣を目指す。

「浅野が裏切ったぞ」

戦場にどよめきが響く。

浅野隊は裏切ったのではなく、越前隊の西の紀州街道に進入したことによって裏切りのようにみえたのだ。

家康を守るべき旗本は真田隊の猛攻に耐えられず、真田隊は家康の本陣へ雪崩れこみ、家康の旗も馬印も踏み倒される。

本陣には家康の替え玉の本多正純が床几に座っており、当の家康は一町ばかり後方で馬廻衆に守られていた。

真田隊は家康の本陣を蹂躙し、家康を捜すが見つからない。そうしている内に、右翼から藤堂、井伊隊が攻め寄せてき、越前隊も勢いを盛り返し真田隊に迫る。

合戦が始まってから一刻半が経過しており、数に劣る大坂方は予想外の善戦をしたが、入れ替わるべき新兵力はなく、戦い詰めで疲労は限界に達していた。

徳川軍の反撃に真田隊は殿を務め、盾となって味方を逃しながら茶臼山まで退く。

茶臼山に「六文銭」の旗が再び林立すると、茶臼山には真っ赤な躑躅の花が咲き乱れたように見えた。

真田の赤備えの兵力は減ったが、茶臼山に登ってくる徳川軍を追い落とすと、再び茶臼山に戻ることを繰り返し、茶臼山を占拠し続けた。

敵陣に取り残された真田兵たちも茶臼山に六文銭の旌旗が翻っているのを目にすると、勇気が湧き茶臼山へ駆け登ってきた。

（死ぬ時は信繁様と一緒だ）

彼らは力の続く限り茶臼山に徳川軍が登ってくるのを食い止めていたが、やがて数に勝る越前隊の猛攻によって茶臼山は占領されてしまった。

この茶臼山の攻防で青柳千弥をはじめ、望月宇右衛門、深井外記、羽田筑後、河原半助、常田主水ら主なる家臣たちは信繁を庇って敵兵に斬りこみ討死してしまう。

茶臼山から撤退した信繁は、家臣数十名と供に安居《やすい》天神にきた。

安居天神は一心寺の北隣りにあり、その間を逢坂が東西に走り上町台地を横切る。

安居天神は小高い丘の上にあり、境内には湧水が湧いていた。

大小無数の傷を受け、重い身体を引きずりながら湧水のところまでくると、岩に腰を降ろし、信繁は両手で水を掬って喉を潤す。

高梨妥女、真田勘解由、大塚清兵衛ら家臣たちも順々に湧き水を飲む。

「旨い。こんなに水が旨いものとは今初めて知ったわ」

彼らは貪るようにして湧き出す水をたらふく飲むと、地面に寝転がった。

朝、食事を済ませて以来、何も口に入れていない。休むと急に疲れが出る。

「ここにも真田の残兵がいるぞ」

境内に足音が響くと、越前兵たちが大声をあげて仲間を呼ぶ。

信繁主従は再び鉛のように重い身体を地面から持ち上げると槍を手にした。

槍が大木のように感じられ、槍を持つ手に力が入らない。

力自慢の家臣たちも一刻半に及ぶ戦さの疲れから、初陣であろう若い敵に討たれ、信繁も、「西尾仁左衛門」と名乗る男と槍を合わせた。

数回も槍を交える内に、信繁は疲労のため槍を持ち上げることができなくなった。

西尾はそんな信繁を見て一瞬気の毒そうな顔をしたが、「ご免そうらえ」と叫ぶと一気に踏みこんで信繁の股に槍をつけた。

片膝をついた信繁に、西尾は身体ごとぶつけて信繁を倒すと、太刀で信繁の首を掻き取った。

その顔は苦痛で歪んだものではなく、むしろ安らかにさえ見えた。

最期の瞬間、信繁の耳に父の言葉が聞こえたような気がした。

呟くような小言で、こう囁いたように思われた。

「これでお前もわしも今まで背負ってきた荷物を降ろすことができたな。わしの胸の中で十一年間も燃えていた家康への怨みもやっとお前のお陰で晴らすことができたわ。お前に感謝したい」

語りかける父の顔はあの九度山の頃に見せた苦汁に満ちたものではなく、信濃の頃の不敵な面構えをしており、それを微笑が柔らかく包みこんでいた。

薄れかかる信繁の脳裏に漠然とした思いが過ぎる。

(人間が生きるということは、自分に背負える限りの荷物を背負って歩き続けることであり、死ぬということは、その荷物を降ろすことかも知れぬな。

父は祖父から小県、吾妻郡という荷物を受け継ぎ、それだけでは足りず、沼田まで背負って駆けに駆け続けた。

家康によってその荷物を全部取り上げられてしまうと、今度は家康に対する憎しみという荷物を捜してきて、背中に担ぎ、憎しみを自分の生きる力としようとしたのだ。これで父はやっと憎しみという重い荷物を降ろすことができ、ようやく心残りなくゆっくり眠ることができよう)

そして自分自身の場合はどうだったろうかと思いめぐらせていると、再び父の顔が浮かんできた。

父は微笑んでおり、今度ははっきりと父の声が信繁の耳に響いた。

「よくやった。お前も早く背中の荷物を降ろして、楽になれ」

信繁が慌てて背中に手を回すと、確かに背中にはずっしりと重い荷物があった。

真田の男として、立派に戦い、後世に名を刻もうという気負いで夢中に生きてきたが、父に言われてみてはじめて、背中に重みを感じた。

（これで荷物を降ろして身軽になり、やっと父の元へゆける。父はどんな顔をしてわしを出迎えてくれるだろうか）

今日の戦さぶりを話す信繁に、微笑んで頷く父の姿を思い浮かべた。

信繁の死に顔がふと笑ったように見えた。

信繁享年四十六歳であった。

一方、城に戻った大助は秀頼の出馬を乞うが、すでに大坂方の敗色が濃くなっていた。

秀頼は一度は出撃しようとして桜門まで出たが、母親の淀殿に呼び止められ、秀頼は家臣を残したまま本丸に戻ってしまう。このときの彼の軍装は太閤御存世を思わすものであった。

梨子地緋縅の物具に身を固め、太閤より相伝した金の切割二十本、茜の吹貫《ふきぬき》十本、玳瑁《たいまい》の槍一千本を連ね、太平楽という七寸の黒馬で桜門に立った秀頼は見栄えがした。

譜代の家臣たちは太閤の頃を思い出して感涙に咽ぶ。

入城した大助は秀頼の出撃のないことを悔しがるが、もう時期を逸していた。

「全軍が崩壊し、敵が路という路を埋め尽くしております。今から出て戦おうとしても、どうやって志が得られましょう。死体を乱戦に晒すだけです。むしろ退いて本丸を守り、力尽きて後自決しても遅くありませぬ」

四天王寺から戻ってきた速水が秀頼を諫めると、秀頼は素直に彼の意見に従った。大助が大坂城に入ったのは、このような時であったので、大助の要請は修理や速水が戦局が悪いことを盾に取り、秀頼に取り次ごうともしなかったのだ。

敵の喚声が城に迫ってきたかと思うと、本丸の一階部分から出た火が強風に煽られ、狭間からは火煙が巻き起こり、破風板《はふいた》から炎があがる。

敵はこれを見ると二ノ丸に侵入し、二ノ丸にある屋敷に火を放った。

秀頼と淀殿たちは天守閣で自害しようとしたが、再び速水が彼らを思い止まらせる。

「勝敗は時の運。どうか思い止まって下され」

秀頼とその夫人千姫をはじめ淀殿らは、まだ火が回っていない山里曲輪内にある米三蔵に身を潜めた。

米三蔵の中は蒸し暑い。

大野修理、速水守水、毛利勝永とその子勝家それに真田大助ら二十五人である。

修理はこの期に及んで、千姫と交換に秀頼親子の助命を画策していた頃、大助は速水から父、信繁が討死したことを聞く。

大助は入城してから切腹しても見苦しくないように、食事もとらず蔵の入り口の莚《ござ》の上に座っていた。

そんな健気な大助の姿を見て、「そなたは譜代の家人ではないゆえ、秀頼様の最期を見届ける必要はない。ましてや一昨日の誉田の太刀打の功を上げ、股に槍疵を受けているではないか。早々に落ちのびよ」と速水は城を出ることを勧め、「徳川軍にいる従兄弟の真田の陣まで送ってやろう」と言った。

その場にいる者たちも大助にこの場から逃げるよう説くが、大助は静かに首を横に振り、容姿を正した。

「御厚志は忝う存じますが、これは父の申し付けでござる。父は戦場を離れることができないので、それがしが城に入って『秀頼様の傍らを離れず、御先途を見届けよ』と申しつかっております。このままにしておいて下され」と、柔らかく速水の申し出を辞退した。

速水は、「誠に弓矢の血筋は争えぬものよ」と大きなため息を吐いた。

その夜大助は一睡もせずに、母から手渡された数珠を取り出し、父が安らかに成仏するよう念仏をあげる。

念仏を唱えていると、九度山での十四年間の父との思い出が脳裏に浮かんできた。忘れようとしていた祖父や母それに弟や妹たちのことがしきりに思い出され、彼らの顔が消えると、今度は父と一緒に戦場に散っていった家臣たちの顔が瞼にちらつく。

城からの熱気と火の粉が米三蔵まで伝わってくる。

火煙に包まれた城が夜の闇の中にくっきりと浮かび上がり、強風に煽られて、凄まじい音をたてて壁や棟が焼け落ちる。

それはまるで不死鳥であった城が、火に焼き殺される悲鳴のように耳に響き、米三蔵に籠もる者たちも、太閤自慢の城が火炎にのたうち回っている様子を眺め、思わず涙を流す。

修理が期待した秀頼の助命も望みが絶たれ、翌日には土蔵の中へ敵の鉄砲が向けられると、全員は死の覚悟を決めた。

大助は最期を父のように潔くしたいと思い、年が同じぐらいの三人の児小姓と一緒に、四人で極楽浄土のある西に向かって座り、手を合わせて念仏を唱え始めた。

米三蔵の奥からは女や子供たちの悲鳴が聞こえ、速水や勝永らの彼らを介錯する気合いが響く。

九度山での生活といい、昨年の冬とこの夏の合戦で父と一緒に戦った思い出は決して苦しいものではなく、楽しかった。

自分の死を嘆く母や弟妹のことが脳裏を過《よ》ぎるが、未練だとその気持ちを押さえた。

奥の方が静寂さを取り戻すと、介錯するため速水と勝永が四人のところへきた。

「用意はよいか」

四人が黙って頷くと、四人は同時に声をかけ腹に脇差を突き立て、十文字に腹を切った。

長く苦しませぬよう、介錯人は次々と四人の首を刎ねる。

彼らは介錯をし終えると、幼い者たちの健気さに思わず血のついた太刀を投げ棄て、嗚咽を漏らした。

大助の死骸を見ると佩盾《はいだて》をつけている。

「大将たる者の切腹は佩盾は解かぬものだ」

信繁の教え通り真田家の矜持を失わず散っていった若者に、勝永は新たな涙を流した。

（完）

【参考文献】

『武田史料集』校注 清水茂夫・服部治則 人物往来社
『新編武田二十四将正伝』平山優 武田神社
『信長公記』校注 桑田忠親 人物往来社
『家康史料集』校注 小野信二 人物往来社
『関八州古戦録』校注 中丸和伯 人物往来社
『真田史料集』校注 小林計一郎 人物往来社
『改正三河後風土記』監修 桑田忠親 秋田書店
『真田昌幸のすべて』小林計一郎編 新人物往来社
『真田幸村のすべて』小林計一郎編 新人物往来社
『新府城と武田勝頼』監修 網野善彦 新人物往来社
『加沢記』校注 萩原進 国書刊行会
『上田城』上田市立博物館
『信州上田軍記』訳 堀内泰 ほおずき書籍

『真田三代』平山優　ＰＨＰ新書
『大坂の役』編纂　旧参謀本部　徳間書店
『真説大坂の陣』吉本健二　学研Ｍ文庫
『大坂冬の陣夏の陣』岡本良一　筑摩書房
『大日本史料第十一編之十七』東京大学史料編纂所　東京大学出版会
『大日本史料第十二編之十八』東京大学史料編纂所　東京大学出版会
『大日本史料第十二編之十九』東京大学史料編纂所　東京大学出版会
『お照の一燈』高野春女　総本山金剛峯寺
『歴史群像シリーズ　激闘大坂の陣』学習研究社
『高野山を歩く』川崎吉光　山と渓谷社
『三河物語』編訳　百瀬明治　徳間書店
『真田三代軍記』小林計一郎　新人物往来社
『上杉史料集』校注　井上鋭夫　人物往来社
『通俗日本全史　難波戦記』編輯　早稲田大学　早稲田大学出版部

本書は、書き下ろし作品です。

人物文庫

真田《さなだ》信繁《のぶしげ》

二〇一五年一〇月七日［初版発行］

著者——野中信二《のなかしんじ》

発行者——佐久間重嘉

発行所——株式会社学陽書房

東京都千代田区飯田橋一-九-三 〒一〇二-〇〇七二

〈営業部〉電話＝〇三-三二六一-一一一一

FAX＝〇三-五二一一-三三〇〇

〈編集部〉電話＝〇三-三二六一-一一一二

振替＝〇〇一七〇-四-八四二四〇

フォーマットデザイン——川畑博昭

印刷所——東光整版印刷株式会社

製本所——錦明印刷株式会社

ISBN978-4-313-75298-6 C0193